DER SCHATZ VON POLDARROW POINT

Ein Angela-Marchmont-Krimi 3

CLARA BENSON

Übersetzt von

RITA KLOOSTERZIEL

Die Originalausgabe des Romans erschien 2013 unter dem Titel „The Treasure at Poldarrow Point: An Angela Marchmont Mystery Book 3". Copyright © der Originalausgabe 2013 by Clara Benson

Deutsche Erstveröffentlichung 2023
Copyright © der deutschsprachigen Übersetzung 2023 by Clara Benson

Übersetzung: Rita Kloosterziel
Lektorat: Antje Steinhäuser
Korrektorat: Marlies Döring

ISBN: 978-1-913355-31-9

Mount Street Press
5 Brayford Square
London E1 0SG

clarabenson.com

Der Schatz von Poldarrow Point

Als Angela Marchmont auf Empfehlung ihres Arztes nach Cornwall fährt, freut sie sich auf eine geruhsame Zeit, in der nichts Aufregenderes passiert, als dass sie im Meer badet. Ihre Hoffnungen auf einen friedlichen Sommerurlaub zerschlagen sich jedoch, als sie in die Jagd nach einem Diamantencollier verwickelt wird, das der Legende nach seit über einem Jahrhundert in Poldarrow Point, einem ehemaligen Schmugglerhaus, versteckt ist.

Mithilfe der alten Besitzerin des Hauses, einer tatkräftigen Zwölfjährigen und eines gutaussehenden Detectives von Scotland Yard macht sich Angela daran, das Rätsel zu entwirren. Wer ist der Verfasser der anonymen Briefe? Warum bricht jemand im Dunkel der Nacht in das alte Haus ein? Und stimmt es, dass ein berühmt-berüchtigter Juwelendieb ebenfalls hinter dem Schatz her ist? Angela muss all ihre detektivischen Fähigkeiten aufbieten, um den Fall zu lösen und das Collier zu finden – bevor ihr jemand zuvorkommt.

Kapitel Eins

„Was Sie brauchen, Mrs Marchmont", sagte Dr. Wilding, „ist Urlaub. Eine Grippe, wie Sie sie gerade überstanden haben, hinterlässt zwangsläufig ihre Spuren. Ein paar Wochen mit Sonne und gesunder Seeluft und Sie sind wieder ganz die Alte."

Angela Marchmont seufzte.

„Wahrscheinlich haben Sie recht", erwiderte sie. „Vielleicht habe ich mich übernommen."

„Daran besteht kein Zweifel", bekräftigte der Arzt. „Sie sind nicht ganz auf dem Posten, sonst wären Sie kaum ohnmächtig geworden – schon gar nicht in der Royal Enclosure in Ascot."

„Erinnern Sie mich nicht daran!" Angela errötete heftig. „Sie können sich nicht vorstellen, wie albern ich mir vorgekommen bin. Ausgerechnet vor den Augen von Cynthia Pilkington-Soames! Sie gibt es ja nicht zu, aber ich weiß aus zuverlässiger Quelle, dass sie die Klatschspalte im Clarion verfasst. Wahrscheinlich taucht mein Name jetzt wieder in allen Zeitungen auf, dabei hatte ich mich auf ein bisschen Ruhe und Frieden gefreut."

„Ein Grund mehr, zu verreisen. Ja", fuhr er fort, „betrachten Sie es als ärztliche Anordnung."

„Und wo, meinen Sie, sollte ich hinfahren?"

„Wohin Sie wollen, Hauptsache, weg von London. Wie wär's mit der Südküste? Bournemouth vielleicht? Oder wenn Sie wirklich einmal ganz abschalten möchten, würde ich Ihnen Cornwall empfehlen."

„In Cornwall war ich noch nie", sagte Angela nachdenklich. „Ein ruhiges Hotel oder ein kleines Cottage am Meer wären reizend."

„Ein Cottage, sagten Sie? Könnte sein, dass ich genau das Richtige für Sie habe. Eine andere Patientin von mir, Mrs Uppingham, hat mir erst vor ein paar Tagen von ihrem Haus in Cornwall erzählt. Sie wollte den Sommer dort verbringen, aber sie hat sich das Bein gebrochen und wird vorerst nirgendwo hinfahren. Eventuell vermietet sie es an Sie."

„Wo steht es?"

„In einem Örtchen namens Tregarrion, nicht weit von Penzance. Ich weiß nicht, ob Sie schon mal davon gehört haben. Es ist ein malerisches altes Fischerdorf – jedenfalls war es das früher. Vor ein paar Jahren haben die Künstler es für sich entdeckt und kurze Zeit später kamen die Touristen. Meine Patientin hat mir jedoch versichert, dass sich der Ort etwas von seinem ursprünglichen Charme erhalten hat und dass es dort noch recht gemächlich zugeht, nicht wie in St. Ives und anderen beliebten Reisezielen."

„Genau so etwas suche ich", sagte Angela, „aber ich weiß nicht, ob ich tatsächlich verreisen kann. In der kommenden Woche bin ich jeden Abend verabredet und danach hatte ich den Harrisons zugesagt, sie für ein paar Tage in Kent zu besuchen. Und dann steht natürlich

Goodwood auf dem Programm und bis dahin ist Mrs Uppingham vielleicht schon wieder auf den Beinen und will ihr Haus wiederhaben."

„Nach dem Zwischenfall in Ascot hätte ich angenommen, dass Sie fürs Erste genug von Pferderennen haben. Nun, ich kann Sie nicht zwingen, aber ich hoffe, Sie enttäuschen mich nicht und nehmen meinen Rat an. Man sollte beizeiten auf seine Gesundheit achten. Schließlich werden wir alle nicht jünger."

„Damit sprechen Sie wohl insbesondere mich an", bemerkte Angela trocken. „Sehr taktvoll von Ihnen, es so auszudrücken."

Der Arzt grinste ohne einen Anflug von Reue.

„An Ihnen könnte sich manch eine jüngere Frau ein Beispiel nehmen, Mrs Marchmont. Wenn alle meine Patienten so gesund wären wie Sie, würde ich nichts verdienen. Aber Sie sind auch keine achtzehn mehr und stecken eine Grippe nicht mehr weg wie vor zwanzig Jahren." Nach einem Blick auf seine Uhr erhob er sich. „Tut mir leid, ich muss weiter. Denken Sie bitte über das nach, was ich Ihnen gesagt habe."

„Das werde ich", versprach Angela.

Er nickte und ging davon.

„Werden Sie tun, was der Arzt sagt?", fragte Marthe, Angelas Mädchen, das sich während der Untersuchung unauffällig im Zimmer zu schaffen gemacht hatte.

„Ich weiß es nicht, Marthe", antwortete Angela. „Natürlich würde ich gerne Urlaub machen, aber Sie wissen ja, wie die Harrisons sind. Marguerite ist immer so schrecklich beleidigt, wenn man ihr absagt. Das würde sie mir die nächsten zwei Jahre vorhalten."

„Diese Frau! Sie benimmt sich wie ein verwöhntes Kind."

„Ja, ein bisschen, aber ich mag sie. Außerdem habe ich ihr schon letztes Jahr versprochen, sie zu besuchen."

„Sie tun zu viel, *Madame*", sagte Marthe. „Alle wollen etwas von Ihnen. Das ist sehr anstrengend. Der Arzt hat recht: Nach Ihrer Krankheit sollten Sie sich ausruhen."

Marthe hatte sehr genaue Vorstellungen, was gut für ihre Dienstherrin war, und lag damit fast immer richtig.

„Das werde ich", antwortete Angela, „aber mein Urlaub muss wohl ein paar Wochen warten, bis ich Zeit habe."

„Sie müssen sich die Zeit nehmen, *Madame*. Es ist dumm, einen dringend nötigen Urlaub aus Angst vor seinen Freunden zu verschieben."

„Ich habe keine Angst vor Marguerite Harrison", widersprach Angela würdevoll. „Wie kommen Sie bloß darauf?"

Das Mädchen antwortete nicht, aber ihr Gesichtsausdruck sprach Bände. Angela wollte gerade weitere Einwände gegen Marthes Unterstellung erheben, als das Telefon klingelte, sodass sie sich die Mühe sparen konnte. Marthe nahm das Gespräch entgegen.

„Mrs Pilkington-Soames möchte Sie sprechen."

Angela sackte das Herz in die Hose.

„Hallo, Cynthia", meldete sie sich vorsichtig.

„Angela, meine Liebe", flötete eine aufgeregte Stimme am anderen Ende der Leitung. „Ich hoffe, es geht Ihnen besser? Wie schrecklich für Sie, ausgerechnet vor dem König in Ohnmacht zu fallen."

Angela schloss kurz die Augen und holte tief Luft, doch ihre Gesprächspartnerin ließ sie nicht zu Wort kommen.

„Seine Majestät hat sich natürlich schreckliche Sorgen um Sie gemacht, aber er musste den Gold Cup überreichen, also konnte er nicht bleiben. Ich habe allerdings gehört, dass er später nach Ihnen gefragt hat.“

„Oh“, sagte Angela.

„Wie ich erfahren habe, waren Sie kürzlich sehr krank. Sind Sie deshalb in Ohnmacht gefallen? Selbstverständlich hat sich die Sache mit Underwood House herumgesprochen, vor allem dieser Angriff auf Sie. Sagen Sie, war es sehr schlimm?“

„Äh -“

„Sie müssen wahnsinnige Angst gehabt haben. Es stand alles in der Zeitung. Ist das der Grund, warum wir Sie in letzter Zeit so selten zu Gesicht bekommen haben?“ Mrs Pilkington-Soames schlug einen mitfühlenden Ton an. „Es heißt, Sie hätten danach einen Nervenzusammenbruch bekommen.“

„Das ist absoluter Unsi-“, setzte Angela an, aber Cynthia redete schon weiter.

„Ach, kommen Sie – mir können Sie es sagen. Sie wissen doch, dass ich die Diskretion in Person bin. Also, irgendjemand meinte, es sei Grippe gewesen, aber das können Sie mir nicht erzählen. Grippe? Um diese Jahreszeit? Das soll einer glauben? Im Ernst, Angela, ich kann Ihnen einen hervorragenden Arzt empfehlen – nun, eigentlich müsste man ihn wohl als Psychiater bezeichnen. Sie erinnern sich doch sicher an Naomi McNamara?“

„Ich -“

„Sie wissen schon – da war diese unglückselige Geschichte mit dem Burschen des Gärtners. Ich glaube, man nennt das Nymphomanie? Also, sie hat sich an diesen Dr. Gambara gewandt – oder heißt er Gambetta? – ich kann mir diese fremdländischen Namen nicht merken. Jedenfalls hat er ihr die Hände auf den Kopf gelegt und etwas schrecklich Esoterisches gesungen und jetzt hat sie ihren Mann verlassen und hat sich in Schottland dem

Orden der Göttlichen Schwestern angeschlossen. Sie sollten mal zu ihm gehen, er heilt Leiden aller Art."

„Ähm -"

„Erinnern Sie mich daran, dass ich Ihnen seine Karte gebe. Nun, meine Liebe", fuhr sie in geschäftsmäßigerem Ton fort, „ich wollte Ihnen einen Vorschlag machen."

„Aha?"

„Ja, lassen Sie mich erklären. Letztens war ich auf einer Party und wie es der Zufall wollte, kam ich mit einem furchtbar schlauen Herrn ins Gespräch, einem Mr Bickerstaffe, der sich zu meiner Überraschung als der Herausgeber des Clarion erwies. Natürlich kenne ich mich mit Zeitungen und dergleichen nicht aus -" (hier verzog Angela ungläubig das Gesicht) „- aber er war wirklich sehr kultiviert, was mich gewundert hat, weil ich immer der Ansicht war, diese Zeitungsleute seien eher grobe Gesellen."

„Verstehe."

„Und Sie werden es nicht glauben", fuhr Mrs Pilkington-Soames fort, „während wir über dies und das plauderten, stellte sich heraus, dass ich Sie kenne. Er fand das wahnsinnig aufregend und hat mich gefragt, ob es wohl möglich wäre, dass ich Sie interviewe. Bitte, sagen Sie Ja, meine Liebe."

„Sind Sie verrückt?", platzte Angela heraus, aber Cynthia hörte zum Glück gar nicht zu, sondern redete unbeirrt weiter.

„Stellen Sie sich nur vor, was für ein durchschlagender Erfolg das für mich wäre! Dank Ihrer Heldentaten in letzter Zeit sind Sie eine der berühmtesten Frauen Englands und die Öffentlichkeit will unbedingt alles über Sie erfahren. Ich dachte, ich könnte dem Ganzen eine persönlichere Note geben, mit ein paar Fotos – Sie wissen schon, was ich meine: ‚Mrs Marchmont entspannt sich zu Hause' – etwas in dieser Richtung. Sie könnten den Leserinnen Tipps für den perfekten Biskuitteig geben oder etwas in der Art."

„Biskuitteig?", wiederholte Angela entgeistert.

„Oh ja, unsere Leserinnen lieben diesen häuslichen Touch: ‚Zu Hause legt unsere Amateurdetektivin die Pistole beiseite und nimmt das Nudelholz zur Hand.' Und dazu ein Foto von Ihnen mit Schürze."

„Unsere Leserinnen?"

Cynthia stutzte, als sie merkte, dass sie sich verplappert hatte.

„Nun ja, die Leserinnen des Clarion. Ich habe nur Mr Bickerstaffe zitiert", erklärte sie wenig überzeugend. „Jedenfalls habe ich ihm gesagt, dass Sie begeistert wären. Und für Sie bedeutet es keinerlei Umstände – das Interview können wir nächste Woche bei den Harrisons machen und danach schicke ich einen Fotografen vorbei, der Sie in Ihrer Wohnung fotografiert."

„Ich wusste gar nicht, dass Sie auch bei den Harrisons sein werden."

„Hat Marguerite Ihnen nichts gesagt? Ja, ich werde auch da sein. Also, ich muss jetzt los, meine Liebe, aber wir sehen uns nächste Woche. Und machen Sie sich wegen des Interviews keine Sorgen – es ist nur ein gemütlicher Plausch unter Freundinnen."

Sie verabschiedete sich fröhlich von Angela und legte auf. Kaum war die Leitung frei, hämmerte Angela ungeduldig auf die Gabel, um die Vermittlung zu erreichen, und meldete ein Ferngespräch an.

„Gehen Sie in mein Schlafzimmer und fangen Sie an zu packen", wies sie Marthe an, während sie auf die Verbindung wartete. „Ich fahre doch nicht nach Kent, sondern nach Cornwall. Ich rufe Marguerite an und sage ihr Bescheid. Denn sehen Sie", konnte sie sich nicht verkneifen, „ich habe vor niemandem Angst."

„Ich sehe nichts dergleichen, *Madame*“, erwiderte Marthe. „Ich sehe nur, dass Sie mehr Angst vor Mrs Pilkington-Soames haben als vor Mrs Harrison.“

Da Marthe damit vollkommen recht hatte, antwortete Angela nicht.

Kapitel Zwei

ANGELA MARCHMONT ÖFFNETE SCHWUNGVOLL die
Fenstertüren zur Terrasse und sog begierig die frische
Seeluft ein. Die warme Sonne glitzerte auf der Wasser-
oberfläche und das Geräusch, mit dem die Wellen gegen
den Felsen krachten, war zugleich belebend und beruhi-
gend. Seemöwen kreisten kreischend durch die Luft, um
gleich darauf in die Tiefe zu stoßen, und auf dem Meer
schaukelten bunte Fischerkähne und Freizeitboote.

„Wie entzückend!", sagte sie zu sich selbst, „ich
begreife gar nicht, warum ich noch nie hier war. Mrs
Uppingham mit ihrem gebrochenen Bein tut mir leid, aber
für mich ist es ein Glück, dass das Haus zur Verfügung
stand."

Kittiwake Cottage befand sich an dem Klippenpfad
auf halbem Weg zwischen dem ehemaligen Fischerdorf
Tregarrion und dem Meer. Es war eines von zwei malerischen alten Häuschen, die Seite an Seite einen würdevollen
Abstand zum Trubel des Städtchens hielten. Im Nachbar-
haus, Shearwater Cottage, wohnten zurzeit eine ältere
Dame und ihre Tochter. Zu ihrer Linken sah Angela die

sanft geschwungene Bucht von Tregarn, die sich in die Ferne erstreckte und einige Meilen weiter in einer Landzunge auslief. Der Küstenstreifen wurde nur durch den kleinen Hafen des Städtchens unterbrochen.

Tregarrion war ohne Zweifel ein idyllisches Fleckchen. Die hügeligen Straßen waren gesäumt von bunten Häusern, die aussahen, als hätte ein Kind seine Bausteine aufeinandergestapelt. Es war leicht zu verstehen, warum die Künstler seit einigen Jahren hier einfielen. Zur Rechten und weit unten befand sich eine felsige Bucht, die von der Stadt aus nicht zu sehen war. Ihre Klippen waren zerklüftet von abertausend Jahren, in denen das Meer dagegen gekracht war. Der Klippenpfad gabelte sich in unmittelbarer Nähe von Kittiwake Cottage. Ein Abzweig endete an einem kleinen Sandstrand in der Bucht, der andere führte am Rand der Klippe entlang zu einem nahen Felsvorsprung, auf dem ein großes düsteres Steinhaus thronte. Es blickte schwermütig aufs Meer hinaus und schien in einem beklagenswerten Zustand zu sein.

Angela saß eine Weile auf der Terrasse, genoss den Sonnenschein und dachte an nichts Bestimmtes. Irgendwann lockten jedoch die vielfältigen Möglichkeiten, die der Tag bot, und sie stand auf, um ihren Sonnenschirm zu holen. Dann trat sie durch das Tor, das den kleinen Vorgarten vom Pfad trennte. Während sie noch überlegte, ob sie nach rechts oder nach links gehen sollte, sah sie eine Gestalt den steilen Weg vom Strand heraufkommen. Es war eine junge Frau in Badeanzug und Badekappe, ein nasses Handtuch in der Hand. Als ihr Blick auf Angela fiel, winkte sie.

„Guten Morgen, Mrs Marchmont", sagte sie, als sie näher kam, und Angela erkannte ihre Nachbarin aus dem Shearwater Cottage. „Ist es nicht ein herrlicher Tag? Das Wasser da unten ist einfach traumhaft. Am liebsten würde ich ewig drinbleiben, allerdings hatte ich Mutter versprochen, in einer Stunde zurück zu sein."

„Ist es denn nicht kalt?"

„Anfangs schon, aber wenn man sich bewegt, wird einem schnell warm." Ihr sonst so blasses, ernstes Gesicht strahlte. „Und Sie? Wollen Sie im Meer baden, während Sie hier sind?"

„Hm, ich bin seit Jahren nicht geschwommen", antwortete Angela, „aber ich muss zugeben, dass es sehr verführerisch aussieht. Vielleicht versuche ich es irgendwann."

„Sie müssen allerdings bei Ebbe ins Wasser gehen", warnte die junge Frau sie. „Bei Flut sind die Wellen sehr heftig und gefährlich und können Sie gegen die Felsen schleudern. Und nicht nur das: Wenn Sie nicht aufpassen, können Sie von der Strömung abgetrieben werden und ertrinken."

„Das werde ich mir merken", versprach Angela.

„Helen!", ertönte plötzlich eine Stimme aus einem Fenster in Shearwater Cottage. Die junge Frau hob den Kopf. Wie auf Knopfdruck erlosch das Strahlen in ihren Augen und ihr Gesicht wurde blass und ausdruckslos.

„Das ist Mutter", erklärte sie. „Sie mag es nicht, wenn ich sie zu lange allein lasse, aber ich habe mein Bad so genossen, dass ich die Zeit vergessen habe."

Die Stimme war erneut zu hören, diesmal lauter, und Helen lächelte entschuldigend. „Ich muss gehen", verabschiedete sie sich, öffnete hastig das Tor und eilte den Gartenweg entlang zur Haustür. An einem offenen Fenster erhaschte Angela einen Blick auf eine Frau. Sie hatte die unzufriedene Miene einer Quenglerin und man sah ihr an, dass sie nichts lieber tat, als in jeder Suppe mindestens ein Haar zu finden. Als die Frau Angela sah, verschwand ihr gewohnheitsmäßiges Stirnrunzeln und machte einem breiten Lächeln Platz. Angela winkte und machte sich auf den Weg.

Sie kam zu der Stelle, an der sich der Klippenpfad gabelte, und nach kurzem Überlegen entschied sie sich für den Weg, der hinter ihrem Cottage zu dem alten Haus auf dem Felsvorsprung führte. Die Sonne stand hoch am Himmel und ohne die frische Brise vom Meer her wäre es sehr warm gewesen.

Angela schlenderte den Pfad entlang, blieb immer wieder stehen, um den Sonnenschein und die Aussicht zu genießen und sich anzusehen, wie weit sie gekommen war. Mit jedem Schritt hob sich ihre Stimmung und sie überlegte müßig, ob sie sich ein Ferienhäuschen in der Gegend zulegen sollte.

Ringsum war keine Menschenseele zu sehen – das dachte sie zumindest, bis sie zu der Stelle kam, wo der Bogen der Klippe zur Landzunge auslief. Hier war am Wegesrand eine Bank aufgestellt worden, von der aus man einen wunderbaren Blick hatte. Auf der Bank saß ein Mann. Er rauchte eine Zigarette und zeichnete mit einem Spazierstock aus Malaccarohr gelangweilt Muster in den Staub zu seinen Füßen. Er war makellos gekleidet mit einem hellen Sommeranzug und einem Strohhut und wirkte wie der Inbegriff von Ruhe und Zufriedenheit.

Angela warf ihm im Vorbeigehen einen flüchtigen Blick zu und hätte wahrscheinlich keinen weiteren Gedanken an ihn verschwendet, wenn er nicht aufgeschaut hätte und bei ihrem Anblick fast unmerklich zusammengezuckt wäre. Das erweckte ihre Aufmerksamkeit, sodass sie den Kopf umwandte und ihn eindringlich ansah. Dieser Moment hatte ihm jedoch gereicht – er hatte sich gefasst, legte seinen Stock beiseite und lüpfte den Hut mit einem freundlichen Lächeln. Angela erwiderte den Gruß und setzte ihren Spaziergang fort. Wahrscheinlich hatte sie es sich nur eingebildet; oder vielleicht hatte er sie erkannt, schließlich war ihr Foto in der letzten Zeit oft genug in der Zeitung erschienen.

Nach wenigen Minuten stand sie vor dem alten Haus an der Spitze der Landzunge. Es befand sich gefährlich nah am Rand der Klippe und musste früher von einem weitläufigen Garten umgeben gewesen sein. Ein Teil davon war jedoch der Erosion des Felsens zum Opfer gefallen und der Rest sah aus, als sei er in der Vergangenheit sorgsam gepflegt, in der letzten Zeit aber vernachlässigt worden.

Um das Haus war es kaum besser bestellt: An den Türen und Fenstern blätterte die Farbe ab und eines der Fenster im Obergeschoss war sogar mit Brettern vernagelt. Ursprünglich musste es ein ansehnliches Gebäude gewesen sein, vielleicht war es einst der Wohnsitz eines wohlhabenden Bauern oder Bootsbesitzers, doch seine glanzvollen Tage waren längst vorüber. Nun stand es verlassen da, ein trauriges Überbleibsel aus besseren Zeiten.

Angela überlegte gerade, ob das Haus bewohnt war, als eine Seitentür aufging und eine gebrechliche alte Dame in Begleitung eines Mannes im mittleren Alter heraustrat. Sie waren für einen Spaziergang angezogen und Angela beäugte sie diskret, während sie durch das Tor auf sie zukamen.

Als sie auf ihrer Höhe waren, blieb die alte Dame stehen und lächelte sie an.

„Guten Morgen. Wie ich sehe, bewundern Sie unsere Aussicht.“

„Ja“, erwiderte Angela, „es ist wundervoll hier. Sie können sich glücklich schätzen.“

„Das können wir“, pflichtete die Dame ihr bei, „obwohl sich die Gegend heute von ihrer besten Seite zeigt. Es gibt nichts Schöneres als einen belebenden

Spaziergang auf der Klippe, aber die Winterstürme sind nichts für Hasenfüße."

„Ja", lachte Angela, „das kann ich mir vorstellen, dass es hier bei Sturm nicht sehr gemütlich ist."

„Nein, es kann tatsächlich passieren, dass man ins Meer hinausgeweht wird."

„Oder dass die Klippe weggespült wird." Angela wies auf den Garten oder was davon übrig war. „Machen Sie sich keine Sorgen, dass das Haus in die Tiefe stürzt?"

„Oh nein", erwiderte die alte Frau. „Eines Tages wird das Meer sich das Land zurückholen, aber das passiert wahrscheinlich nicht mehr zu meinen Lebzeiten. Vom Garten ist zwar nicht viel da, doch das ist das Werk vieler, vieler Jahre. Für den Moment bin ich in Sicherheit."

„Da bist du optimistischer als ich, Tante Emily", sagte ihr Begleiter mit einem leisen Schauder. „Wenn der Wind am Haus rüttelt, überkommt mich zugegebenermaßen manchmal ein gewisses Unbehagen und ich frage mich, ob wir an derselben Stelle aufwachen, an der wir zu Bett gegangen sind - falls wir überhaupt wieder aufwachen."

Die alte Dame ließ ein melodisches Lachen erklingen.

„Was für ein Unsinn!", sagte sie. Zu Angela gewandt fuhr sie fort: „Der liebe Clifford war immer schon der Vorsichtige in der Familie. Seltsam, nicht wahr? Wo man doch der Jugend normalerweise Wagemut und Draufgängertum zuschreibt."

Da der „liebe Clifford" mit seinen schütteren Haaren und seiner molligen Figur erkennbar jenseits der Fünfundvierzig war, fand Angela seinen Mangel an Wagemut und Draufgängertum nicht so verwunderlich wie seine Tante.

„Wohnen Sie in der Nähe?", fragte die Frau.

„Ja, in Kittiwake Cottage."

„Welches ist das?"

„Das Haus gleich da unten. Es gehört Mrs Uppingham.“

„Oh, natürlich, Mrs Uppingham. Ist sie eine Freundin von Ihnen?“

„Ich bin ihr noch nie begegnet. Ihr Arzt hat mir das Cottage empfohlen, weil er wusste, dass es im Moment leer stand.“

„So eine liebenswürdige Dame – wir kennen uns gut. Oh, verzeihen Sie, ich habe mich gar nicht vorgestellt. Ich bin Miss Emily Trout und das ist mein Neffe, Clifford Maynard.“

„Angenehm. Ich bin Angela Marchmont.“

Täuschte sie sich oder warf Clifford seiner Tante tatsächlich einen kurzen Blick zu und hob die Augenbrauen, als Angela ihren Namen nannte?

„Freut mich, Sie kennenzulernen, Mrs Marchmont“, sagte Miss Trout. „Bleiben Sie länger? Sie müssen bald zum Tee kommen. Wir haben nicht viele Freunde in Tregarrion und leben hier so isoliert. Wir freuen uns über Besuch. Sie kommen doch, nicht wahr? Ich kann Ihnen viele interessante Anekdoten über Poldarrow Point erzählen.“

„Poldarrow Point? Heißt Ihr Haus so?“

„Ja, und es hat eine spannende Geschichte. Sie wissen sicherlich, dass die Gegend früher berühmt-berüchtigt für Schmuggelei war? Nun, das Haus war eng mit diesen unrühmlichen Aktivitäten aus alter Zeit verbunden. Aber das soll für heute reichen. Wenn Sie zum Tee kommen, erfahren Sie mehr. Wie wär's mit morgen? Sie können auch gerne jemanden mitbringen.“

Angela musste lachen. Miss Trouts entwaffnende Art, sich durchzusetzen, amüsierte sie.

„Wenn Sie versprechen, mir von den Schmugglern zu erzählen, komme ich ganz bestimmt“, antwortete sie.

Die alte Dame klatschte mit mädchenhafter Begeisterung in die Hände. „Oh, wie ich mich freue!", rief sie. „Dann sehen wir uns morgen um vier. Und seien Sie pünktlich!"

„Das werde ich", versprach Angela. Sie verabschiedete sich und ging zu ihrem Cottage zurück, während Miss Trout und ihr Neffe ihren Spaziergang fortsetzten.

Kapitel Drei

ALS MRS MARCHMONT auf dem Rückweg an der Bank vorbeikam, war der Mann verschwunden, doch sie dachte gar nicht an ihn, sondern war in Gedanken bei ihrer Begegnung mit Miss Trout und ihrem Neffen. Die alte Frau war ihr sympathisch. Trotz ihrer zarten Statur und ihrer sanften, damenhaften Manieren vermittelte sie den Eindruck, eine echte Persönlichkeit zu sein. Angela war neugierig, sie näher kennenzulernen.

Es war fast eins, als sie nach Hause zurückkehrte. Dr. Wilding hatte ihr erzählt, dass sie das Cottage mitsamt Köchin und Katze mietete, aber bis jetzt hatte sie nur die Bekanntschaft der Köchin gemacht. Als sie nach dem Mittagessen auf der Terrasse saß, sah sie jedoch eine getigerte Katze auf der Gartenmauer sitzen, die sie eindringlich musterte. Angela legte sofort ihr Buch beiseite und hob einladend die Hand. Die Katze schnupperte vorsichtig daran, sprang nach kurzem Zögern auf die Terrasse und strich um die Beine ihres Liegestuhls.

Offenbar hat sie mich für gut befunden, dachte Angela,

setzte sich wieder in ihrem Liegestuhl zurecht und wandte sich ihrer Lektüre zu.

Es war sehr schön, draußen in der Sonne zu sitzen und die sanfte Brise auf dem Gesicht zu spüren. Allmählich überkam Angela eine angenehme Trägheit und bald verschwammen die Wörter vor ihren Augen.

„Meine Güte, ich werde wahrhaftig müde", murmelte sie und das war ihr letzter Gedanke, bevor sie einige Zeit später aus dem Schlaf hochschreckte. Sie rieb sich die Augen und sah auf ihre Uhr. Es war nach drei Uhr, sie hatte fast eine Stunde geschlafen.

„Das reicht!" Sie erhob sich entschlossen, stutzte aber, als sie ein vertrautes Geräusch zu hören meinte. Ja, tatsächlich! Von irgendwo in der Ferne ertönte fröhliche Musik und Angela beschloss, die Quelle zu suchen. Als sie aus dem Gartentor trat, begegnete sie an Shearwater Cottage Helen Walters und ihrer Mutter, die gerade zu einem Spaziergang aufbrechen wollten. Die beiden luden sie ein, sie zu begleiten.

Mrs Felicia Walters war leidend – oder zumindest gefiel es ihr, so zu tun. Vermutlich fehlte ihr nichts, was ein paar Tage Ruhe und Pflege nicht hätten richten können, aber natürlich würde sie nicht von ihrer eingebildeten Krankheit abrücken, solange ihre Tochter nach ihrer Pfeife tanzte. Beim Gehen stützte sie sich auf einen Stock und hatte sich zusätzlich bei Helen untergehakt und so machten sie sich zu dritt auf den Weg Richtung Tregarrion.

Trotz – oder vielleicht gerade wegen – ihrer körperlichen Gebrechen legte Mrs Walters ein begeistertes, nein, ein geradezu leidenschaftliches Interesse an den Angelegenheiten anderer Leute an den Tag. Kaum war sie in Cornwall angekommen, hatte sie ihr Netz ausgeworfen und ihre Fallen unter der örtlichen Bevölkerung ausgelegt.

Dank einer Kombination aus Scharfsinn und Beharrlichkeit hatte sie bald fast alles in Erfahrung gebracht, was es über die Menschen in der unmittelbaren Umgebung zu sagen gab, egal ob sie hier lebten oder sich nur vorübergehend in Tregarrion aufhielten.

Nachdem dieser Fundus ausgeschöpft war, hatte sie sich nach einem neuen Opfer umgesehen und war daher hocherfreut gewesen, als Angela in Kittiwake Cottage einzog - umso mehr, als ihr der Name ihrer Nachbarin aus den Zeitungen bekannt war. Auf dem Weg nach Tregarrion ging Mrs Walters zum Angriff über. Angela war mit dieser Art von Frau durchaus vertraut. Mittlerweile hatte sie sich im Rahmen ihrer frisch erworbenen Berühmtheit daran gewöhnt, allzu neugierige Fragensteller mit nichtssagenden Informationsschnipseln abzuspeisen, die niemandem schadeten, und so glich der Spaziergang einem freundlichen Hin und Her, das nur von gelegentlich aufflackernden Scharmützeln unterbrochen wurde.

Mrs Marchmonts Einladung zum Tee nach Poldarrow Point interessierte Mrs Walters besonders.

„Miss Trout und ihr Neffe sind reizende Leute", sagte sie. „Es ist bedauerlich, dass sie kaum Kontakt mit den Leuten in der Stadt pflegen. In ihrem abgelegenen Haus ist es sicher sehr einsam."

Daraus schloss Angela, dass es Mrs Walters bisher nicht gelungen war, sie auszufragen.

„Und Poldarrow Point ist ein so stattliches Anwesen", fuhr Mrs Walters fort. „Jedenfalls muss es das früher gewesen sein. Vermutlich können sie sich die Instandhaltung nicht mehr leisten. Wer kann es sich heutzutage noch erlauben, ein so großes Gemäuer zu bewirtschaften – und ohne die Hilfe ihres Bruders ist es sicher noch schwieriger."

„Miss Trout hat also einen Bruder?"

„Oh, wussten Sie das nicht? Ja, ihr Bruder war der alte Jeremiah Trout. Er hat ungefähr dreißig Jahre lang hier gelebt, bevor Miss Trout kam, aber er ist vor ein paar Monaten auf Reisen gegangen, während seine Schwester und ihr Neffe sich um das Haus gekümmert haben. Kurz nach seiner Abreise ist er dann im Ausland gestorben. Ich glaube, er war nicht mehr ganz richtig im Kopf, der arme Kerl, obwohl er den Garten immer wunderbar in Ordnung gehalten hat, bis es nicht mehr ging. Wie ich höre, hat er sogar Preise dafür gewonnen."

Sie unterbrach ihre Erzählung, um einen Herrn, der ihnen auf dem Pfad entgegenkam, mit einem knappen Nicken zu begrüßen. Der Herr lächelte, erwiderte den Gruß auf dieselbe Weise und ging an ihnen vorbei, ohne stehen zu bleiben. Mit Kniebundhose, Weste und einem breitkrempigen Hut mit einer Feder, die eine verblüffende Ähnlichkeit mit seinem Schnurrbart aufwies, sah er ein wenig verschroben aus. Auf dem Rücken trug er eine erstaunliche Ansammlung von Rucksäcken, Glasbehältern, Ferngläsern, Spaten und anderen Gegenständen, die zweifelsohne wissenschaftlichen Zwecken dienten und bei jedem Schritt schepperten.

„Das ist Mr Donati", erklärte Mrs Walters. „Er ist Forscher, aus der Schweiz. Ich finde das gar nicht gut."

Angela war sich nicht sicher, ob sie seine Nationalität, seinen Beruf oder seine Kleidung meinte, verkniff sich aber eine Nachfrage.

Helen Walters war wortlos neben ihnen hergegangen, doch nun rief sie plötzlich: „Mutter, du hast deinen Schal vergessen."

Mrs Walters schnalzte vorwurfsvoll mit der Zunge. „Ja, das stimmt. Warum hast du mich nicht daran erinnert, du dummes Mädchen? Ohne meinen Schal hole ich mir den

Tod! Nun, es bleibt dir nichts anderes übrig als zurückzulaufen und ihn zu holen. Du kannst später nachkommen."

Helen lief ohne ein weiteres Wort davon.

„Sie ist dermaßen vergesslich", schimpfte Mrs Walters. „Ärgerlich, wirklich sehr ärgerlich."

Sie hatten den Stadtrand von Tregarrion erreicht, wo am höchsten Punkt der Klippe ein kastenförmiges, strahlend weißes Gebäude stand, das meilenweit zu sehen war. Das Hotel Splendide hatte vor ein oder zwei Jahren eröffnet und erfreute sich vor allem bei jungen, modernen Leuten großer Beliebtheit. Es lockte mit Sonnenliegen und nicht nur einem, sondern zwei Swimmingpools und außerdem mit einer weitläufigen Terrasse, von der in den Felsen gehauene Stufen zum Strand hinunterführten. Natürlich wurde neben Cocktails und vorzüglichen Speisen auch musikalische Unterhaltung in Form eines Jazzorchesters geboten.

„Ah, da ist die Musik wieder", sagte Angela, als sie näher kamen. „Wahrscheinlich war es das, was ich vorhin gehört habe."

Die meisten Tische auf der Hotelterrasse waren von geschmackvoll gekleideten Sommergästen besetzt, die lachten und schwatzten und die Sonne genossen, während gehetzt aussehende Kellner mit voll beladenen Tabletts hin und her eilten. Drei junge Frauen in Badeanzügen kamen vor Vergnügen kreischend die Stufen vom Strand hochgelaufen. Vom Pfad aus betrachteten die beiden Spaziergängerinnen das muntere Treiben und Angela verspürte die Lust, zu verweilen.

„Wir könnten doch Tee trinken. Was meinen Sie?", schlug sie vor.

Mrs Walters schien zunächst abgeneigt, doch da beendete das Orchester die flotte Tanzmelodie, die es gerade gespielt hatte, mit einem Tusch und stimmte sanftere, leisere Töne an.

„Also gut", stimmte sie zu.

Als sie an einem der Tische Platz genommen hatten, legte sie ihre matte Leidensmiene ab und sah sich neugierig um. Ein junges Paar, das an eisgekühlten Drinks nippte und gelangweilt vor sich hinstarrte, interessierte sie besonders. Die Frau war recht hübsch mit ihrem blonden Haar, den dunklen Augenbrauen und roten Lippen und auch der Mann sah nicht schlecht aus. Er hatte dunkles Haar, dunkle Augen und strahlend weiße Zähne und lehnte lässig auf seinem Stuhl. Ab und zu ließ er eine Bemerkung fallen, würdigte seine Frau jedoch keines Blickes.

„Kennen Sie die beiden?", flüsterte Mrs Walters. „Nein, wahrscheinlich nicht. Das sind die Dorseys, Lionel und Harriet Dorsey. Sie sind seit ein oder zwei Wochen hier. Sind sie nicht unglaublich glamourös?"

„Oh ja", antwortete Angela. In Wahrheit hatte sie das Paar kaum beachtet, denn sie hatte jemanden entdeckt, den sie erkannte. Der elegant gekleidete Herr, den sie nicht weit von Poldarrow Point auf der Bank hatte sitzen sehen, trank an einem Tisch in ihrer Nähe Tee und las in einer Zeitung. Er wirkte anders als andere Männer und sie fragte sich, wer er war.

In diesem Moment trat Helen zu ihnen an den Tisch, außer Atem und mit dem gewünschten Schal in der Hand.

„Mein Schal! Endlich!", rief ihre Mutter. „Du hast dir damit reichlich Zeit gelassen. Ich bin halb erfroren! Es sollte mich nicht wundern, wenn ich morgen krank bin."

„Bitte entschuldige, Mutter", erwiderte Helen mit tonloser Stimme.

Angela musterte sie neugierig. Helen Walters war jung und gesund und hätte eigentlich ihr eigenes Leben genießen, mit jungen Männern tanzen und sich amüsieren sollen. Stattdessen ließ sie sich von einer selbstsüchtigen alten Frau herumkommandieren.

Ich kann mir nicht vorstellen, dass es Spaß macht, ihre Mutter von vorne bis hinten zu bedienen, dachte Angela. Ob sie glücklich ist?

Als sie Helen am Vormittag nach ihrem Bad begegnet war, hatte die junge Frau über das ganze Gesicht gestrahlt. Vielleicht reichten solche Momente, in denen sie sich ganz ihren Vergnügungen hingeben konnte, um die langen Stunden der Knechtschaft zu ertragen.

„Oh, guten Tag, Mr Simpson", sagte Mrs Walters plötzlich. Als Angela aufsah, fiel ihr Blick auf den Mann von der Bank, der gerade an ihrem Tisch vorbeigehen wollte. Er blieb stehen.

„Guten Tag", antwortete er mit tiefer, wohlklingender Stimme.

„Kennen Sie Mrs Marchmont? Sie wohnt vorübergehend in Kittiwake Cottage."

Der Mann sah Angela an und seine dunkelblauen Augen funkelten.

„Wir sind uns heute Morgen oben auf der Klippe begegnet, nicht wahr? Sehr erfreut, Mrs Marchmont. Mein Name ist George Simpson."

Mrs Marchmont teilte ihm ihrerseits mit, sie freue sich, ihn kennenzulernen, und dann tauschten sie höfliche Bemerkungen über das Wetter und die Landschaft aus, bevor er sich mit einer kleinen Verbeugung verabschiedete. Zu ihrer Überraschung war Angela enttäuscht, dass er einen englischen Allerweltsnamen wie Simpson trug. Angesichts seiner äußeren Erscheinung hatte sie mit etwas Exotischerem gerechnet.

Kurze Zeit später verkündete Mrs Walters, sie sei müde

und wolle nach Hause gehen, also bezahlten sie ihre Rechnung und machten sich auf den Rückweg.

„Sie müssen mir unbedingt von Ihrem Besuch in Poldarrow Point erzählen", ermahnte Mrs Walters ihre Nachbarin, als sie sich am Gartentor von Shearwater Cottage verabschiedeten. Angela versprach, ihr bei Gelegenheit alles haarklein zu schildern, und kehrte in ihr eigenes Haus zurück.

An der Tür kam ihr Marthe aufgeregt entgegen.

„Oh, *Madame*, ich bin so froh, dass Sie da sind", rief sie. „Die Zigeuner sind da, sie wollen alles stehlen. Ich habe Ihre Schmuckschatulle versteckt, aber diese Leute sind gerissen, sie schrecken vor nichts zurück. Hoffentlich schleichen sie sich nicht im Dunkel der Nacht ins Haus, wenn wir schlafen, und schneiden uns die Kehle durch!"

„Was reden Sie denn da?", fragte Angela mit einem vorsichtigen Lachen. „Marthe, haben Sie den Verstand verloren? In dieser Gegend gibt es keine Zigeuner."

„Wenn ich es Ihnen doch sage, *Madame!*" Marthe rang verzweifelt die Hände. „Sie haben diese kleine Göre vorgeschickt, sie wollte etwas zu essen und ein Bett für die Nacht, aber ich bin ja nicht dumm. Ich kenne ihre Tricks. Sobald es dunkel ist, lässt sie ihre Spießgesellen ins Haus und dann ist es um uns geschehen."

„Jemand war hier und wollte etwas zu essen und ein Bett für die Nacht?", wiederholte Angela verdutzt. „Das ist –"

Marthe, die aus dem Fenster sah, unterbrach sie mit einem Aufschrei.

„Da ist sie wieder! Was hab ich Ihnen gesagt? Sie bringen uns alle um! Oh, wären wir doch bloß in London geblieben!"

Es klopfte.

„Reden Sie keinen Unsinn!", schimpfte Angela. Sie

ging zur Tür, riss sie schwungvoll auf – und starrte wie vom Donner gerührt auf die schmutzige Gestalt auf der Schwelle. Es war ein Mädchen, etwa zwölf Jahre alt, vollkommen verdreckt und mit Strohhalmen in Haar und Kleidung.

„Barbara!", rief sie erstaunt.

„Hallo, Tante Angela", sagte das Mädchen. „Warum musstest du ausgerechnet bis nach Cornwall fahren? Hast du eine Ahnung, wie schwer es war, dich zu finden?"

Kapitel Vier

BARBARA WELLS SAß auf der Terrasse und verschlang Scones und Butterbrote, als hätte sie seit Tagen nichts gegessen – was tatsächlich der Fall war. Angela sah ihr entgeistert zu.

„Isst du diesen Scone?, fragte Barbara.

Angela schob ihr wortlos ihren unberührten Teller zu.

„Hm, danke. Hat deine Köchin die gemacht? Die sind einfach spitze. Wir zwei werden bestimmt gute Freundinnen."

„Barbara, warum bist du nicht bei Familie Ellis?", fragte Angela.

„Scharlach", antwortete Barbara mit vollem Mund. „Erst hat Ginny sich angesteckt, dann Tom und jetzt sind sie alle dem Tode nahe. Zwei Tage, bevor die Sommerferien anfingen, haben sie mir ein Telegramm geschickt und gesagt, dass ich nicht kommen soll. Ich hab versucht, dich anzurufen, doch ich hab niemanden erreicht, also bin ich einfach zu deiner Wohnung gefahren. Natürlich warst du nicht da, aber der Portier hat mir erzählt, dass du in Cornwall bist, und hat mir die Adresse gegeben. Ich hatte kein Geld, deshalb musste ich sehen, wie ich hierherkomme. Meist bin ich zu Fuß gegangen oder Leute haben mich mitgenommen. Die letzten beiden Tage war ich auf einem Heuwagen. Wahrscheinlich bin ich ein bisschen dreckig."

„Aber warum hattest du kein Geld?"

„Hab ich verwettet."

„Wie bitte?"

„Ich hatte auf Delectable gesetzt, beim Gold Cup. Es war ein totsicherer Tipp, von Jim, dem Stallburschen, und der hatte es von Delectables Trainer höchstpersönlich. Jim meinte, auf Sieg-Platz zu wetten sei nicht nötig, weil die Stute auf keinen Fall verlieren würde. Also hab ich alles auf Sieg gesetzt, bei fünfzehn zu eins. Und dann ist der blöde Gaul als Zweiter eingelaufen! Hinterher hab ich herausgefunden, dass Jim doch auf Sieg-Platz gewettet hat, diese hinterhältige Ratte. Den bring ich um, wenn ich ihn das nächste Mal sehe", fügte sie düster hinzu.

„Hoffentlich lernst du etwas daraus und lässt in Zukunft die Finger vom Wetten", sagte Angela.

„Auf jeden Fall verlasse ich mich nicht mehr auf Jims Tipps", erwiderte Barbara. Sie lehnte sich mit einem zufriedenen Seufzer zurück und leckte sich einen Marmeladenklecks vom Finger. „Also, wo schlafe ich?"

„Du kannst nicht bleiben!", rief Angela entsetzt.

„Sei nicht albern", meinte Barbara. „Wo soll ich denn sonst hin? Ich kann mir das Zimmer mit Marthe teilen, der macht das nichts aus. Ich bin auch ganz brav." Sie sprang auf und lehnte sich auf das hintere Gartentor. „Hier ist es richtig nett, findest du nicht auch? Diese kleine Bucht da unten ist genau das Richtige zum Baden. Ich glaube, ich verzeihe dir, dass du aus London geflohen bist."

Angela wurde klar, dass sie es mit vollendeten Tatsachen zu tun hatte. Außerdem hatte Barbara recht: Wo sollte sie sonst bleiben? Sie seufzte und rief nach Marthe.

„Miss Barbara muss sich gründlich waschen", sagte sie und verkniff sich ein Lachen, als sie Marthes angewiderte Miene sah.

„Nein, *Madame*, sie braucht ein Bad", gab ihr Mädchen zurück. „Ich heize sofort den Badeofen ein."

„He, Moment mal!" Barbaras Stimme klang erschrocken. „Ist das nicht ein bisschen übertrieben? Eine Runde Schwimmen im Meer ist vollkommen ausreichend. Das hatte ich sowieso als Nächstes vor."

„Diese Dreckschicht lässt sich nur in heißem Wasser ablösen", erklärte Angela, „und außerdem ist gerade Flut, also ist es zu gefährlich, ins Wasser zu gehen. Das musst du dir unbedingt merken."

„Was soll ich mit ihren Kleidern machen, *Madame*?", fragte Marthe. Angela musterte die kleine Vogelscheuche vor ihnen.

„Am besten verbrennen Sie sie, aber wir haben nichts, was wir ihr sonst anziehen könnten."

„Natürlich habe ich was zum Wechseln mitgebracht", meldete sich Barbara würdevoll zu Wort. „Ich bin ja nicht blöd."

Sie ließ sich von einer schimpfenden Marthe ins Haus bringen, während Angela versuchte, sich mit der neuen Situation zu arrangieren. Die Vorstellung, in den nächsten Wochen ein Schulmädchen in ihrer Obhut zu haben, begeisterte sie nicht gerade, doch sie tröstete sich mit dem Gedanken, dass Barbara durchaus in der Lage schien, sich allein zu beschäftigen.

Der Rest des Tages bestätigte ihre Vermutung. Nach ihrem Bad erschien Barbara mit vor Sauberkeit glänzendem Gesicht und frisch gewaschenen und gebürsteten Haaren und verkündete, sie wolle sich ein wenig umsehen.

Sie kam rechtzeitig zum Abendessen zurück und ging danach ohne Murren zu Bett. Sie gab es zwar nicht zu, aber nach der mühsamen Reise von London war sie hundemüde.

„Heute gehe ich zu Miss Trout zum Tee", erklärte Angela am nächsten Morgen, als sie auf der Terrasse saßen.

Barbara riss die Augen auf. „Miss Trout!", rief sie begeistert. „Was für ein wunderbarer Name – Fräulein Forelle! Ich wünschte, ich hätte eine Freundin namens Fräulein Forelle. Obwohl Bückling oder Dorsch noch besser wären", fügte sie nachdenklich hinzu und wandte sich wieder ihrem Frühstück zu.

„Wenn du möchtest, kannst du mitkommen." Angela ging nicht auf Barbaras Ausführungen ein. „Sie sagte, ich dürfte jemanden mitbringen. Aber du musst dich benehmen wie andere Kinder."

„Wie benehmen sich andere Kinder denn?" Barbara blickte interessiert auf.

„Ich weiß es nicht genau", gab Angela zu, „ich vermute allerdings, dass sie nicht ihr ganzes Geld beim Pferderennen verlieren und dann wie ein Landstreicher umherziehen."

„Das mache ich doch nicht jeden Tag", wandte Barbara ein, „aber ich verspreche, ich werde brav sein wie ein kleiner Engel."

Die Sonne war noch warm, aber anders als gestern wehte nun von See her ein starker Wind, der ihre Röcke flattern ließ, als sie den Klippenpfad entlanggingen. Pünktlich um vier Uhr standen sie in Poldarrow Point vor der Tür. Sie wurden von Clifford Maynard in einen großen, düsteren Salon geführt, der im Stil von vor sechzig Jahren eingerichtet war. Das Mobiliar war elegant, aber schäbig und abgenutzt, und an manchen Stellen löste sich die Tapete von den Wänden. Der Raum vermittelte den Eindruck, als habe er bessere Tage gesehen.

Im Salon saß Miss Emily Trout über ein Buch gebeugt, dessen Seiten vergilbt und am Rand zerfleddert waren. Sie blickte auf, als die Gäste eintraten, und kam ihnen mit einem strahlenden Lächeln entgegen.

„Mrs Marchmont, ich freue mich so, Sie zu sehen", sagte sie. „Und wer ist diese junge Dame?"

„Barbara Wells", stellte sich Barbara vor und streckte ihr höflich die Hand entgegen. „Guten Tag, Miss Trout."

„Barbara ist meine Patentochter", erklärte Angela. „Sie ist gestern angekommen und wohnt bei mir im Cottage."

„Ich habe keine Eltern", erläuterte Barbara hilfreich, „also werde ich herumgereicht. Jetzt ist Angela an der Reihe."

Clifford Maynard lachte. „Dann haben wir etwas gemeinsam", sagte er. „Tante Emily ist an der Reihe und muss auf mich aufpassen."

„Leben Sie nicht ständig in Poldarrow Point?", wollte Angela wissen.

„Doch, jetzt schon. Die letzten Jahre war ich in London und habe versucht, meinen Lebensunterhalt mit der Schauspielerei zu verdienen, ohne Erfolg, wie ich leider zugeben muss. Vor ein oder zwei Monaten kam ich hierher, um Tante Emily zu besuchen, und irgendwie bin ich hängengeblieben."

„Der liebe Clifford ist immer so gut zu mir", sagte Miss Trout. „Die meisten meiner Verwandten sind tot, und von den wenigen, die noch übrig sind, ist kaum jemand bereit, den weiten Weg nach Cornwall auf sich zu nehmen. Daher bin ich sehr froh, dass Clifford jetzt hier wohnt. Ich hatte ihn nicht mehr gesehen, seit er ein Junge war, und Sie können sich sicher vorstellen, wie erstaunt und erfreut ich war, als er plötzlich auftauchte."

Angela blitzte der – nicht sehr wohlwollende – Gedanke durch den Kopf, dass Miss Trout möglicherweise ein Vermögen zu vererben hatte, doch sie verwarf die Idee sofort wieder. Der Zustand des Hauses machte nicht den Eindruck, als seien seine Bewohner mit Reichtümern gesegnet.

„Alle Wetter!", rief Barbara vom Fenster her. „Die Aussicht ist eine Wucht!"

„‚Eine Wucht' trifft es ganz genau", sagte die alte Dame augenzwinkernd und gesellte sich zu Barbara. „Gefällt es dir?"

„Oh ja, es ist wundervoll. Am liebsten würde ich ganz nach Cornwall ziehen. Ich gehe in Hertfordshire zur Schule und da ist es furchtbar langweilig – kein Meer, keine Berge, gar nichts. Sehen Sie nur, da ist unser Cottage und die kleine Bucht, wo ich heute früh schwimmen gegangen bin." Sie strahlte. „Haben Sie ein Glück!"

„Und was würdest du sagen, wenn es in diesem Haus einen Geheimgang gäbe, der zu genau dieser Bucht führt?"

Barbara starrte ihre Gastgeberin an. „Einen echten Geheimgang? Hier im Haus?"

„Oh ja."

„Können Sie mir den zeigen?"

„Gerne, aber erst trinken wir Tee", antwortete die alte Dame.

Sie setzten sich und Miss Trout schenkte ein. Die Tülle der Teekanne war am Rand abgestoßen.

„Wie Sie sehen, befindet sich fast alles hier in einem beklagenswerten Zustand", bemerkte sie. „Mein Bruder hat leider den größten Teil seines Vermögens bei einer missglückten Spekulation verloren und hatte kein Geld für

Reparaturen oder Neuanschaffungen. Ich besitze noch weniger als er und so verfällt das Haus immer mehr."

„Haben Sie nie daran gedacht, das alles aufzugeben?", fragte Angela.

Miss Trout sah sie entgeistert an.

„Oh nein, das würde ich nie tun", antwortete sie. „Dieses Anwesen ist seit mehr als hundertfünfzig Jahren im Familienbesitz." Sie straffte die Schultern. „Außer mir gibt es keine Trouts mehr" – bei der Vorstellung, der letzten lebenden Forelle gegenüberzusitzen, hätte Barbara beinahe losgelacht – „und ich bin fest entschlossen, bis zum bitteren Ende zu bleiben."

Mit einem strengen Blick in Barbaras Richtung fragte Angela: „Ihr Bruder lebt nicht mehr, nehme ich an?"

„Leider nein", erwiderte Miss Trout mit einem traurigen Lächeln. „Jeremiah konnte die Winter in Poldarrow Point nicht länger vertragen, sie haben seiner Gesundheit sehr zugesetzt. Daher ist er vor ein paar Monaten nach Italien gereist, wo er bedauerlicherweise kurze Zeit später verstorben ist."

„Er hätte hierbleiben sollen", meldete sich Clifford zu Wort. „In seinem Alter! Kein Wunder, dass er die Reise nicht überlebt hat."

Miss Trout zog ein Taschentuch hervor und tupfte sich die Augen. Angela wechselte taktvoll das Thema.

Nach dem Tee hielt es Barbara nicht länger aus. „Können wir jetzt den Geheimgang sehen?"

Clifford lächelte und Miss Trout lachte ihr silberhelles Lachen. „Natürlich", sagte sie, „aber zuerst muss ich dir etwas von der Geschichte des Hauses erzählen. Vor hundertfünfzig Jahren war Poldarrow Point keineswegs das riesige, verwinkelte Haus, das es jetzt ist – damals war es einfach ein großes, gemütliches Bauernhaus. Es gehörte meinem Vorfahren, einem Mann namens Richard

Warrener, der hierzulande besser als Prediger Dick bekannt war.“

„War er Pirat?“, fragte Barbara atemlos.

„Nein“, antwortete Miss Trout und machte eine dramatische Pause. „Er war Schmuggler.“

Kapitel Fünf

IN DIESEM MOMENT ertönte von oben ein lautes Poltern, das sie alle zusammenzucken ließ.

Clifford Maynard verzog ungeduldig das Gesicht.

„Wahrscheinlich hat sich der Haken am Schlagladen wieder gelöst", seufzte er. „Ich schraube ihn am besten gleich fest, sonst tun wir heute Nacht kein Auge zu."

Nachdem er gegangen war, bemerkte Miss Trout: „Bei gutem Wetter ist es hier sehr schön, aber wenn der Wind auffrischt, können Sie sich an fünf Fingern ausrechnen, dass irgendetwas zu Bruch geht. Nun, wo war ich stehen geblieben? Oh ja, ich wollte Ihnen von Prediger Dick erzählen."

Angela hatte interessiert zugehört.

„War er wirklich ein Prediger?", fragte sie. „Ich hätte angenommen, dass sich ein Geistlicher nicht an illegalen Aktivitäten beteiligt."

„Ach, wissen Sie, das war damals gar nichts Unge-wöhnliches", versicherte Miss Trout. „Die Steuern auf Gebrauchsgütern waren so hoch, dass viele Leuten sie als unmoralisch betrachteten. Wenn man etwas ergattern konnte, ohne der Regierung dafür Steuern zu zahlen, galt das als fair. Ganze Dörfer waren an Schmuggelgeschäften beteiligt. Richard Warrener hat die Landwirtschaft mehr oder weniger als Hobby betrieben und war nebenher methodistischer Laienprediger – und im späten achtzehnten Jahrhundert einer der umtriebigsten Schmuggler in der Gegend.“

„Hat er den Tunnel gegraben?“, fragte Barbara.

„So erzählt man es sich“, erwiderte Miss Trout. „Du hast sicher schon bemerkt, dass Poldarrow Cove, die Bucht, in der du heute geschwommen bist, Barbara, von Tregarrion aus nicht zu sehen ist. Außerdem ist sie vor starken Winden geschützt.

Das machte sie zum idealen Anlandeplatz für Boote mit illegalen Gütern. Die Schiffe ankerten ein Stück weiter draußen und die Beute wurde mit Ruderbooten an Land gebracht. Warreners Leute warteten am Strand, um die Kisten und Fässer in Empfang zu nehmen, und beförderten sie durch den Tunnel ins Haus, von wo aus sie verkauft wurden. Soweit ich weiß, war es ein äußerst profitables Arrangement.“

„Wie spannend!“, rief Barbara. „Da wäre ich gerne dabei gewesen. Heute wird vermutlich nicht mehr geschmuggelt?“ Dem Mädchen war die Enttäuschung deutlich anzumerken und Miss Trout musste lachen.

„Nein, ich fürchte, du hast recht. Irgendwann hat die Regierung die Einfuhrzölle gesenkt und in der Folge wurde die Schmuggelei fast überall eingestellt. Sollen wir uns jetzt den Geheimgang ansehen? Barbara, Liebes, in der obersten Schublade dieser Kommode ist eine Taschenlampe. Könntest du mir die bringen?“

Barbara tat, wie ihr geheißen. Miss Trout führte ihre Gäste aus dem Salon in die schwach beleuchtete Eingangshalle. In die Holzvertäfelung unter der Treppe war eine unauffällige kleine Tür eingelassen. Sie drehte den Schlüssel im Schloss und hatte gerade die Tür geöffnet, als Clifford zu ihnen stieß.

„Hast du den Haken festgeschraubt?", fragte Miss Trout.

Er nickte. „Lass mich vorgehen, Tante", sagte er.

Er nahm ihr die Taschenlampe ab und stieg die Treppe hinunter, gefolgt von Angela, Barbara und seiner Tante. Sie gelangten in einen großen, quadratischen Raum, der bis auf ein paar Kisten und die traurigen Überreste einiger Möbelstücke leer war.

„Das ist ja bloß ein Keller", bemerkte Barbara entmutigt.

„Hier wurde die Schmuggelware aufbewahrt, die die Männer vom Strand hochgeholt haben", erklärte Miss Trout. „Zum Geheimgang geht es dort drüben."

Clifford ging voran in einen kleineren Raum. Dieser war völlig leer.

„Da", sagte er und wies auf eine quadratische Falltür im Boden. Sie war verriegelt. Er schob den Riegel mit einiger Mühe auf, dann zog er an einem Metallring und die Tür fiel mit lautem Klappern zur Seite. Clifford leuchtete mit der Taschenlampe in die Öffnung.

„Da ist eine Leiter", rief Barbara begeistert. „Darf ich runterklettern? Bitte!"

Bevor jemand etwas erwidern konnte, saß sie am Rand der Öffnung. Die metallenen Leitersprossen waren in die Wand eingelassen und Barbara tastete mit den Füßen nach der obersten Leitersprosse und ließ sich langsam hinunter. Angela hatte Angst, dass ihr Kleid Schaden nehmen würde, sagte aber nichts.

„Sei vorsichtig", ermahnte Miss Trout sie, als das Mädchen nach und nach ihren Blicken entschwand. Sie hörten ihre Schuhe auf dem Metall klappern.

„Hier unten ist es pechschwarz." Ihre Stimme hallte von unten hoch. „Kann ich bitte die Taschenlampe haben?"

„Da gibt es nicht viel zu sehen", antwortete Clifford. „Außerdem willst du uns hier oben wohl kaum im Dunkeln stehen lassen, oder? Ich versuche mal, dir zu leuchten."

Er kauerte sich vor die Öffnung im Boden und hielt die Taschenlampe hinein.

„Da ist ein Tunnel!", rief Barbara. „Ich möchte so gerne sehen, wohin er führt."

„Nein, nicht jetzt", sagte Angela. „Das reicht. Komm wieder hoch."

Mit großem Geklapper kletterte Barbara die Leiter empor, bis sie wieder im Keller stand.

„Ich wäre so gerne den ganzen Tunnel bis zum Strand entlanggegangen", sagte sie betrübt.

„Das wäre jetzt sowieso nicht möglich", wandte Miss Trout ein. „Bei Flut ist der Tunnelzugang versperrt."

„Dann gehe ich morgen in die kleine Bucht und sehe mich nach der Tunnelöffnung um", entschied Barbara.

Im Keller war es kalt und Miss Trout fröstelte.

„Sollen wir wieder nach oben gehen?", schlug sie vor. „Clifford, schließt du die Falltür?"

„Darf ich das machen?", bettelte Barbara.

„Klar", antwortete Clifford, „vergiss nur nicht, den Riegel vorzuschieben."

Sie kehrten in den Salon zurück, in dem es angenehm warm war.

„Was ist aus Prediger Dick geworden?", wollte Barbara wissen. „Ist er jemals geschnappt worden?"

„Nein", erwiderte Miss Trout. „Er hat ein gesegnetes Alter erreicht und ist hier im Haus gestorben, soweit ich weiß. Aber ich habe etwas, was ich Ihnen zeigen möchte."

Sie nahm das Buch zur Hand, in dem sie bei der

Ankunft der Gäste geblättert hatte, und reichte es Angela. „Das sind seine Memoiren", erklärte sie. „Er hat sie als alter Mann verfasst, als er die Schmuggelei schon lange hinter sich gelassen hatte."

Angela betrachtete das Buch. Es war ein schmaler, in Kalbsleder gebundener Band mit deutlichen Gebrauchsspuren. Sie schlug ihn auf und sah, dass jede Seite eng beschrieben war.

„„Dies ist der ehrliche Lebensbericht von Richard Warrener von Poldarrow Point im Sprengel von Tregarrion, geschrieben von seiner eigenen Hand"", las sie. „Wahrscheinlich hatte er faszinierende Geschichten zu erzählen." Sie gab Miss Trout das Buch zurück.

„Oh, ganz gewiss", antwortete diese. „Eine seiner Großtaten ist in der Familie inzwischen zur Legende geworden. Dabei ging es um einen Schatz von unermesslichem Wert, der verschwunden ist, aber möglicherweise noch immer im Haus versteckt ist."

Barbara riss erstaunt die Augen auf.

„Ein Schatz? Was für ein Schatz?", fragte sie aufgeregt.

Miss Trout senkte die Stimme. „Es war ein Diamantencollier, das angeblich für Königin Marie Antoinette bestimmt war", erklärte sie. „Es ist eine sehr geheimnisvolle Geschichte. Möchtest du sie hören?"

„Ja, bitte."

„Also", begann die alte Dame. „Das Collier wurde vor vielen, vielen Jahren von zwei Pariser Juwelieren angefertigt und galt als das schönste Schmuckstück, das jemals von Menschenhand geschaffen wurde. Die Juweliere verwendeten nur das feinste Gold und die reinsten Diamanten und ließen all ihre Kunst in diese wertvolle Halskette einfließen.

Natürlich war die Herstellung sehr kostspielig, doch sie hofften, die Kette für das Zehnfache der Produktionskosten an König Ludwig den Sechzehnten verkaufen zu können. Allerdings war die Enttäuschung groß, als der König seiner Gemahlin das Schmuckstück kaufen und diese es nicht haben wollte. Sie meinte, das Geld solle besser für den Bau eines Kriegsschiffes verwendet werden.

Nun, am Königshof wurden Politik gemacht und Intrigen geschmiedet und es gab viele Leute, die um die Gunst der Königin buhlten. Einer davon war der Kardinal de Rohan, der Marie Antoinette verärgert hatte und eifrig bemüht war, ihr Wohlwollen wiederzuerlangen.

Und dann gab es da eine Frau, die sich die Gräfin de la Motte nannte. Sie war eine Diebin und Abenteurerin, die mit einem mittellosen Landedelmann verheiratet war. Die beiden steckten ständig in Geldnöten und sie war fest entschlossen, sich und ihrem Ehemann ein auskömmliches Dasein zu ermöglichen, mit welchen Mitteln auch immer. Um ihr Ziel zu erreichen, nahm sie den Titel einer Gräfin an, versuchte, sich bei Hofe einzuschmeicheln und wurde schließlich die Geliebte des Kardinals de Rohan. Sie machte ihm weis, sie sei eine Vertraute der Königin und bot ihm an, ihm zu helfen und dafür zu sorgen, dass Marie Antoinette ihm wieder wohlgesonnen war.

In Wirklichkeit wollte sie in den Besitz des Colliers gelangen. Zu diesem Zweck fälschte sie einen Brief der Königin, in dem Ihre Majestät dem Kardinal mitteilte, sie habe ihm verziehen. Sie arrangierte auch ein Treffen zwischen beiden und engagierte zu diesem Zweck eine Schauspielerin, die Marie Antoinette ähnlich sah und deren Rolle übernahm.

Kurze Zeit später legte die falsche Gräfin ihrem Geliebten einen weiteren fingierten Brief der Königin vor. Darin bat sie den Kardinal, ihr das Collier heimlich zu beschaffen und es ihr durch die Gräfin zukommen zu lassen.

Rohan, der alles daransetzte, die Gunst der Königin nicht erneut zu verspielen, besorgte sich das Collier bei den Juwelieren und übergab es der vermeintlichen Gräfin. Diese hatte natürlich nicht vor, es der Königin zu übergeben, sondern steckte es ihrem Ehemann zu, der damit auf der Stelle das Land verließ.

Schon bald pochten die Juweliere darauf, ihr Geld zu bekommen, und wandten sich an Marie Antoinette, die jedoch keine Ahnung von der ganzen Sache hatte. Auf diese Weise flog der Betrug auf und ein riesiger Skandal war die Folge. Die Gräfin de la Motte wurde vor Gericht gestellt und wegen Diebstahls verurteilt, während der arme, dumme Kardinal freigesprochen, aber des Landes verwiesen wurde." Miss Trout verstummte.

„Und was wurde aus der Kette?", fragte Barbara.

„Sie ist nie wieder aufgetaucht." Miss Trouts Stimme klang bedeutungsvoll. „Man nahm an, dass der Ehemann der Gräfin sie nach London brachte und die Diamanten einzeln verkaufte, doch dafür gab es nie einen Beweis. Der Familienlegende der Warreners nach erlebte das Collier indessen ein ganz anderes Schicksal."

Sie nahm Richard Warreners Memoiren zur Hand und blätterte die Seiten langsam um, als suche sie etwas. „Ah, hier ist es", sagte sie schließlich und reichte Angela das Buch. „Die Schrift ist nicht einfach zu lesen, aber Ihre Augen sind sicher besser als meine. Bei manchen Wörtern mutet die Schreibweise heute seltsam an, aber so war das damals."

Angela blinzelte und las laut vor: „„Jetzt im Frühling des Jahres 1785 landete eine Schaluppe von an die 25 Tonnen mit der Ladung eines Freibeuters an. Während die Leut die Waren hereinbrachten, staunte ich, als auch ein französischer Herr von Bord getragen wurde. Er fieberte und war an des Todes Schwelle.

Ich rief mein Weib, dass sie nach ihm sehen möge. Da seine Kräfte bald erschöpft waren, legten wir ihn zu Bett, wo er eindringlich um Absolution für sein Leben bat, das dem Ende entgegenging. Voll des Mitleids mit ihm versprach ich, seine Beichte zu hören, da wir keinen catholischen Priester in der Nähe hatten, aber wir beten zu dem einen Gott, daher sah ich keinen Schaden darin.

Da zog er aus seiner Jacke ein Päckchen, das, so sagte er, einen Schatz von großem Wert enthielt, unrechtmäßig erworben. Er konnte nicht mit dieser Last auf seinem Gewissen dahinscheiden, daher bat er mich, das Päckchen an mich zu nehmen und damit zu verfahren, wie es mir recht erschien.

Ich fragte ihn, was in dem Päckchen sei, und er meinte, es sei etwas von großem Wert, das einst einer französischen Dame gehörte, dann aber gestohlen wurde. Ich hörte die Beichte seiner Sünden und sagte ihm, er solle in Frieden ruhen, und bald darauf starb er.

Als ich zum Strand ging, war die Schaluppe schon davongesegelt und ich fragte meine Männer nach dem französischen Herrn, aber sie konnten mir nur sagen, dass er im Dunkel der Nacht in Guernsey an Bord gegangen war und man annahm, er sei vom königlichen Hof in Paris gekommen. Nach meiner Rückkehr zum Haus nahm ich das Päckchen und öffnete es und fand darin -'"

Angela verstummte und sah sich das Buch genauer an. Dann blickte sie auf.

„Oh! Die nächste Seite fehlt. Sie ist herausgerissen worden."

Kapitel Sechs

„Was?", rief Barbara entsetzt. „Bist du sicher?

„Ganz sicher."

„Oh je", sagte Miss Trout. „Das ist schade, aber das Buch ist sehr alt, daher überrascht mich sein Zustand nicht. Wahrscheinlich ist die Seite vor Jahren versehentlich ausgerissen worden und längst verschwunden."

„Aber wir waren kurz davor, zu erfahren, was in dem Päckchen war. War es die Diamantenkette von Marie Antoinette?"

Miss Trout schüttelte den Kopf. „Es ist lange her, dass ich mir das Buch angesehen habe, und ich weiß nicht mehr genau, was darin stand", antwortete sie. „Ist die Seite wirklich nicht da? Das ist bedauerlich, weil diese Memoiren unsere einzige schriftliche Quelle sind. Es ist nämlich so, dass Prediger Dick sagt, er habe das Päckchen 1785 erhalten – in demselben Jahr, in dem die Kette verschwunden ist, und in dieser Familie sind wir immer davon ausgegangen, dass es sich beim Inhalt des Päckchens um die Kette gehandelt haben musste."

„Aber was hat er damit gemacht?"

„Angeblich hat er sie an einem sicheren Ort hier im Haus versteckt. Ich weiß nicht, was er damit vorhatte – er war ja ein Schmuggler, kein Dieb, und war vielleicht nicht begeistert von der Vorstellung, Diebesgut zu verkaufen, das er einem Sterbenden abgenommen hatte, nachdem er dessen Seele in die Obhut des Herrn empfohlen hatte. Auf jeden Fall kursieren keine Erzählungen von plötzlichem und unerklärlichem Reichtum der Warreners, ein weiterer Grund anzunehmen, dass er die Kette behalten hat."

„Ich frage mich, wer der französische Herr war", sagte Angela. „Die Geschichte um die Kette ist mir durchaus bekannt und ich weiß, dass der Ehemann der Gräfin erst viele Jahre nach dem Diebstahl gestorben ist. Er kann es also nicht gewesen sein. Möglicherweise hatte er den Schmuck jemandem zur Aufbewahrung anvertraut."

„Ja, kann sein", sagte Barbara ungeduldig, „aber das ist doch nicht wichtig. Ich möchte nur wissen, wo die Kette jetzt ist."

„Das weiß ich nicht", antwortete Miss Trout, „doch ich würde sie für mein Leben gern finden."

Angela entging keineswegs der wehmütige Ton, der in ihrer Stimme mitschwang und der sich weder nach Neugier noch nach Entdeckerdrang anhörte.

„Vermutlich hätte ein solches Schmuckstück heutzutage einen immensen Wert, sogar weit über dem, den es zu seiner Entstehungszeit hatte", sagte sie. „Dürften Sie die Kette behalten, wenn Sie sie tatsächlich finden sollten? Von Rechts wegen gehört sie wohl den Nachkommen der Pariser Juweliere, die so hinterhältig um ihr Werk betrogen wurden."

„Ich fände das nicht fair", mischte sich Barbara ein. „Wieso sollten sie die Kette bekommen? Wer's findet, darf's behalten. Sie ist seit mehr als einem Jahrhundert im Besitz von Miss Trouts Familie, deshalb gehört sie ihr.

Zumindest sollte sie einen stattlichen Finderlohn bekommen", fügte sie nach kurzem Nachdenken hinzu.

„Das ist nett von dir", sagte Miss Trout mit einem traurigen Lächeln, „aber all diese Überlegungen sind müßig, da wir keine Ahnung haben, wo sie ist und sie kaum finden, bevor -" Sie verstummte.

„Bevor – was?", hakte Angela nach.

„Na, Tante", meldete sich Clifford zu Wort, „wir wollen Mrs Marchmont nicht mit unseren Problemen behelligen."

„Ja, du hast recht", räumte Miss Trout widerstrebend ein.

„Entschuldigen Sie, ich wollte nicht neugierig sein", sagte Angela.

„Brauchen Sie das Geld?", fragte Barbara rundheraus, was ihr einen weiteren strengen Blick von Angela eintrug.

„Das kann ich leider nicht leugnen", antwortete Miss Trout lachend. „Es hat keinen Zweck, um den heißen Brei zu herumzureden."

„Hier im Haus gibt es viel zu tun", meinte Barbara. „Wenn Sie die Kette finden, können Sie sich die Reparaturen leisten."

„Wenn das unser einziges Problem wäre!", sagte Miss Trout, „aber ich fürchte, das ist es nicht." Sie warf Clifford einen entschuldigenden Blick zu und fuhr fort: „Leider sieht es so aus, als müssten wir das Haus bald ganz aufgeben."

Angela und Barbara sahen sie erschrocken an und schließlich stellte Barbara die entscheidende Frage: „Warum?"

Miss Trout seufzte. „Die Warreners waren immer eine wohlhabende Familie", erklärte sie, „aber um die Mitte des letzten Jahrhunderts war es damit vorbei. Ich nehme an, mit dem Ende der Schmuggelei versiegte die Quelle ihres Reichtums.

Außerdem hat meine Großmutter, die letzte aus der Warrener-Familie, einen Pastor geheiratet, meinen Großvater Trout. Er war ein gütiger Mensch, hatte jedoch kein eigenes Vermögen in die Ehe eingebracht. So kam es, dass meine Großeltern vor fünfzig oder sechzig Jahren das Eigentumsrecht für das Haus verkauft und es stattdessen für einen geringen Betrag gepachtet haben. Der Pachtvertrag läuft bald aus, und wenn er nicht verlängert werden kann, ist das das Ende der Warreners auf Poldarrow Point."

„Und warum verlängern Sie ihn nicht?" Barbara hatte nur eine vage Vorstellung davon, was ein Pachtvertrag war, doch vor ihrem inneren Auge sah sie Miss Trout wie mit einem Gummiband an das Haus gebunden, sodass sie es nicht verlassen konnte.

„Das kann ich mir leider nicht leisten", antwortete Miss Trout.

„Wer ist der jetzige Eigentümer von Poldarrow Point?", wollte Mrs Marchmont wissen.

„Ein reicher Mann aus Penzance. Sein Anwalt hat mir schon geschrieben, ein gewisser Mr Penhaligon. Er sagt, sein Mandant böte mir eine Verlängerung des Pachtvertrages an, ansonsten müsse ich das Haus bis zum 5. August räumen."

„Bis dahin sind es nur noch zwei Wochen!", sagte Barbara. „Miss Trout, Sie müssen die Kette unbedingt finden, dann können Sie sie für Tausende von Pfund verkaufen und für immer hierbleiben. Wir helfen Ihnen, nicht wahr, Angela?" Bevor Angela etwas erwidern konnte, fuhr sie fort: „Tante Angela ist nämlich eine berühmte Detektivin. Sie hat schon furchtbar komplizierte Mordfälle aufgeklärt und ihr Name stand in allen Zeitungen. Ich kann Ihnen auch helfen – im Sachenfinden bin ich sehr gut und außerdem kann ich besser in Löcher und enge Lücken kriechen als ein Erwachsener. Sag Ja, Tante Angela, bitte!", bettelte sie. „Es wird bestimmt ungemein aufregend, wie eine echte Schatzsuche."

Angela sah ihre Aussicht auf entspannte Ferientage vollends dahinschwinden.

„Nein, Barbara, wir wollen Miss Trout doch nicht zur Last fallen."

„Oh, ab-", begann Barbara enttäuscht, doch Miss Trout nickte zustimmend.

„Es ist lieb von dir, dass du mir helfen willst", sagte sie, „aber du bist hier, um Ferien zu machen. Ich würde nicht im Traum daran denken, euch mit meinem kleinen Problem zu belästigen. Du solltest lieber draußen in der Sonne herumtollen, statt in einem finsteren alten Kasten nach etwas zu suchen, was vielleicht gar nicht da ist. In den letzten hundertvierzig Jahren ist die Halskette nicht aufgetaucht, also ist es recht unwahrscheinlich, dass wir sie in den kommenden zwei Wochen finden."

„Haben Sie danach gesucht?", fragte Angela.

„Ich bin nicht mehr die Jüngste", erwiderte Miss Trout, „und ehrlich gesagt ist es mir erst kürzlich in den Sinn gekommen, dass ich versuchen könnte, die Kette zu finden. Früher erschien es mir sinnlos, nach einem geheimnisvollen Gegenstand zu suchen, um den sich viele Legenden ranken, aber von dem niemand weiß, ob er wirklich existiert. Ich habe hier und da nachgeschaut, aber als ernsthafte Suche kann man das nicht bezeichnen."

„Hat Prediger Dick irgendwelche Hinweise hinterlassen?", fragte Barbara eifrig.

„Nicht, dass ich wüsste."

„Bestimmt hat er das", meinte Barbara. „Warum sollte er etwas so gut verstecken, dass niemand es wiederfinden kann? Ich wette, in seinen Memoiren findet sich eine geheime Botschaft.“

Sie nahm das ledergebundene Buch und blätterte die Seiten vorsichtig um.

„Die Schrift ist furchtbar schwierig zu lesen“, sagte sie stirnrunzelnd, „aber irgendwo hier muss ein Hinweis sein oder vielleicht eine Schatzkarte oder etwas Ähnliches.“

„Das würde ich nur allzu gerne glauben“, seufzte Miss Trout, „doch leider hat er das Geheimnis vermutlich mit ins Grab genommen. Es hat keinen Sinn, wenn wir unsere Hoffnungen auf das Auftauchen des Colliers setzen. Nein, ich fürchte, unser Briefeschreiber hat recht: Es ist besser für mich, wenn ich Poldarrow Point verlasse.“

Angela sah, dass Clifford seiner Tante einen warnenden Blick zuwarf.

„Ihr Briefeschreiber? Was meinen Sie damit?“, fragte sie.

„Habe ich Ihnen das nicht erzählt?“, antwortete Miss Trout. „Ich dachte, ich hätte es erwähnt. Wahrscheinlich hat es nichts zu sagen, aber seit einiger Zeit bekomme ich diese albernen anonymen Briefe.“

Kapitel Sieben

Bei Angela läuteten sofort die Alarmglocken.

„Was sind das für anonyme Briefe?", fragte sie.

„Ach, ich werde darin aufgefordert, das Haus auf der Stelle zu verlassen, weil mir sonst etwas Schreckliches zustoßen wird. Das Übliche, Sie wissen schon."

„Das Übliche? Was meinen Sie damit?" Angela war überrascht.

Miss Trout wurde ganz rot vor lauter Verwirrung. „Oh je!", stotterte sie. „Ich meine, so wie es in den Romanen steht. Ich muss zu meiner Schande gestehen, dass ich für mein Leben gerne Schmöker lese, die man kaum zur hohen Literatur zählen kann."

„Das verstehe ich gut, ich liebe Detektivgeschichten!", warf Barbara ein.

„Tante, wir hatten vereinbart, die Briefe nicht zu erwähnen", sagte Clifford tadelnd.

„Ich weiß, mein Lieber, aber ich finde es so nett von Mrs Marchmont, dass sie ihre Hilfe anbietet, dass ich dachte, ich lege besser die Karten auf den Tisch."

„Wie viele Briefe haben Sie bis jetzt bekommen?", fragte Angela.

„Vier, der erste kam vor zehn Tagen", antwortete Miss Trout. „Zunächst dachte ich natürlich, es sei ein übler Scherz, also habe ich ihn nicht weiter beachtet, aber dann kam ein zweiter, dann ein dritter und heute Morgen habe ich den vierten bekommen. Ich weiß nicht, was ich tun soll."

„Darf ich die Briefe mal sehen?", bat Mrs Marchmont.

Miss Trout ging zu einem alten Sekretär und holte aus einer Schublade ein kleines Bündel Briefe, das sie Angela reichte.

Angela betrachtete die Umschläge eingehend und sah sich die Poststempel genau an.

„Sie sind alle hier in Tregarrion verschickt worden", bemerkte sie. Sie zog einen Brief hervor.

Libe sogenannte Miss Trout,

sie sind hier nich willkomen. Ich warn sie: verschwindn Sie sofort aus Poldarrow Point oder sie werdn es bereuen.

„So ein elender Feigling!", rief Barbara empört. „Dem würde ich gerne ordentlich die Meinung sagen!"

Angela hielt den Brief gegen das Licht, in der Hoffnung, ein Wasserzeichen zu entdecken.

„Ganz gewöhnliches Schreibpapier", bemerkte sie und nahm den nächsten Brief.

*Ihr Leben is in Gefar wenn sie Poldarrow Point nich sofort
verlassn. Glauben sie bloß nich, das ihr Neve sie rettet.*

„Er macht noch mehr Schreibfehler als ich", stellte
Barbara fest. Sie nahm die nächsten beiden Briefe und
las vor:

*sie haben meine warnungn ignoriert, das war dum von ihn.
Dies is mein letztes wort.*

„Es ist albern, so etwas zu sagen", meinte sie. „Wenn
man eine Drohung ausstößt, sollte man sie auch wahrma-
chen. Außerdem ist es nicht die letzte Warnung, denn hier
ist noch eine."

*Ich habs ihn gesagt. Der geist von Poldarrow Point wird sich
an den rechen, die seine Warnungen missachten. Nehm sie
sich in acht.*

Barbara schnaubte verächtlich. „So ein Unfug! Der
Geist von Poldarrow Point! Jedes Kind weiß doch, dass es
keine Geister gibt. Der Briefeschreiber will Ihnen nur
Angst machen."

„Gibt es denn einen Geist von Poldarrow Point?",
fragte Angela.

„Oh ja, der Legende nach gibt es sogar mehrere",

erklärte die alte Dame. „Bei einem so alten Haus ist das nicht überraschend. Eine der Geistergeschichten handelt von einem alten Mann, der im Nachthemd durch die obere Etage wandert, die Hände ringt und vor sich hinmurmelt. Eine andere erzählt von einem Schmuggler, der bei dem Versuch ertrunken ist, ein geschmuggeltes Weinfass für seine eigenen Zwecke zu stehlen. Angeblich spukt er oben auf der Klippe herum und kommt manchmal auch in den Garten. Ich halte diese Geschichten allerdings für Unfug."

„Ich frage mich, was der Verfasser der anonymen Briefe erreichen will", sagte Angela. „Warum ist ihm so daran gelegen, Sie aus dem Haus zu vertreiben?"

„Ich habe nicht die geringste Ahnung", meinte Miss Trout.

„Es muss mit dem Collier zusammenhängen!", rief Barbara aufgeregt. „Das ist die einzig mögliche Erklärung. Jemand will Sie aus dem Weg haben, um das Haus in Ruhe durchsuchen zu können."

„Also -", begann Miss Trout zweifelnd.

„Wann können wir mit der Suche beginnen?" Barbara ließ sich durch nichts beirren. „Ich kann morgen kommen. Oder übermorgen. Sagen Sie Ja, Miss Trout, bitte! Ich würde so gerne helfen. Ich möchte die Kette finden, bevor dieser gemeine Briefeschreiber es tut."

Miss Trout warf Angela einen fragenden Blick zu, die nur zu gut wusste, dass mit Barbara nicht zu reden war, wenn sie sich etwas in den Kopf gesetzt hatte. Die alte Dame musste sich wohl oder übel damit abfinden, dass das Mädchen in den nächsten Tagen durch ihr Haus wirbeln würde.

„Wenn Miss Trout nichts dagegen hat, darfst du dich von mir aus auf die Suche machen. Du musst aber versprechen, niemandem im Weg zu sein und keine

Unordnung zu veranstalten. Und wer weiß“, sagte sie zu Miss Trout gewandt, „vielleicht findet sie tatsächlich etwas.“

„Das würde mich sehr freuen“, meinte Miss Trout, „obwohl ich es kaum zu hoffen wage.“

„Und Angela ermittelt wegen der anonymen Briefe, nicht wahr, Angela?“, sagte Barbara.

Ihre Patentante sah ein, dass sie keine Wahl hatte, und versprach, sich der Sache im Rahmen ihrer Möglichkeiten anzunehmen. Kurz drauf verabschiedeten sie sich, nicht ohne zu verabreden, dass Barbara am übernächsten Tag wiederkommen sollte. Sie nahmen das Buch von Prediger Dick mit, da Barbara überzeugt war, darin den wesentlichen Hinweis auf das Versteck der Kette zu finden.

Auf dem Rückweg nach Kittiwake Cottage redete das Mädchen ununterbrochen, doch Angela hörte nur mit halbem Ohr zu, denn sie war in Gedanken bei den anonymen Briefen. Der Geschichte von der Halskette maß sie wenig Bedeutung zu, insgeheim war sie sicher, dass Miss Trout und ihr Neffe Poldarrow Point würden verlassen müssen, wenn der Pachtvertrag auslief. Die Briefe waren jedoch eine andere Sache.

Wer mochte sie geschickt haben? Es war äußerst seltsam, denn schließlich würde Miss Trout sehr wahrscheinlich schon bald aus dem Haus ausziehen. Warum also war dem Briefeschreiber daran gelegen, sie noch vor Ende des Pachtvertrags zu vertreiben?

Je mehr sie darüber nachdachte, desto merkwürdiger erschien ihr der ganze Nachmittag. Miss Trout war eine muntere alte Dame mit einem stählernen Willen, der kaum zu ihrer äußeren Erscheinung passte. Ihr Neffe Clifford gab Angela jedoch Rätsel auf. War er wirklich aus reiner Zuneigung zu seiner Tante nach Cornwall gezogen? Womit verdiente er sein Geld? Von einer Arbeitsstelle war nicht die Rede gewesen und Miss Trout hatte keinen Hehl daraus gemacht, wie arm sie war, sie konnte ihn also kaum unterstützen. Würde er bei seiner Tante bleiben, wenn sie aus dem Haus auszogen? Oder würde er nach London zurückkehren und Miss Trout mitnehmen? Wenn ja, dann wäre das ein trauriges Ende der Familientradition in Poldarrow Point.

Es war schon nach sechs, als sie nach Hause kamen. Die getigerte Katze drückte die Nase an die Fenstertüren, was Marthe hartnäckig ignorierte. Barbara holte dem armen Tier etwas zu fressen und Angela folgte ihr auf die Terrasse, wo sie ihr Buch hatte liegen lassen. Als sie einen Blick auf das benachbarte Cottage warf, stellte sie fest, dass Mrs Walters ihr Netz offenbar erneut ausgeworfen und neue Bekanntschaften an Land gezogen hatte. Mit ihr und Helen saßen die Dorseys auf der Terrasse und unterhielten sich.

„Oh, Mrs Marchmont, warum gesellen Sie sich nicht zu uns?", rief sie, als sie Angela erspähte. „Ich würde Ihnen gerne jemanden vorstellen."

Eigentlich hatte Angela vorgehabt, sich auszuruhen und ein wenig zu lesen. Stattdessen ging sie zu den Walters hinüber, dicht gefolgt von Barbara, die von einer unstillbaren Neugier besessen war und sich nie den Kopf darüber zerbrach, ob ihre Anwesenheit erwünscht war oder nicht.

Mrs Walters stellte die Herrschaften einander vor, alle setzten ein höfliches Lächeln auf und nahmen Platz. Lionel und Harriet Dorsey kamen aus London und machten ein paar Wochen Urlaub in der Gegend, wie sie berichteten. Sie waren gerade von einem Ausflug nach Penzance zurückgekehrt, aber ob es ihnen dort gefallen hatte oder nicht, blieb offen. Die beiden schienen allem mit unveränderlicher Gleichgültigkeit zu begegnen, die keinerlei Regung erkennen ließ. Angela vermutete, dass sie von der Langeweile befallen waren, die Städter oft überkam, wenn sie sich plötzlich an einem sehr viel ruhigeren Ort wiederfanden, obgleich das Paar die Schönheit Cornwalls geflissentlich lobte.

„Spielen Sie Tennis, Mrs Marchmont?", fragte Mrs Walters. „Harriet ist sehr gut, glaube ich. Sie müssen bald mal gegeneinander spielen. Am Hotel gibt es einen hervorragenden Platz."

Mrs Dorsey warf den Kopf zurück. Nein, sie sei keineswegs das Tennis-Ass, als das Mrs Walters sie darstellte, sagte sie, und Angela brachte eine höfliche Antwort zustande.

„Wie schade, dass keine Männer für ein gemischtes Doppel mit Lionel da sind", fuhr Mrs Walters fort.

„Ich nehme es gerne mit den Frauen auf", erwiderte Mr Dorsey. „Ein Vorsprung von zwei Spielen pro Satz dürfte den nötigen Ausgleich schaffen."

„Wohl kaum", warf seine Frau ein.

„Oh ja, vielleicht könnte Helen mitspielen", sagte Mrs Walters. „Ich finde es so schön, wenn sich junge Leute ein bisschen amüsieren."

„Dann werden wir etwas organisieren", versprach Mr Dorsey und damit war das Thema vorerst erledigt.

„Wir waren gerade zum Tee in Poldarrow Point." Barbara unterhielt sich mit Helen. Der Gedanke an die bevorstehende Schatzsuche ließ sie nicht los.

„Stimmt, das hatte ich ganz vergessen." Mrs Walters Augen leuchteten. „Und wie sind Miss Trout und Mr Maynard?"

„Sie sind furchtbar nett", sagte Barbara, „vor allem

Miss Trout, die mag ich sehr. Und am Donnerstag bin ich wieder da und helfe bei der Suche nach – au!"

„Oh, tut mir leid, Barbara", entschuldigte sich Angela, die dem Mädchen gerade einen kräftigen Tritt versetzt hatte. „Ich habe gar nicht gemerkt, dass dein Bein im Weg war. Hoffentlich habe ich dir nicht wehgetan."

Barbara rieb sich den Knöchel. „Nein, nicht so schlimm."

„Wonach, sagtest du, wolltest du suchen?", fragte Mrs Walters.

„Vogeleier", antwortete Barbara geistesgegenwärtig. „Im Garten von Poldarrow Point sind viele Bäume und ich wollte sehen, ob ich Eier vom Tordalk finden kann, für die Schule."

„Tordalke nisten in Bäumen?", fragte Helen. „Ich dachte, sie leben auf Klippen."

„Manche schon", pflichtete Barbara ihr bei, „aber ich suche Eier vom Baum-Tordalk. Diese Spezies gibt es nur in Cornwall, die Männchen haben blaue Schnäbel und singen wie Amseln. Sie sind sehr selten."

„Miss Trout hat uns erzählt, dass sie das Haus möglicherweise bald aufgeben muss, wenn der Pachtvertrag ausläuft", berichtete Angela, bevor Barbara weitere Fantasievögel erfand.

„Aber ich dachte, das Haus sei seit mehr als hundert Jahren im Familienbesitz", meinte Mrs Walters.

„Die Eigentumsrechte wurden offenbar schon vor langer Zeit verkauft", entgegnete Angela, „die Familie mietet das Haus nur. Eine Verlängerung des Pachtvertrags wäre zu kostspielig, also werden sie wohl zum 5. August ausziehen müssen."

„Die arme Miss Trout", sagte Helen. „Ich kenne sie nicht, aber sie sieht immer so nett und fröhlich aus und lächelt freundlich, wenn wir uns begegnen."

„Wem gehört das Anwesen?", wollte Harriet Dorsey wissen, die aufmerksam zugehört hatte. „Wird der jetzige Besitzer im Haus dort wohnen, wenn Miss Trout auszieht?"

„Der Besitzer ist ein Mann aus Penzance, hat Miss Trout gesagt", antwortete Angela, „aber ich weiß nicht, was er vorhat."

„Vielleicht vermietet er uns Poldarrow Point", überlegte Harriet. „Es ist ein schönes altes Haus, genau das Richtige für einen entspannten Urlaub."

„Es ist ziemlich heruntergekommen", wandte Angela ein. „Im Hotel wären Sie wahrscheinlich besser aufgehoben."

„Aber ich liebe diese verwinkelten alten Gemäuer. Ein paar Unbequemlichkeiten würden wir gerne in Kauf nehmen, nicht wahr, Schatz?", sagte sie zu ihrem Mann. „Vor allem bei einer so atemberaubenden Aussicht!"

Lionel Dorsey zuckte mit den Schultern und machte ein unverbindliches Gesicht.

„Ich werde auf jeden Fall versuchen herauszufinden, wer der neue Besitzer ist", verkündete Mrs Dorsey.

Angela konnte sich kaum einen Ort vorstellen, der weniger zu diesem kultivierten, mondänen Paar passte als Poldarrow Point, äußerte den Gedanken aber nicht.

„Rechnen Sie nicht damit, dass sie vor dem 5. August auszieht. Das wird sie nämlich nicht tun – dafür sorge ich", sagte Barbara. Die Heftigkeit, mit der sie sprach, ließ alle verblüfft aufblicken.

Angela beschloss, dass es Zeit war, sich zu verabschieden. Sie erinnerte Barbara daran, dass sie ein frühes Abendessen geplant hatten. Sie hatten nichts dergleichen getan, aber Barbara verstand den Wink mit dem Zaunpfahl. Nach einem vagen Versprechen, mit den Dorseys in den nächsten Tagen auf dem Hotelplatz eine Partie Tennis zu spielen, gingen sie nach Hause.

Barbara gähnte, als sie ihr Cottage betraten.

„Die frische Luft macht müde", sagte sie. „Heute Nacht schlafe ich bestimmt wie ein Murmeltier." Dann fiel ihr etwas ein. „Weißt du, Angela, ich finde, alle Ärzte sollten ihre Patienten zur Erholung nach Cornwall schicken. Das würde ihnen so guttun."

„Klingt nach einer prima Idee", antwortete Angela trocken.

Kapitel Acht

AM NÄCHSTEN MORGEN ging Angela alleine nach Tregarrion. Barbara war fest entschlossen, in der Bucht nach dem geheimen Tunnel zu suchen, der vom Strand nach Poldarrow Point führte. Es war ein schöner, windiger Tag, die strahlende Sonne wurde nur gelegentlich von einer weißen Wolke verdeckt, die vergnügt über den Himmel huschte. Der kantige Bau des Hotels Splendide sah im Sonnenlicht hell und sauber aus und auf dem Pfad tummelten sich Urlauber, die einen Spaziergang auf der Klippe machten.

Im Vorbeigehen warf Angela einen Blick auf die Hotelterrasse. Ein paar Nachzügler waren noch beim Frühstück, und unter ihnen entdeckte sie die Dorseys, die gähnend und mit mürrischer Miene bei Eiern und gebratenem Speck saßen. Lionel Dorsey sah Angela und hob die Hand zum Gruß. Er sagte etwas zu seiner Frau, die sich zu ihr umdrehte. Für einen Moment verengten sich ihre Augen, dann setzte sie ein schmales Lächeln auf und wandte sich wieder wortlos ihrem Frühstück zu.

In Tregarrion herrschte an diesem Morgen reges Treiben, in den kopfsteingepflasterten Straßen waren Einheimische wie Touristen gleichermaßen unterwegs. Die malerischen kleinen Fischerhäuschen am Hafen zeigten sich in der Julisonne von ihrer besten Seite, als hätten sie ihren Sonntagsstaat angelegt, und die salzige Seeluft war belebend und erfrischend. Die ganze Szenerie passte perfekt zu Angelas Stimmung. Sie schlenderte entspannt und gut gelaunt durch die Straßen des Städtchens, ohne an etwas Besonderes zu denken.

An der Hafenmole stellte ein Künstler seine Seestücke und Landschaftsbilder aus, die angeblich Szenen aus der Umgebung darstellten. Sie waren grell und geschmacklos. Ein besonders buntes Exemplar zeigte einen Heringsfänger mit bedenklicher Schlagseite, bei dem man sich unwillkürlich fragte, wie er sich über Wasser hielt. Angela betrachtete das Bild mit einer Mischung aus Belustigung und Abscheu, als sie spürte, dass jemand hinter ihr stand.

Es war George Simpson, wie immer perfekt gekleidet in einem leichten Sommeranzug, der elegant, aber nicht zu elegant wirkte. Er schien mit sich und der Welt zufrieden zu sein und begrüßte Angela lächelnd mit einer kleinen Verbeugung.

„Wie ich sehe, sind Sie Kunstliebhaberin, Mrs Marchmont."

„Hm, was soll ich dazu sagen?", erwiderte Angela lachend. „Ich hoffe, Sie meinen nicht diese Bilder. Sie sind zwar durchaus interessant, aber ob man sie wirklich als Kunst bezeichnen kann, wage ich zu bezweifeln."

„Ich gebe zu, dass ich es nur der Höflichkeit halber gesagt habe", gestand Mr Simpson lachend. „Wenn es um Geschmack geht, kann man nicht vorsichtig genug sein – vor allem was den Geschmack anderer Leute betrifft. Ich bin allerdings froh, dass wir in Bezug auf diese Bilder einer Meinung sind. Wie gefällt Ihnen Tregarrion?"

„Sehr gut", antwortete Angela. „Es ist ein hübsches Städtchen und wir haben solch ein Glück mit dem Wetter."

„Wie lange bleiben Sie?"

„Das weiß ich noch nicht. Wenigstens noch ein, zwei Wochen. Die Dame, der Kittiwake Cottage gehört, hat sich das Bein gebrochen, daher konnte sie nicht kommen. Aber früher oder später wird ihr Bein wieder in Ordnung sein und dann will sie das Haus sicher zurückhaben. Leider – mir gefällt es hier. Sie wohnen im Hotel?"

Er nickte zustimmend und lud sie ein, mit ihm an der Mole spazieren zu gehen.

„Um unsere Bekanntschaft nicht mit einer Lüge zu beginnen, muss ich Ihnen gestehen, dass ich schon einiges von Ihnen gehört hatte, bevor wir uns persönlich begegnet sind", erklärte er. „Ich habe Sie sofort erkannt, als ich Sie neulich auf der Klippe gesehen habe."

„Ich nehme an, Sie haben Fotos von mir in der Zeitung gesehen. Bedauerlicherweise lassen die Reporter mir keine Ruhe, aufgrund einiger unglücklicher Ereignisse in letzter Zeit."

„Ja, aber das ist nicht der einzige Grund", erwiderte er. „Wenn ich richtig informiert bin, sind Sie mit meinem Kollegen Inspector Jameson befreundet."

Angela sah ihn überrascht an.

„Ihr Kollege? Was, Sie sind - dann müssen Sie -"

Er nickte.

„Ja, ich gestehe - ich bin ebenfalls von Scotland Yard. Inspector Simpson zu Ihren Diensten – allerdings möchte ich hier schlicht als Mr Simpson durchgehen, wenn es Ihnen nichts ausmacht. Selbst Gesetzeshüter machen hin und wieder Urlaub und aus irgendeinem Grund verleitet das Wort ‚Inspector' jeden Hinz und Kunz dazu, einen ständig mit Geschichten über entlaufene Hunde und betrügerische Kellner zu behelligen.“

„Natürlich verstehe ich das. Keine Sorge, von mir erfährt niemand etwas“, versprach Angela. „Gerade Sie haben ab und zu eine Pause verdient.“

Das war also der Grund, warum er ihre Aufmerksamkeit erregt hatte. Vermutlich hatten ihre jüngsten Erlebnisse ihren Blick für Polizisten geschärft, sodass sie die Spezies schon auf fünfzig Schritte Entfernung erkannte.

Sie setzten ihren Spaziergang fort, machten gelegentlich Bemerkungen über die Aussicht und plauderten über das, was sie sich in Tregarrion und Umgebung angesehen hatten. Er schien außerordentlich gut über die Gegend informiert zu sein und erzählte ihr allerlei Anekdoten aus der Geschichte, die sie noch nicht kannte. Dann wandte sich das Gespräch ihren gemeinsamen Bekannten zu.

„Sind Mrs Walters und ihre Tochter Freunde von Ihnen?“, fragte er.

„Nein, ich habe sie erst vor ein paar Tagen kennengelernt. Sie sind meine Nachbarn. Mrs Walters ist gesundheitlich angeschlagen, sie ist zur Erholung hier.“

„Und Miss Walters kümmert sich um sie“, sagte er. „Es ist ein Glück, in schwierigen Zeiten jemanden zu haben, der einen umsorgt, obwohl es für die Tochter sicher kein Spaß ist.“

„Nein“, pflichtete Angela ihm bei. „Es wäre bestimmt etwas anderes, wenn ihre Mutter wirklich krank wäre, aber ich werde das Gefühl nicht los, dass Mrs Walters ihre Unpässlichkeit weidlich ausnutzt. Mir ist aufgefallen, dass es ihr recht gutgeht, wenn es ihr passt.“

„Die arme Miss Walters“, sagte er lächelnd. „Es ist eine Schande, dass eine junge Frau von ihrer eigenen Mutter gefangen gehalten wird.“

„Ja, man könnte meinen, dass sie wie eine Gefangene lebt, obwohl ich es bisher nicht so gesehen habe. Vielleicht streift sie eines Tages ihre Fesseln ab und überrascht uns alle."

„Vielleicht", antwortete er. Dann wechselte er das Thema. „Wie ich höre, wohnt eine junge Dame bei Ihnen. Ist sie Ihre Tochter?"

„Nein, ich habe keine Kinder. Sie ist meine Patentochter. Vor ein paar Tagen stand sie plötzlich vor der Tür, weil in der Familie, bei der sie die Ferien verbringen sollte, Scharlach ausgebrochen ist."

„Sie macht den Eindruck, als hätte sie ihren eigenen Kopf."

„Oh ja", antwortete Angela inbrünstig. „Ehrlich gesagt weiß ich nicht, was ich mit ihr anfangen soll. Sie ist so eigensinnig. Zum Glück ist sie im Grunde ein liebes Kind und weiß genau, was sie will, daher kann es sicher nicht schaden, wenn sie sich mehr oder weniger selbst überlassen bleibt, solange sie hier ist. Allerdings scheint sie allzu fest entschlossen, sich den Bewohnern von Poldarrow Point aufzudrängen, also muss ich aufpassen, dass sie ihnen nicht zu sehr auf die Nerven geht."

„Die Bewohner von Poldarrow Point?", fragte er. „Meinen Sie Miss Trout und ihren Neffen?"

„Ja, kennen Sie sie?"

„Nur vom Sehen. Mrs Walters scheint zu glauben, dass sie keinen großen Wert auf Gesellschaft legen."

„Zu uns waren sie ausgesprochen freundlich", meinte Angela. „Wir waren gestern bei ihnen und Miss Trout hat uns alles über ihre Vorfahren erzählt. Sie waren Schmuggler."

„Ihre Vorfahren in Poldarrow Point?"

„Ja."

„Das ist sehr interessant."

Angela dachte, er würde weitersprechen, doch er

verstummte und schien in Gedanken versunken. Sie gingen schweigend bis zum Ende der Mole, dann blieben sie stehen und sahen aufs Wasser hinaus. Die See war unruhig, das helle Grün der Wellen wechselte in Sekundenschnelle zu einem dunklen Blau, wenn eine Wolke die Sonne verdeckte. Fischerboote machten im Hafen fest, andere legten ab, begleitet von Scharen kreischender Möwen.

„Wie gerne würde ich mit einem Boot hinausfahren", sagte Angela impulsiv. „Ob ich wohl eins mieten könnte? Am liebsten würde ich an der Küste entlangsegeln. Vom Wasser aus sieht alles gewiss noch viel schöner aus."

„Ein Boot wird sich bestimmt finden lassen", meinte Simpson. „Segeln Sie?"

„Ja, aber das ist sehr lange her, sodass ich aus der Übung bin. Ich hatte eher an ein Boot mit Bootsmann gedacht. Schließlich bin ich auf Anordnung meines Arztes hier und ich nehme seine Anweisungen sehr ernst", sagte sie lachend.

„Sind Sie krank?", fragte er besorgt.

„Oh, nichts Schlimmes, ich hatte nur eine Grippe. Trotzdem war ich froh, eine Ausrede für eine Ferienreise zu haben."

„Und Sie haben den idealen Ort für einen erholsamen Urlaub gefunden. Ich glaube kaum, dass es ein gesünderes Fleckchen Erde in England gibt, auch wenn der Wind recht ungemütlich sein kann. Sollen wir umdrehen? Nicht, dass Sie sich erkälten."

Sie gingen zurück zum Kai. Eine kleine Gruppe gut gelaunter junger Leute hatte sich um die Bilder versammelt und bewunderte sie lautstark. Sie bombardierten den Künstler mit Fragen, der wusste, wie man potenzielle Kunden umgarnt, und sein strahlendstes Lächeln aufsetzte.

„Ich frage mich, ob Barbara den Tunnel gefunden hat,

der von Poldarrow Cove hinauf in das alte Haus führt“, bemerkte Angela, während sie durch das Städtchen schlenderten. „Als ich vorhin aufgebrochen bin, war sie fest dazu entschlossen. Miss Trout hat uns die Geschichte von einem Schatz erzählt, der angeblich in Poldarrow Point versteckt ist, und ich glaube, Barbara hofft, ihn in dem alten Tunnel zu entdecken.“

„Dann ist sie also auf Schatzsuche! Wie aufregend! Was für ein Schatz ist es denn?“

„Ein Collier, das angeblich für Königin Marie Antoinette angefertigt worden ist. Der Legende nach wurde es vor hundertfünfzig Jahren heimlich hierher gebracht und ist seitdem verschwunden. Überhaupt scheint fraglich, ob es je existiert hat, ich habe da meine Zweifel, aber Barbara ist überzeugt, dass sie es findet, komme, was da wolle. Dann muss Miss Trout nicht aus ihrem Familiensitz ausziehen. Ich fürchte, in den kommenden beiden Wochen wird die arme Miss Trout hautnah erleben, was es heißt, eine lebhafte Zwölfjährige im Haus zu haben.“

„Hat Ihnen Miss Trout selbst von der Halskette erzählt?“

„Ja, sie meinte, die Geschichte sei innerhalb der Familie von Generation zu Generation weitergegeben worden. Sie hat uns auch ein Tagebuch von Richard Warrener gezeigt, dem das Haus ursprünglich gehört hat. Darin finden sich Andeutungen, dass das Collier tatsächlich existiert, auch wenn ich die nicht für sehr überzeugend halte.“

„Es ist also nie gefunden worden“, sagte er nachdenklich. „Muss Miss Trout das Haus räumen? Ich dachte, es gehört ihrer Familie.“

„Es ist nur gepachtet und der Vertrag läuft am 5. August aus. Ich glaube, Miss Trout hofft, ‚dass sich etwas findet‘, wie Dickens wunderbare Figur Mr Wilkins Micawber in ‚David Copperfield‘ zu sagen pflegte.“

„Und mit diesem Etwas meint sie die Halskette?"

„Sie hat es nicht ausdrücklich gesagt, aber ich hatte den Eindruck, dass sie an die Existenz des Colliers glaubt. Eigentlich war sie, glaube ich, ganz froh, dass Barbara ihre Hilfe bei der Suche angeboten hat, auch wenn sie zunächst höflich abgelehnt hat."

„Werden Sie ebenfalls helfen?"

„Ich werde mich hüten, mich in ein derart aussichtsloses Unterfangen hineinziehen zu lassen. Leider habe ich mich schon breitschlagen lassen, mich einer anderen Angelegenheit anzunehmen. Wie es aussieht, bekommt Miss Trout seit einiger Zeit anonyme Briefe voller vager Drohungen, falls sie Poldarrow Point nicht auf der Stelle verlässt."

Simpson blieb wie angewurzelt stehen.

„Anonyme Briefe?", fragte er mit besorgter Miene. „Das hört sich nicht gut an. Das hört sich überhaupt nicht gut an."

„Was meinen Sie damit?"

„Wenn ich das richtig sehe, befinden sich Miss Trout und ihr Neffe in ernsthafter Gefahr."

Kapitel Neun

„Du meine Güte!", rief Mrs Marchmont. „Sind Sie sicher?"

„Sagen wir, ich habe einen starken Verdacht", antwortete er.

„Aber ich habe die Briefe gelesen und hatte nicht den Eindruck, dass sie Vorboten einer ernsthaften Gefahr sind. Sie wirkten eher wie das Machwerk eines aufgebrachten Nachbarn, der ein bisschen Ärger machen will."

Er blickte sie nachdenklich an, als sei er sich nicht sicher, was er sagen sollte. Dann nickte er.

„Nun gut", sagte er, „ich glaube, ich muss ,reinen Tisch machen', wie es so schön heißt. Lassen Sie uns irgendwo hingehen, wo uns niemand belauschen kann."

Angela stimmte sofort zu, ihre Neugierde war geweckt. Sie ließen die Stadt hinter sich und gingen den Klippenweg hinauf. Nicht weit vom Hotel Splendide stand an einer geschützten Stelle eine Bank. Sie setzten sich.

„Was meinten Sie, als Sie sagten, Miss Trout sei in Gefahr?", fragte Angela ungeduldig, als Simpson nicht sofort Anstalten machte, das Gespräch fortzusetzen.

Er seufzte. „Mrs Marchmont, ich fürchte, ich habe Ihnen nicht die ganze Wahrheit gesagt. Ich bin tatsächlich bei Scotland Yard, aber ich bin nicht hier, um mich zu erholen. Nein, ich bin auf der Suche nach einem äußerst gefährlichen Verbrecher. Bevor ich Ihnen mehr über ihn erzähle, sollten Sie wissen, dass ich als verdeckter Ermittler in Tregarrion bin, und möchte Sie dringend bitten, dies alles für sich zu behalten."

„Natürlich, von mir erfährt niemand ein Sterbenswörtchen", versicherte Angela. „Falls Sie Zweifel haben, kann Ihnen Inspector Jameson bestätigen, dass ich sehr verschwiegen bin."

„Nein, ich zweifle keineswegs an Ihrer Verschwiegenheit. Ich habe ihn mehr als einmal mit Hochachtung von Ihnen sprechen hören", sagte er lächelnd.

„Was hat es nun mit diesem Verbrecher auf sich?"

„Sein Name lautet Edgar Valencourt, obwohl wir das nicht mit letztendlicher Gewissheit sagen können, möglicherweise ist es ein Deckname. Er ist in ganz Europa als dreister Juwelendieb berüchtigt. Zum ersten Mal wurden wir vor etwa zehn Jahren auf ihn aufmerksam, als er in Österreich der Witwe des Fürsten zu Hollenstein ein Diadem gestohlen hat - ein gewagter Raubüberfall, der erste von vielen.

Er hat eine Vorliebe für die feinsten Juwelen der bedeutenden Adels- und Königshäuser und geht immer nach der gleichen Methode vor: Er erschleicht sich das Zutrauen wohlhabender Witwen mit großen Namen, indem er sich mal als Kunstexperte oder Museumsdirektor, mal als renommierter Wissenschaftler ausgibt, der über den Werdegang der betreffenden Familie schreibt - auf jeden Fall gewinnt er auf die eine oder andere Weise ihr Vertrauen.

Seine Opfer haben keinen Grund, an ihm zu zweifeln,

da er die Rolle des Experten perfekt ausfüllt und mit tadellosen Empfehlungen ausgestattet ist. Schon bald erlaubt man ihm, sich die Juwelen anzusehen. Er bewundert sie und schmeichelt der törichten Besitzerin, indem er ihr vorgaukelt, sie sehe damit jung und schön aus. Schließlich drängt er darauf, dass sie zurückgelegt und vor den Augen von Zeugen sicher weggeschlossen werden.

Dann verschwindet er, und kurze Zeit später stellt sich heraus, dass *M. le Directeur* von diesem oder jenem Museum in Wirklichkeit gerade verreist ist und noch nie etwas von Lady Soundso gehört hat, geschweige denn ihr Anwesen auf dem Land besucht hat, und dass das Diadem, die Halskette oder das Armband, das in seinem Etui sicher verschlossen sein sollte, in Wirklichkeit eine Nachbildung ist und das echte Schmuckstück weg ist!"

„Aha, verstehe", sagte Angela. „Vermutlich nimmt er den Austausch in einem günstigen Moment vor, wenn die Dame des Hauses abgelenkt ist. Offenbar bereitet er seine Taten sorgfältig vor, wenn er sich die Mühe macht, Duplikate von den Stücken anfertigen zu lassen, die er stehlen will."

„Er ist ein gerissener und waghalsiger Mann", sagte Simpson, „und er hat bereits die Polizei in mehreren Ländern in die Irre geführt. Wir waren ihm ein paarmal dicht auf den Fersen, aber irgendwie ist es ihm immer wieder gelungen, uns im letzten Moment zu entwischen. Ich bin allerdings fest entschlossen, ihn nicht ein weiteres Mal entkommen zu lassen. Ich werde alles daransetzen, ihn hinter Schloss und Riegel zu bringen, koste es, was es wolle."

„Gehen Sie davon aus, dass er jetzt in Tregarrion ist?", fragte Angela.

„Ja", antwortete Simpson. „Ich will Sie nicht mit allen Details der Geschichte langweilen, aber auf verschlungenen Wegen haben wir vor Kurzem die Nachricht erhalten, Valencourt wolle nach Cornwall kommen und nach einem Schmuckstück von unschätzbarem Wert suchen. Dabei wurde Tregarrion als sein wahrscheinlichstes Ziel genannt. Darauf konnten wir uns keinen Reim machen, denn nach unserer Kenntnis halten sich keine Mitglieder des europäischen Hochadels oder eines Königshauses in dieser Gegend auf."

„Tregarrion scheint mir nicht der Ort zu sein, an dem sich die Aristokratie tummelt", pflichtete Angela ihm bei.

„Genau. Ich hielt das Ganze für eine Fehlinformation, gleichzeitig wollte ich jedoch keine Gelegenheit verpassen, Valencourt möglicherweise doch zu erwischen, so unwahrscheinlich sein Auftauchen auch sein mochte. Also kam ich hierher, um Augen und Ohren offenzuhalten. Ich hatte schon überlegt, abzureisen, weil ich zu der Überzeugung gelangt war, dass an dem Bericht tatsächlich nichts dran war, aber was Sie mir gerade erzählt haben, lässt mich hoffen, dass wir ihn vielleicht doch noch kriegen."

„Sie glauben also, dass Valencourt hinter dem Collier her ist?" Angela war anzuhören, dass sie daran zweifelte.

„Ich bin mir nicht sicher, aber Sie müssen zugeben, dass es ein seltsamer Zufall ist: Bei Scotland Yard geht ein Bericht ein, dass sich ein berüchtigter Juwelendieb in der Gegend aufhält, und dann erfahren wir, dass ein kostbares Schmuckstück, das mit der Königin von Frankreich in Verbindung gebracht wird, in einem Haus in der Nähe versteckt sein soll. Und dieses Haus wird von einer gebrechlichen alten Dame bewohnt, die für einen zu allem entschlossenen Dieb kaum ein Hindernis darstellt."

„Miss Trout ist sehr nett", sagte Angela. „Sie mag zwar gebrechlich sein, aber deshalb ist sie noch lange keine leichte Beute. Sie scheint alle ihre Sinne beisammenzuhaben, im Gegensatz zu vielen anderen Leuten im fortgeschrittenen Alter.“

„Aha? Umso besser für sie, in ihrer Situation muss man hellwach sein.“

„Aber wie genau ist ihre Situation denn? Ehrlich gesagt klingt mir das alles ein wenig weit hergeholt. Selbst wenn Edgar Valencourt in Tregarrion sein sollte, wie Sie vermuten – warum gehen Sie davon aus, dass er das Collier stehlen will? Schließlich hat es seit hundertfünfzig Jahren niemand zu Gesicht bekommen und wir wissen nicht einmal, ob es jemals in Poldarrow Point war oder ob es dort heute noch ist. Wie will er es finden?“

„Das kann ich Ihnen nicht sagen, aber glauben Sie mir: Ich habe Erfahrungen mit dem Mann und kann Ihnen versichern, dass seiner Findigkeit und Schläue anscheinend keine Grenzen gesetzt sind. Wenn jemand wie Edgar Valencourt es für lohnend erachtet, sich in Tregarrion auf die Suche nach einem legendären Schmuckstück zu machen, kann man davon ausgehen, dass es nicht weit ist. Und was Sie mir von den anonymen Briefen erzählt haben, bestärkt mich in der Annahme, dass er hier ist und nichts Gutes im Schilde führt.“

„Ich frage mich, was er vorhat“, sagte Angela. „Diese Briefe sind plumpe Machwerke. Ich kann mir kaum vorstellen, dass ein raffinierter Dieb zu einem solchen Mittel greift, um sein Opfer zu verjagen.“

„Vielleicht nicht, es könnte jedoch auch sein, dass sie nur ein erster Versuch sind, Miss Trout mit einem Minimum an Aufwand aus dem Haus zu vertreiben. Und wenn das nicht funktioniert, hat er mit Sicherheit einen ausgeklügelten Plan auf Lager. Hatten Sie den Eindruck, dass Miss Trout wegen der Briefe beunruhigt war?“

„Nein, sie schien sich vielmehr darüber zu amüsieren. Sie wirken tatsächlich nicht besonders bedrohlich, wissen

Sie. Ich habe sie zu Hause liegen, Sie können sie sich jederzeit ansehen."

„Danke, das werde ich gerne tun, obwohl ich nicht davon ausgehe, dass sie uns neue Erkenntnisse bringen." Er rieb sich nachdenklich das Kinn.

„Was passiert jetzt?", fragte Angela. „Werden Sie Miss Trout warnen?"

„Ich glaube nicht. Nein, ich denke, es ist besser, wenn sie nichts von der ganzen Sache weiß. Wir würden sie nur unnötig beunruhigen. Valencourt ist ein Schurke, aber bisher ist er nie gewalttätig geworden, deshalb sollten wir uns vielleicht doch nicht allzu große Sorgen machen. Was kann ihr schon passieren, wenn sie nichts von Valencourts Anwesenheit und seinen Plänen weiß? Nun, das Schlimmste wäre, dass er die Halskette stiehlt und sie etwas verliert, das sowieso nicht in ihrem Besitz war. Nein, es ist viel besser, ihr nichts zu sagen."

„Ich verstehe, was Sie meinen", erklärte Angela, „doch der Gedanke, dass er das Collier stiehlt und ungestraft davonkommt, gefällt mir gar nicht. Wenn man es tatsächlich finden sollte, kann Miss Trout es entweder behalten und damit machen, was sie will, oder sie bekommt einen stattlichen Finderlohn dafür. Dann könnte sie in Poldarrow Point bleiben."

„Oh, ich kann Ihnen versichern, dass ich keinesfalls beabsichtige, Valencourt davonkommen zu lassen", sagte Simpson. „Ganz im Gegenteil: Ich habe vor, ihn zu verhaften und für lange Zeit hinter Gitter zu bringen. Aber da ich im Geheimen arbeite, sollte das möglichst niemand wissen."

„Wie sieht dieser Valencourt eigentlich aus?", fragte Angela. „Ich werde die Augen nach ihm offenhalten."

Simpson sah verlegen aus.

„Leider muss ich zugeben, dass wir das nicht wissen. Er

ist ein Meister der Verkleidung und schlüpft für jeden seiner Diebeszüge in eine andere Rolle. Er ist etwa achtunddreißig oder vierzig Jahr alt, ist in England als Sohn eines Franzosen und einer Engländerin geboren, wuchs offenbar in unterschiedlichen Ländern auf und spricht mehrere Sprachen fließend. Abgesehen davon wissen wir fast nichts. Er entwischt uns seit Jahren immer wieder."

„Arbeitet er allein oder mit einer Bande zusammen?"

„Meist arbeitet er allein, obwohl er sich von Zeit zu Zeit der Unterstützung durch Komplizen bedient hat. Das Diebesgut verkauft er mittels eines internationalen Netzwerks aus kriminellen Juwelieren. Wenn die Stücke zu leicht zu erkennen sind, um sie im Ganzen zu veräußern, werden die Steine einzeln angeboten."

„Interessant", sagte Angela. „Nun, wenn Sie nicht vorhaben, Miss Trout zu warnen – was planen Sie stattdessen?"

„Ich werde eine bekannte Detektivin um Hilfe bitten."

„Vermutlich meinen Sie mich", erwiderte Angela seufzend. „Natürlich wissen Sie, dass ich keine echte Detektivin bin?"

„Sie betreiben die Detektivarbeit nicht beruflich, aber in den Augen der Öffentlichkeit herrscht kein Zweifel, dass Sie eine erfolgreiche Detektivin sind. Geben Sie es zu: Sie haben nichts dagegen."

Angela ging nicht auf seine Bemerkung ein, sondern sagte nur: „Ich weiß, dass ich neugieriger bin als andere Menschen und jedem Rätsel auf den Grund gehen will."

„Dann darf ich auf Ihre Hilfe zählen?", fragte Simpson.

„Was soll ich tun?"

„Nicht viel. Ich erwarte nicht, dass Sie den Kerl eigenhändig schnappen – nein, überlassen Sie das lieber der Polizei. Ich möchte Sie nur bitten, mich über alles, was in

Poldarrow Point geschieht, auf dem Laufenden zu halten. Hat Miss Trout Sie gebeten, der Sache mit den anonymen Briefen nachzugehen?"

„Ja, und ich habe versprochen, mich darum zu kümmern, obwohl ich gar nicht weiß, wo ich anfangen soll."

„Sehr gut. Dann werden Sie sie oft sehen und sie wird Sie über weitere Entwicklungen unterrichten. Außerdem sucht Ihr Patenkind nach der Kette.

Ich muss Ihnen gewiss nicht erst sagen, dass Sie das Schmuckstück sicher aufbewahren und mir sofort Bescheid sagen müssen, falls es tatsächlich auftaucht. Wahrscheinlich ist es das Beste, es schnellstmöglich aus dem Haus zu bringen, damit Valencourt es Ihnen nicht vor der Nase wegschnappt."

„Sehr gut", sagte Angela, „ich werde sehen, was ich tun kann. Ich fände es schrecklich, dass Miss Trout gezwungen wäre, das Haus zu räumen, wenn das Auffinden der Kette sie davor bewahren könnte."

„Und vergessen Sie nicht: kein Sterbenswörtchen – zu niemandem", schärfte er ihr ein. „Wenn Valencourt erfährt, dass wir ihm auf der Spur sind, verschwindet er und wir müssen wieder ganz von vorn anfangen. Um ehrlich zu sein, nehme ich die Tatsache, dass er weiterhin frei herumläuft, persönlich. Einen Mann einmal entkommen zu lassen, gefällt mir nicht. Wenn er mir gleich mehrmals entwischt, verstehe ich keinen Spaß mehr. Und Valencourt ist ein Schlitzohr. Ich würde mich freuen, ihn ins Gefängnis zu bringen, wo er hingehört."

Angela versprach, sich Mühe zu geben, und so verabschiedeten sie sich für den Moment, da Simpson die neuesten Entwicklungen an seine Vorgesetzten melden musste.

„Falls sich etwas ergibt – ich bin im Hotel", sagte er

zum Schluss. „Sie können mich jederzeit rufen, ich komme sofort.“

Angela ging langsam nach Kittiwake Cottage zurück, während sie kaum fassen konnte, was sie gerade gehört hatte. Was für eine eigentümliche Geschichte! Ein berühmter Juwelendieb bereitete in unmittelbarer Nähe seinen nächsten Coup vor. Und das in einem friedlichen Städtchen wie Tregarrion!

„Ich nehme mir die anonymen Briefe noch einmal vor“, murmelte sie. „Bisher habe ich sie kaum ernst genommen, aber anscheinend sind sie wichtiger, als ich dachte.“

Kapitel Zehn

BARBARA STAND KNÖCHELTIEF im seichten Wasser und beobachtete die Wellen. Weiter draußen peitschte die Brise das Meer zu weißen, kabbeligen Spitzen auf, aber hier in der kleinen Bucht war alles ruhig, dank der schroffen Klippen ringsum.

Helen Walters schwamm mit kräftigen Zügen hin und her. Als sie Barbara sah, verlangsamte sie ihr Tempo, dann trat sie auf der Stelle und winkte.

„Hallo", rief sie. „Kommst du rein? Das Wasser ist einfach herrlich."

„Heute nicht", rief Barbara zurück. „Ich hab meine Badesachen nicht dabei."

Mürrisch trat sie mit ihrem nackten Fuß ins Wasser, dass es hoch aufspritzte. Sie wollte die Bucht für sich allein haben, um nach dem Schmugglertunnel zu suchen, aber die junge Frau von nebenan durchkreuzte ihre Pläne. Bald würde die Flut den Strand überschwemmen und dann war ihr der Weg zu den Klippen abgeschnitten.

„Ich kann mich auf jeden Fall ein bisschen umsehen",

sagte sie zu sich selbst. „Helen muss ja nicht wissen, was ich vorhabe."

Sie ging zurück an den Strand, streifte die Schuhe über die nassen Füße und schlenderte dann zu dem Teil der Klippen, wo ihrer Einschätzung nach der Eingang zum Tunnel liegen könnte. Ab und zu blieb sie an einem Felsbecken stehen und stocherte im Seegras herum, damit es aussah, als sei sie auf der Suche nach interessanten Meeresbewohnern. So arbeitete sie sich langsam an der Felswand entlang, wobei sie gelegentlich nach oben blickte, in der Hoffnung, eine Öffnung zu entdecken, die wie der Eingang zu einem Tunnel aussah.

Schließlich kam sie zu einem kleinen vorgelagerten Felsen. Gleich dahinter meinte sie eine Nische in der Klippe zu erkennen. Barbaras Augen leuchteten vor Aufregung. Das musste es sein!

Sie schaute sich nach Helen um, die gerade aus dem Wasser gekommen war und sich in ein Handtuch wickelte, während sie langsam über den Sand zum Klippenpfad ging, der zu ihrem Cottage führte. Barbara wartete, bis die junge Frau außer Sichtweite war, und machte sich dann daran, die Klippenwand eingehender zu untersuchen. Soweit sie es beurteilen konnte, befand sich die Nische fast genau unterhalb von Poldarrow Point. Das war vielversprechend. Sie machte einen Bogen um ein großes Seegrasbecken und umrundete den Felsvorsprung, doch dann stockte ihr der Atem, als sie einem Mann gegenüberstand, der in der Nische hockte und höchst verdächtig aussah.

„Oh!", rief sie. Der Mann richtete sich hastig auf. Er war ebenso überrascht wie sie und errötete heftig.

„Es tut mir sehr leid. Ich wollte dir keine Angst machen."

„Kein Problem", sagte Barbara. „Ich habe mich nur

erschrocken, das ist alles. Ich hätte nicht erwartet, dass hier jemand ist."

Sie sah sich den Mann genauer an. Er war eindeutig kein Engländer und trug eine seltsame Kniebundhose und einen Hut mit einer Feder. Trotz seines üppigen Schnurrbarts war er jünger, als sie zunächst gedacht hatte. Auf dem Boden neben ihm lag ein Rucksack, an dem alle möglichen Glasgefäße und eine Reihe von Hacken, Schaufeln und andere Gerätschaften befestigt waren. Er folgt ihrem neugierigen Blick und wies mit der Hand auf seine Ausrüstung.

„Ich bin Pierre Donati, aus der Schweiz", erklärte er. „Ich bin Wissenschaftler."

„Oh!", rief Barbara. „Wie faszinierend. Untersuchen Sie hier etwas?"

Er lief erneut rot an.

„Ja", sagte er. „Ich suche nach dem Ährz."

„Nach dem was?", fragte Barbara.

„Dem Ährz. Metall, ja? Cornwall ist reich an Ährz. Zinn, Kupfer. Auch andere Dinge wie Wolfram findet man hier."

„Oh, Sie meinen Erz - ja, natürlich", sagte Barbara. „Davon habe ich in der Schule schon gehört, aber ich fürchte, ich habe nicht sehr gut aufgepasst."

„Dieses Thema mag ein wenig trocken sein für einen jungen Geist", pflichtete er ihr bei, „aber es ist sehr wichtig, denn wenn Metall im Boden gefunden wird, kann es viele Tausende von Pfund wert sein."

„Was Sie nicht sagen!" Barbara war überrascht. „Das hört sich interessant an. Vielleicht sollte ich in Zukunft im Unterricht besser zuhören. In diesen Gläsern können Sie aber nicht viel abtransportieren."

„Nein, nein", sagte er, „ich grabe nicht selbst nach dem

Ährz. Ich nehme nur Proben von der Erde, die ich im Labor untersuche."

„Hier ist aber keine Erde, nur Sand."

„Ah, ja", meinte Mr Donati. „Hier mache ich eine kleine Pause von der Arbeit. Die Aussicht ist so schön."

„Was, von hinter diesem Felsen?"

Er hüstelte verlegen.

„Nein, ich war am Strand und dann habe ich zufällig diese kleine - wie nennt man das? - Höhle gesehen, und das hat mich neugierig gemacht, also wollte ich sie mir näher ansehen."

„Oh, es ist also eine Höhle", sagte Barbara aufgeregt. „Darf ich mal sehen?"

Er machte einen Schritt zur Seite, damit sie die Nische betreten konnte. Tatsächlich war in der Felswand ein schmaler Spalt, der vom Strand aus nicht zu sehen war. Dahinter schien sich ein Gang anzuschließen.

„Waren Sie schon drinnen?", fragte sie Donati.

„Nein, ich habe keine Taschenlampe", antwortete er.

„Ich habe eine. Wollen Sie mitkommen?", fragte sie der Höflichkeit halber, schließlich hatte er die Höhle als Erster gefunden. Sie war jedoch erleichtert, als er den Kopf schüttelte.

„Nein, danke. Ich muss jetzt wieder an die Arbeit. Auf Wiedersehen. Vielleicht begegnen wir uns bald wieder."

„Oh ja, auf Wiedersehen", sagte Barbara zerstreut. Ihre Aufmerksamkeit war nun auf die Höhle gerichtet; den fremden Mann hatte sie schon fast vergessen, als er seinen Rucksack aufhob und unter lautem Scheppern davonging.

Sie duckte sich durch den niedrigen Eingang und folgte dem Gang, der nach etwa zwei Metern eine scharfe Biegung nach rechts machte. Jenseits dieses Punktes war es so dunkel, dass sie ihre Taschenlampe einschalten musste. Im schwachen Licht sah sie, dass der enge Tunnel ein paar Meter weiter in einen größeren Raum führte.

Sie ging schnell weiter, blieb dann stehen und leuchtete mit der Taschenlampe umher. Sie befand sich in einer Höhle von vielleicht drei Quadratmetern Größe, die vermutlich in Jahrmillionen durch die Gezeiten geschaffen worden war.

Von der Decke tropfte Wasser und an den Wänden glitzerten Girlanden aus nassem Seegras. Um dunkle Felsbecken im Boden schlängelten sich Sandpfade, auf denen die Flut ein gleichmäßiges Wellenmuster hinterlassen hatte. Die Luft war feucht und kühl.

Barbara betrat die Höhle und begann, sie vorsichtig zu erkunden. Sie ging langsam an den Wänden entlang und leuchtete mit ihrer Taschenlampe in jede Vertiefung, die in den Tunnel führen könnte, und auf jeden größeren Seegrasvorhang, hinter dem sich möglicherweise eine Öffnung verbarg.

Nachdem sie drei Runden durch die Höhle gedreht hatte und wild entschlossen immer kleinere Tangbehänge beiseiteschob, musste sie jedoch einsehen, dass es hier keinen Tunnel gab.

Sie war nicht etwa enttäuscht, nein, im Gegenteil: Sie freute sich, weil das bedeutete, dass die Entdeckung ganz allein ihr vorbehalten blieb, ohne das Zutun von Schweizer Wissenschaftlern, und so trat sie zuversichtlich und zielstrebig wie eh und je in den Sonnenschein hinaus.

Sie ging am Fuß der Klippe entlang, begutachtete die Felswand eingehend, fand aber nichts. Allerdings musste sie feststellen, dass die Flut während ihrer Erkundung der Höhle überraschend schnell gestiegen war. Sie hatte nun das äußerste Ende der Landzunge von Poldarrow Point erreicht, ohne den Schmugglertunnel zu finden, und wusste nicht, wo sie sonst noch suchen sollte. Dass sich der

Tunneleingang jenseits der Landzunge im anderen Teil von Tregarn Bay befand, hielt sie für unwahrscheinlich.

„Wo um alles in der Welt kann der Zugang sein?", fragte sie sich. „Ich habe in dieser Bucht jeden Zentimeter abgesucht, ohne etwas zu finden. Ist die Höhle vielleicht doch der Eingang? Vielleicht ist der Tunnel durch Steinschlag blockiert worden? Oder er ist dort hinten, wo der Weg auf den Strand mündet."

Sie kletterte auf einen großen, flachen Stein am Fuße der Klippe und blickte in die Richtung, aus der sie gekommen war. Hatte sie etwas übersehen? Nein, da war nichts, was nach einem Tunneleingang aussah.

Sie seufzte und begann unwillkürlich, sich auf ihrem Sitz zu drehen. Dabei überlegte sie, ob sie die Suche für heute aufgeben und morgen wiederkommen sollte, denn die Flut stieg bedenklich. Außerdem war es bald Mittag und Barbara merkte, dass sie Hunger hatte. Dann fiel ihr ein, dass die Köchin versprochen hatte, Scones zu backen, und damit war die Entscheidung gefallen. Es war Zeit, nach Hause zu gehen.

Sie holte Schwung für eine letzte Drehung, verlor aber das Gleichgewicht und stürzte von ihrem steinernen Sitzplatz. Sie landete fast zwei Meter tiefer auf der anderen Seite des großen Steins.

„Puh!", sagte sie, und dann: „Au!"

Sie blieb einen Moment liegen, um sich zu sammeln, dann setzte sie sich vorsichtig auf und rieb sich den Ellbogen. Es schien nichts gebrochen zu sein. Sie wollte gerade ein Wort aussprechen, das ihr in der Schule sicher großen Ärger eingetragen hätte, als sie Mund und Augen aufriss: Da war er, der Eingang zum Schmugglertunnel!

Kein Wunder, dass sie ihn nicht gefunden hatte: Durch den großen flachen Stein war er vom Strand aus nicht zu sehen und war außerdem nur bei Ebbe zugänglich. Es handelte sich um eine niedrige, breite Öffnung im Felsen, die, wie ein kurzer Blick zeigte, in eine kleine Höhle mündete.

Sie machte sich gar nicht die Mühe, aufzustehen – die Öffnung war ohnehin zu niedrig, um aufrecht hindurchzugehen –, sondern kroch auf allen Vieren hinein und erkannte auf den ersten Blick, dass sie endlich gefunden hatte, wonach sie suchte. Sie richtete sich auf. Die Decke war niedriger als in der anderen Höhle und der Boden bestand größtenteils aus Felsen, aber auch hier waren die Wände tropfnass und mit triefendem Seegras übersät.

Barbara warf einen Blick durch den Eingang nach draußen in die Sonne und sah, dass das Meer keine zwei Meter mehr entfernt war. Sie überlegte kurz, ob sie ihre Expedition bis zur nächsten Ebbe aufschieben sollte, doch dann fiel der Schein der Taschenlampe zufällig auf den eigentlichen Tunneleingang im hinteren Teil der Höhle, und ihre Entscheidung stand fest.

Vorsichtig überquerte sie den glitschigen Boden und betrat den Gang. Das Herz schlug ihr bis zum Hals, als der Tunnel erst steil nach unten führte und sich dann nach oben zu winden begann. Sie umklammerte ihre Taschenlampe noch fester und war heilfroh, dass sie daran gedacht hatte, sie mitzunehmen.

Nach etwa hundert Metern mündete der feuchte Gang in eine Art Kammer, die viel trockener war. Barbara erinnerte sich vage, was sie einmal in einem Buch über Schmuggler in Cornwall gelesen hatte, und vermutete, dass die Schmuggelware früher zunächst hier in Sicherheit gebracht wurde, falls Zollbeamte unvermutet auftauchten oder die Männer von der Flut überrascht wurden. Von dieser Kammer aus konnten sie die Beute nach und nach ungestört in die Keller von Poldarrow Point schleppen.

In der Kammer war es ziemlich kalt. Barbara spürte

einen Luftzug auf ihrer Haut, was nach dem stickigen Tunnel eine willkommene Abwechslung war. Von irgendwoher drang ein schwacher Lichtschein - oder zumindest war die Dunkelheit hier nicht mehr ganz so undurchdringlich. Barbaras Augen leuchteten, als sie an einer Wand zwei alte Holzfässer entdeckte, und sie ging hin, um sie sich genauer anzusehen.

Das erste war so morsch, dass es bei der ersten Berührung auseinanderfiel. Barbara zuckte erschrocken zurück, als eine große Spinne herauskam und versuchte, an ihrem Arm hochzuklettern. Sie fegte sie schnell hinunter und richtete die Taschenlampe auf die Überreste des Fasses. Es war leer. Das zweite Fass war stabiler, denn es wurde von Metall- statt Holzreifen zusammengehalten.

So sehr sie es auch versuchte − es war nicht möglich, hineinzusehen, also kippte Barbara es schließlich um und rüttelte daran, aber auch dieses Fass war leer. Sie rechnete eigentlich nicht damit, in einem alten Weinfass ein kostbares Collier zu finden, aber sie sagte sich, dass eine echte Detektivin nichts unversucht lassen sollte.

In der Kammer gab es sonst nichts zu sehen und so beschloss Barbara, weiter den Tunnel entlangzugehen. Der Weg war jetzt viel steiler und sie keuchte, während sie weiterhastete. Zum Haus dürfte es jetzt nicht mehr weit sein.

Schließlich kam sie an eine Gabelung. Ein Weg führte geradeaus, der andere machte eine scharfe Kurve und verschwand im Dunkel. In der Annahme, dass der erste Weg zum Haus führte, wollte Barbara erkunden, wo der zweite endete, doch nach etwa dreißig Metern verhinderten die Überreste eines Steinschlags jedes Durchkommen.

Sie ging zur Gabelung zurück, folgte dem ersten Weg und gelangte bald zum Fuß des Schachtes, der zu der

Falltür im Keller von Poldarrow Point führte. Sie erkannte die Metallsprossen, die sie am Tag zuvor erklommen hatte.

„Gut", sagte sie, „zumindest habe ich den Tunnel gefunden, auch wenn von der Kette noch immer jede Spur fehlt. Vermutlich hat Prediger Dick sie mit ins Haus genommen – natürlich hat er das, denn alle seine Männer kannten diesen Tunnel. Ein sicheres Versteck wäre er also nicht gewesen."

In diesem Moment ging ihr auf, dass sie schon ziemlich lange durch die Gänge und Kammern lief und draußen die Flut schnell stieg. Sie machte rasch kehrt und ging Richtung Ausgang.

Das Licht ihrer Taschenlampe war schon seit einiger Zeit schwächer geworden, aber sie schätzte, dass es bis nach draußen reichen würde. Sie durchquerte schnell die Fasskammer, wie sie sie getauft hatte, und erreichte den unteren Teil des Tunnels.

Dort blieb sie wie angewurzelt stehen und ein Schauer durchlief sie. Vor ihr, wo der Weg leicht abfiel und dann wieder in die Höhe führte, befand sich eine Senke, und in diese Senke ergoss sich ein dünner Wasserstrahl. Sie watete durch die Pfütze, die sich gebildet hatte, und stieß dann einen leisen Schreckensschrei aus. Von hier bis zur Höhle, die ins Freie führte, verlief der Weg steil nach unten – und der war jetzt überschwemmt und unpassierbar.

Während sie so dastand, schwappte ein Wasserschwall gegen ihre Füße und fast wäre sie gestolpert. Sie zog sich eilig in den höher gelegenen Teil des Tunnels zurück. Offensichtlich war sie schon viel länger weg, als sie gedacht hatte, und nun hatte ihr die Flut den Rückweg versperrt.

Da gab ihre Taschenlampe den Geist auf.

„Mist", sagte Barbara.

Kapitel Elf

Mrs Marchmont saß auf der Terrasse von Kittiwake Cottage und las stirnrunzelnd die anonymen Briefe. Schließlich warf sie sie seufzend auf den Tisch.

„Es hat keinen Sinn", sagte sie zu Marthe, die Barbaras im Garten verstreute Sachen aufhob. „Ich bin nicht Sherlock Holmes und werde es auch nie sein."

„Wer bitte, *Madame*?"

„Sherlock Holmes. Er ist ein großer Privatdetektiv, eine Romanfigur. Er würde diese Briefe einmal kurz durchblättern und uns dann mitteilen, wer sie geschickt hat, ob derjenige Rechts- oder Linkshänder ist, womit er seinen Lebensunterhalt verdient und wahrscheinlich auch, was er gestern zu Abend gegessen hat."

„Pfft! Das ist einfach", sagte Marthe verächtlich und nahm einen Brief zur Hand. „Man sieht sofort, dass er von einer Frau geschrieben wurde und dass sie Linkshänderin ist."

„Wirklich?" Angela staunte nicht schlecht. „Woran erkennen Sie das?"

Marthe zuckte mit den Schultern.

„Sehen Sie sich diese Schleifen an. Nur eine Frau würde so schreiben. Ein Mann setzt die Buchstaben enger aneinander." Sie hob das Papier an die Nase und schnupperte vorsichtig. „Ah! Shalimar. Ich wusste es!"

Überrascht nahm Angela den Brief und schnupperte selbst daran. Sie nahm einen schwachen Geruch wahr.

„Ich rieche Parfüm", sagte sie, „aber ich hätte unmöglich gewusst, welches es ist. Und woher wissen Sie, dass sie Linkshänderin ist?"

„Hier, sehen Sie." Marthe deutete auf einige Stellen, an denen die Schrift leicht verschmiert war. „Sie ist beim Schreiben mit der Hand an die nasse Tinte gekommen. Wahrscheinlich hat sie eine Feder benutzt, an die sie nicht gewöhnt ist, sonst hätte sie nicht solch einen Fehler gemacht."

„Die Briefeschreiberin ist es überhaupt nicht gewohnt, zu schreiben, wenn man nach der Rechtschreibung geht. Das sieht mir nach einer recht ungebildeten Person aus." Angela hielt inne und runzelte die Stirn. „Aber das passt nicht zusammen. Wie kommt so jemand an ein solch teures Parfüm?"

Sie nahm sich die Briefe erneut vor.

„Wie dumm von mir, dass mir das nicht aufgefallen ist", rief sie. „Natürlich tut die Schreiberin nur so, als sei sie ungebildet. Sehen Sie, es passt nicht zusammen. Sie schreibt ‚Neffe' und ‚Gefahr' falsch, aber sie ist durchaus in der Lage, ‚letztes' und ‚ignoriert' richtig zu schreiben. Und in einem Brief schreibt sie ‚Warnungen' richtig, in einem anderen falsch.

Die Briefe wurden also von einer Linkshänderin mit einem gewissen Bildungsniveau und Einkommen geschrieben, die sich als Analphabetin ausgibt, vermutlich um ihre Identität zu verschleiern. Ich danke Ihnen, Marthe. In

Zukunft werde ich mich an Sie wenden, wenn ich nicht weiterkomme.“

Marthe strahlte.

„Aber Sie haben mir nicht gesagt, was unsere Briefeschreiberin gestern zum Abendbrot gegessen hat“, fuhr Angela lachend fort.

„*Madame!*“ Marthe schüttelte den Kopf, als könne sie nicht begreifen, dass sie Angela auf etwas so Selbstverständliches hinweisen musste. „Eine Frau, die Shalimar trägt, isst kein Abendbrot.“

„Ah, natürlich“, sagte Angela.

Marthe ging ins Haus und Angela fragte sich lächelnd, ob Sherlock Holmes wohl ein Dienstmädchen hatte.

Kurze Zeit später teilte Marthe ihr mit, das Mittagessen sei serviert.

„Wo ist Barbara?“, fragte Angela. „Es ist doch nicht normal, dass sie nicht zum Essen erscheint. Und ich dachte, die Köchin wollte heute Scones backen. Sehr merkwürdig.“

Sie setzte sich zu Tisch und rechnete jeden Moment damit, dass Barbara durchs Gartentor stürmte und sich mit einer halbherzigen Entschuldigung für ihre Verspätung auf ihren Stuhl sinken ließ. Zu ihrer Überraschung erschien das Mädchen jedoch nicht. Ohne an die Gezeiten zu denken, vermutete Angela, dass Barbara den Tunnel gefunden hatte und ihn in der Hoffnung, die Halskette zu finden, nach Herzenslust erkundete.

Bei dem Gedanken an das Collier erinnerte sich Angela an ihr Gespräch mit George Simpson und sie überlegte, ob sie Barbara am nächsten Tag zu Miss Trout begleiten sollte. Eigentlich hatte sie keine Lust, einen weiteren Nachmittag in diesem muffigen alten Haus zu verbringen, aber sie hatte Simpson versprochen, die Dinge im Auge zu behalten, und das war aus der Entfernung kaum möglich.

„Was ist, wenn Barbara die Kette findet?“, murmelte sie. „Kann man den dreien zutrauen, dass sie so vernünftig sind, sie an einem absolut sicheren Ort aufzubewahren? Eine Bank wäre ideal - zumindest, bis wir das Collier der Polizei übergeben können. Vielleicht sollte ich schon deshalb mitgehen, falls ich Überzeugungsarbeit leisten muss.“

Nachdem sie diesen Entschluss gefasst hatte, beschloss Angela, einen Verdauungsspaziergang zu machen, was nach ihrem reichhaltigen Mittagessen dringend angeraten war. Die Seeluft sorgte eben für einen gesunden Appetit. Außerdem musste sie noch ein paar Dinge einkaufen, also machte sie sich erneut auf den Weg nach Tregarrion. Seitdem immer mehr Touristen den Ort für sich entdeckten, waren einige Geschäfte mit einem ansehnlichen Warenangebot entstanden.

Sie erledigte ihre Einkäufe und trat auf die Straße, wo sie beinahe mit einem Mann zusammenstieß, der in Gedanken versunken nicht darauf geachtet hatte, wohin er ging. Es war Clifford Maynard. Er setzte zu einer wortreichen Entschuldigung an, doch dann erkannte er sie und sagte: „Oh, Sie sind es, Mrs Marchmont. Verzeihen Sie mir bitte. Ich war mit dem Kopf ganz woanders. Das ist leider eine meiner Eigenarten und Tante Emily lacht mich oft wegen meiner Unachtsamkeit aus. Ich hoffe, Sie haben sich nicht verletzt?“

Angela versicherte ihm, dass nichts passiert sei, und erkundigte sich nach seiner Tante.

„Oh, es geht ihr gut, sehr gut“, antwortete er. „Sie freut sich schon auf Barbaras Besuch. Ich stelle fest, dass alte Leute die Gesellschaft von jungen Leuten genießen. Es erinnert sie an ihre eigene Kindheit. Barbara kommt morgen doch ganz bestimmt?"

„Oh ja, sie redet von nichts anderem. Ob Ihre Tante etwas dagegen hätte, wenn ich Barbara begleite? Ich habe noch nie an einer Schatzsuche teilgenommen, und ich muss gestehen, dass es recht unterhaltsam klingt. Und Sie wissen ja: Viele Hände machen der Arbeit rasch ein Ende."

„Sie sind uns jederzeit herzlich willkommen", sagte Mr Maynard freundlich. Dann wurde seine Miene plötzlich ernst und er sagte in vertraulichem Ton: „Übrigens, Mrs Marchmont, da ist etwas, worüber ich gerne mit Ihnen sprechen würde."

„Worum geht es denn?"

„Lassen Sie uns ein ruhigeres Plätzchen finden." Er nahm Angela beim Ellbogen und führte sie aus dem Gedränge heraus. Angela hob angesichts seiner besitzergreifenden Art leicht die Augenbrauen, ließ sich aber wortlos über die Straße geleiten. Er blieb am Schaufenster eines Ladens stehen, der sich offenbar auf den Verkauf von wasserdichter Kleidung spezialisiert hatte. Er war geschlossen, an der Tür hing ein handgeschriebenes Schild mit der Aufschrift „Wir sind nächste Woche wieder da".

„Ich möchte mich für gestern entschuldigen", begann Mr Maynard ohne Umschweife. „Ich fürchte, meine Tante hat sich Ihnen ziemlich aufgedrängt."

„Wegen des Colliers?", fragte Angela. „Bitte, machen Sie sich deswegen keine Sorgen. Barbara findet es sehr spannend, auf Schatzsuche zu gehen, und ich bin froh, dass sie etwas hat, womit sie sich beschäftigen kann. Sie würde sich sonst zu Tode langweilen, als einziges Kind unter lauter Erwachsenen."

„Nein, das meinte ich nicht." Er senkte die Stimme. „Meine Tante ist sehr alt, Mrs Marchmont, und ich fürchte, dass sie - wie soll ich es sagen - ein wenig wirr im Kopf wird."

„Ah, ich verstehe", erwiderte Angela. „Sie meinen, sie verliert ihr Gedächtnis?"

„Das auch", sagte er. „Aber das ist es nicht allein. Ich sage es nur äußerst ungern: Ich habe das Gefühl, dass auch ihre Fantasie mit ihr durchgeht, obwohl sie es natürlich abstreitet."

„Ich verstehe nicht ganz. Was genau meinen Sie damit?"

„Sie erzählt neuerdings ziemlich unwahrscheinliche Geschichten. Man kann sie eigentlich nicht wirklich als Lügen bezeichnen, denn ich bin mir sicher, dass sie selbst daran glaubt, aber ich habe sie in letzter Zeit mehrmals dabei ertappt. Erst vor einer Woche zum Beispiel, als wir über das Problem mit dem Pachtvertrag gesprochen haben, wandte sich das Gespräch erwartungsgemäß unserer Familiengeschichte zu. Ich sagte, wie schade es sei, dass die Trouts durch ihre Armut gezwungen waren, den Grundbesitz von Poldarrow Point zu verkaufen, und sie antwortete so etwas wie: ‚Ah, ja, aber natürlich wurden im Laufe der Geschichte die unehelichen Nachkommen von Mitgliedern des Königshauses immer ungerecht behandelt.'

Ich hatte natürlich keine Ahnung, was sie damit meinte, und als ich sie fragte, antwortete sie: ‚Sei nicht albern, Clifford, du weißt doch, dass Prediger Dick der uneheliche Sohn des Herzogs von Gloucester war und der wiederum war der Bruder von Georg dem Dritten.' Davon hatte ich noch nie gehört und ich fragte sie, ob sie sich da ganz sicher sei, worauf sie sagte: ‚Ich dachte, das sei allgemein bekannt. Der Herzog hatte eine heimliche Geliebte, die hier in Tregarrion lebte und einen Sohn zur Welt brachte, nämlich Richard, unseren Vorfahren. Aber der

Herzog hat die arme Frau verstoßen und geleugnet, dass das Kind von ihm war. Sie heiratete schließlich einen Mann namens Warrener, und der Junge nahm seinen Namen an.'

„Das ist wirklich eine außergewöhnliche Geschichte", sagte Angela. „Sind Sie sicher, dass sie erfunden ist?"

„Natürlich ist sie erfunden", erwiderte Mr Maynard ungeduldig. „Unsere Familiengeschichte ist vor Ort sehr gut dokumentiert, und es gibt keine Aufzeichnungen darüber, dass sich der Herzog von Gloucester jemals in Tregarrion hat blicken lassen, geschweige denn, dass er sich hier eine Geliebte genommen hat. Meine Tante hat sich das alles nur eingebildet - was sich ein oder zwei Tage später bestätigte, als ich die Geschichte erwähnte und sie abstritt, jemals so etwas gesagt zu haben. Sie war sogar ganz erstaunt und hat mich beschuldigt, Lügengeschichten in die Welt zu setzen."

„Du liebe Zeit", sagte Angela.

„Ich war in der Tat sehr bestürzt", fuhr Clifford fort, „aber das ist nur ein Beispiel. Es gab noch andere, unbedeutendere Vorfälle, die alle auf eine unausweichliche Schlussfolgerung hinauszulaufen scheinen: dass Tante Emily nicht mehr sie selbst ist. Die meiste Zeit ist sie so gesund und vernünftig wie eh und je, aber ich fürchte, diese Episoden werden immer häufiger, je älter sie wird."

„Arme Miss Trout", bedauerte Angela. „Glauben Sie denn, dass sie die Geschichte mit dem Collier ebenfalls erfunden hat?"

„Oh, nein, nein", antwortete er. „Die ist durchaus wahr - oder zumindest existiert die Legende. Ob es tatsächlich eine Halskette gibt und ob sie sich im Haus befindet, kann ich nicht sagen. Und alles, was sie über Prediger Dick und seine Schmuggelaktivitäten gesagt hat, stimmt ebenfalls.

Nein, ich meine ihre Geschichte mit den anonymen Briefen. Ich fürchte, das ist alles Unsinn."

Angela erinnerte sich, wie Mr Maynard seine Tante ermahnt hatte, als sie von den Briefen erzählte.

„Glauben Sie, sie hat sich das ausgedacht?", fragte sie. „Wer hat die Briefe dann geschrieben? Etwa sie selbst?"

„Genau das ist es ja - ich weiß es nicht", sagte er bedrückt. „Ich kann mir nicht vorstellen, warum sie jemand aus Poldarrow Point vertreiben will. Unsere Familie lebt doch schon seit Generationen hier. Es ergibt einfach keinen Sinn. Und da ich sie bei anderen Gelegenheiten beim Flunkern erwischt habe - nun, Sie können sich vorstellen, wie schwer es mir fällt, so etwas über meine liebe Tante Emily zu sagen, die eine der wenigen Verwandten ist, die ich noch habe. Ich weiß nicht, was ich davon halten soll, außer dass alte Menschen leider manchmal ein wenig verwirrt sind."

Angela schwieg einen Moment. Clifford Maynard wusste natürlich nicht, dass die Polizei einen gefährlichen Verbrecher als den Urheber der Briefe im Verdacht hatte, aber hatte die Polizei recht? Marthe war sich sicher, dass sie von einer Frau geschrieben worden waren, und Angela hatte großes Vertrauen in Marthes Intelligenz und Scharfsinn.

Vielleicht hatte Edgar Valencourt eine weibliche Komplizin - Inspector Simpson hatte erwähnt, dass er bisweilen mit anderen Leuten zusammenarbeitete. Vielleicht war er sogar verheiratet. Oder vielleicht waren die Briefe tatsächlich von einer verwirrten und einsamen alten Dame geschrieben worden, der jede List recht war, um die Neugier ihrer Besucher zu wecken, sodass sie es nicht bei einem Besuch beließen, sondern wiederkamen.

„Was soll ich tun?", fragte sie schließlich.

Mr. Maynard sah erleichtert aus.

„Nun, was immer Sie für richtig halten“, erwiderte er. „Ich musste Sie informieren, schließlich sollen Sie nicht Ihre Zeit mit etwas verschwenden, was höchstwahrscheinlich nur das Produkt einer lebhaften Fantasie ist. Wie Sie vorgehen, bleibt natürlich Ihnen überlassen, doch Sie werden meiner Tante gegenüber hoffentlich nicht durchblicken lassen, dass Sie an ihren Geschichten zweifeln.“

„Nein, wahrscheinlich werde ich ihr zuliebe so tun, als würde ich die Sache tatsächlich untersuchen.“

„Danke, das ist sehr nett von Ihnen“, sagte er lächelnd, „und jetzt muss ich mich leider beeilen, meine Tante wartet auf ihre Medizin. Wir sehen uns dann morgen in Poldarrow Point.“

Er verabschiedete sich mit einem kurzen Nicken und Angela machte sich auf den Nachhauseweg. Zu ihrem Erstaunen war Barbara immer noch nicht zurück. Sie ging zum Gartentor hinunter und schaute nach rechts und links, doch von dem Mädchen war nichts zu sehen.

„Hallo, Mrs Marchmont“, begrüßte Helen Walters sie, die gerade aus ihrem eigenen Tor kam. „Suchen Sie jemanden?“

„Ja“, antwortete Angela. „Barbara scheint verschwunden zu sein. Ich nehme an, Sie haben sie heute nicht gesehen? Sie ist zum Mittagessen nicht nach Hause gekommen, und das ist sehr ungewöhnlich, wie Sie sich sicher vorstellen können.“

„Ich habe sie heute Morgen unten am Strand gesehen“, erklärte Helen, „aber ich bin vor ihr gegangen. Sie hat sich bei den Felsen umgesehen. Ich dachte, sie sei auf der Suche nach Krabben oder Ähnlichem. Allerdings ist die Flut jetzt recht hoch, also muss sie den Strand schon vor einiger Zeit verlassen haben.“

Angela runzelte die Stirn. Sie hatte Barbara vor den Gezeiten gewarnt, also müsste sie wissen, wann sie den

Strand meiden sollte. Sie konnte nur vermuten, dass das Mädchen aus irgendeinem Grund woanders hingegangen war - vielleicht nach Tregarrion. Zum Tee würde sie aber sicher rechtzeitig zurück sein.

Angela bat Marthe, ihr Kaffee zu bringen, und machte es sich mit ihrem Buch gemütlich. Statt zu lesen beobachtete sie die Möwen, die am Himmel Formationen zu fliegen schienen, und empfand ihre rauen Schreie als eine Art Musik.

Der Wind wehte immer noch stark, aber im Garten war es geschützt und warm. Offensichtlich war sie nicht die Einzige, die die Ruhe genoss: Nach kurzer Zeit kam die Katze und sprang auf ihren Schoß, und Angela kraulte sie gedankenverloren am Kinn. Die Tigerkatze knetete schnurrend ihren Rock, dann ließ sie sich zu einem Nickerchen nieder. Angela nippte an ihrem Kaffee und lehnte sich bequemer in ihrem Stuhl zurück, wobei sie darauf achtete, ihren Gast nicht zu stören. Juwelendiebe und eigensinnige Mädchen hin oder her – sie fühlte sich hier sehr wohl.

Kapitel Zwölf

BARBARA STAND NOCH einen Augenblick in der Dunkelheit und lauschte dem Klatschen und Schwappen des Wassers, das unaufhaltsam in den Tunnel drängte. Jetzt, wo sie kaum die Hand vor Augen sehen konnte, wirkte das Geräusch fast ohrenbetäubend, und sie fragte sich, warum es ihr vorher nicht aufgefallen war. Als ihr eine weitere Welle über den Fuß schwappte, beschloss sie, den Rückzug anzutreten.

Sie streckte den Arm zur Seite aus und spürte die kalte, harte Tunnelwand unter ihren Fingern. Sie presste sich dagegen und schob sich langsam und vorsichtig den Hang hinauf in Richtung Fasskammer, getrieben von der Angst, das herannahende Meer könne sie einholen und überwältigen, bevor sie sich in Sicherheit bringen konnte.

Nach einer gefühlten Ewigkeit spürte sie einen leichten Luftzug und konnte in der Dunkelheit schwache Umrisse ausmachen. Sie hatte die Kammer erreicht und wusste, dass sie hier sicher war - zumindest vor dem Meer, denn an den Fässern konnte man erkennen, dass die Flut nicht bis hierher vordrang.

Aber was sollte sie jetzt tun? Barbara schätzte, dass es etwa ein Uhr sein musste. Soweit sie sich erinnern konnte, war um zehn Uhr Ebbe gewesen, was bedeutete, dass die Flut erst um vier Uhr ihren Höhepunkt erreichen würde. Danach musste sie noch mindestens vier Stunden lang ausharren, bis das Wasser so weit zurückgegangen war, dass sie die Höhle verlassen konnte.

Ihr Magen knurrte laut und sie dachte wehmütig an die Scones, die die Köchin ihr versprochen hatte. Der Gedanke, bis zum Abend hier im Dunkeln zu sitzen, gefiel ihr nicht; außerdem würde Angela sich sicher fragen, wo sie war. Vielleicht suchte sie schon jetzt die Gegend ab, rief immer wieder Barbaras Namen und rang verzweifelt die Hände.

Diese Vorstellung gefiel Barbara so sehr, dass sie das Bild noch ein wenig weiter ausschmückte. Vor ihrem inneren Auge sah sie, wie die ganze Stadt Tregarrion alles stehen und liegen ließ und sich wie ein Mann auf die Suche nach ihr machte. Stämmige Fischer und Feldarbeiter bildeten Suchtrupps mit Hunden, während die Frauen angstvoll in den Ecken kauerten und sich erzählten, was für ein reizendes Kind sie gewesen sei.

Wenn man sie nach stundenlangem Suchen endlich fand, brach großer Jubel aus, und sie wurde auf die Schultern ihrer Retter gehoben und unter Triumph nach Kittiwake Cottage getragen. Angela weinte vor Freude und Marthe lächelte ausnahmsweise und ließ sie so viele Scones essen, wie sie wollte.

Dann kehrte sie in die Realität zurück.

„Schluss mit den Albernheiten", ermahnte sie sich. „Selbst wenn sie mich suchen sollten, würden sie mich nicht finden, bevor die Flut vorbei ist - und bis dahin schaffe ich es alleine nach draußen."

Es blieb ihr nichts anderes übrig: Sie musste sich bis

zur Falltür durchschlagen, die in die Kellerräume von Poldarrow Point führte. Sie überquerte den Boden bis zu der Stelle, an der sie mit Mühe einen dunkleren Schatten an der Wand der Fasskammer ausmachen konnte. Dabei handelte es sich um den nächsten Abschnitt des Ganges und sie tastete sich vorsichtig hinein. Wieder herrschte völlige Dunkelheit und Barbara verfluchte sich dafür, dass sie ihre Zeit mit der Erkundung der ersten Höhle verschwendet hatte, denn sonst hätte ihre Taschenlampe vielleicht bis jetzt durchgehalten.

Endlich stieß sie auf die Metallsprossen, die zur Falltür führten, und begann, sie mühsam zu erklimmen, wobei sie jede einzelne ertastete und darauf achtete, nicht das Gleichgewicht zu verlieren. Sie keuchte vor Anstrengung. In der Dunkelheit war alles viel schwieriger.

Dann stieß sie an die Falltür und sie hoffte inständig, dass seit ihrem Besuch bei Miss Trout niemand im Keller gewesen war. Wenn Barbara etwas tat, dann tat sie es gründlich, und da sie sich mit ihrer Neigung zu romantischen Geschichten vorstellte, das Collier der Königin bald vor einer Bande marodierender Juwelendiebe in Sicherheit bringen zu müssen, hatte sie gestern darauf geachtet, die Falltür nicht zu verriegeln, als sie sie hätte verschließen sollen.

Sie hielt sich mit der linken Hand an der obersten Sprosse fest und drückte mit der rechten Hand kräftig gegen die Tür. Sie war schwerer, als sie es in Erinnerung hatte, aber sie war tatsächlich nicht verriegelt, wie sie mit einem Seufzer der Erleichterung feststellte. Sie drückte erneut - diesmal zu fest, denn die Tür glitt ihr aus der Hand und fiel mit lautem Krachen auf den Kellerboden.

Barbara zog sich vorsichtig aus der Öffnung und lauschte auf Geräusche aus dem oberen Stockwerk. Sie wollte auf keinen Fall die Aufmerksamkeit von Miss Trout und ihrem Neffen erregen, da sie - wahrscheinlich zu Recht - davon ausging, dass die beiden über die unverriegelte Falltür nicht erfreut wären. Schließlich konnte nun jeder auf diesem Weg durch den Tunnel ins Haus gelangen.

Nach einigen Augenblicken beschloss sie, dass sie nichts zu befürchten hatte. Sie schloss die Falltür und tastete sich die in Richtung, in der sie die Treppe vermutete. Eine Weile stolperte sie erfolglos umher, doch dann nahm sie einen waagerechten Lichtschlitz über ihrem Kopf wahr, der sicher vom Flur her unter der Tür schimmerte.

Ihr Herz machte einen Satz und sie kletterte die Treppe hinauf, so schnell sie konnte. Sie lauschte vorsichtig an der Tür und drückte dann die Klinke. Die Tür war verschlossen. Barbara hätte vor Enttäuschung schreien können. Was sollte sie jetzt bloß tun?

Sie setzte sich auf die oberste Stufe und stützte mürrisch das Kinn in die Hände, dann drehte sie sich um und presste die Wange auf den Boden, um durch den Schlitz unter der Tür zu schauen. Der Spalt war groß, und sie konnte die Eingangshalle dahinter deutlich sehen.

Wie frustrierend, der Freiheit so nahe zu sein und sie doch nicht ganz erreichen zu können! Ihr fiel ein, dass Miss Trout gestern einen kleinen Schlüssel im Schloss gedreht hatte, als sie in den Keller gegangen waren, und sie fragte sich, ob er noch steckte. Da kein Licht durch das Schlüsselloch fiel, nahm sie an, dass er nicht abgezogen worden war. Wenn sie ihn nur von dieser Seite der Tür bewegen könnte!

Sie steckte versuchsweise einen Finger in das Loch, aber der war zu dick. Dann kam ihr ein Gedanke. Sie zog eine Haarnadel aus ihrem Haar – und nun funktionierte es. Mit angehaltenem Atem stocherte Barbara vorsichtig herum und merkte nach einer gefühlten Ewigkeit, dass etwas nachgab.

Gleich darauf fiel der Schlüssel auf der anderen Seite der Tür klirrend auf den Boden. Barbaras Hand passte gerade noch unter den Spalt. Mit einem Gefühl des Triumphs legte sie die Finger auf den Schlüssel und zog ihn vorsichtig zu sich heran. Er ließ sich leicht im Schloss drehen, und als sie auf den Flur hinaustrat, beglückwünschte sie sich zu ihrer eigenen Schläue.

Aber sie durfte keine Zeit verlieren: Miss Trout oder Mr Maynard konnten jeden Moment auftauchen und sie zur Rede stellen. Vermutlich würden sie nicht allzu viel Verständnis dafür aufbringen, dass sie sich in ihrem Flur herumtrieb. Es war still im Haus und es schien niemand zu Hause zu sein. Vielleicht waren sie ausgegangen.

Sie schlich sich leise zur Haustür – und blieb plötzlich wie angewurzelt stehen. Was war das für ein Geräusch gewesen? Sie lauschte aufmerksam, hörte aber nichts mehr. Sie streckte eine Hand nach der Tür aus. Da war es wieder! Was war das? Es klang wie ein leises Stöhnen und kam aus dem oberen Stockwerk. Wer konnte das sein? War Miss Trout krank? Warum war ihr Neffe nicht da, um nach ihr zu sehen?

Barbaras Neugierde gewann die Oberhand, und sie beschloss, der Sache nachzugehen. So leise sie konnte, tappte sie auf Zehenspitzen die knarrende alte Treppe hinauf in die nächste Etage. Dort war alles düster und schäbig: Die Türen waren geschlossen und es fiel nur wenig Licht herein. Ein muffiger Geruch hing in der Luft. Da war wieder dieses Stöhnen. Es schien von weiter oben zu kommen.

Schlief Miss Trout im Dachgeschoss? Das war merkwürdig. Barbara schlich sich in die nächste Etage. Hier oben waren die Geländer schlichter gehalten und der

Teppichboden war verblichen und abgenutzt. Sie spähte vorsichtig um den Geländerpfosten. Ein schmaler Gang mit einer Reihe von niedrigen Türen erstreckte sich über die ganze Länge des Hauses. Dies mussten die alten Dienstbotenzimmer sein.

Es war kühl hier oben und Barbara fröstelte. Ihre nassen Schuhe fühlten sich unangenehm an und sie sehnte sich nach Sonne und Wärme, aber erst musste sie herausfinden, was los war. Das Stöhnen war jetzt lauter, es schien vom Ende des Ganges zu kommen. Barbara wandet den Kopf und ihre Augen weiteten sich vor Erstaunen, als sie eine geisterhafte Gestalt in Weiß auf sich zu schweben sah. Der Geist stöhnte und wimmerte und rieb die Hände aneinander.

„Nein, nein, nein", jammerte er in theatralischem Ton und brach in heftiges, kurzatmiges Schluchzen aus.

Das war zu viel für Barbara. Der Vormittag war selbst für ihren Geschmack abenteuerlich genug gewesen. Sie drehte sich um und stürmte die Treppe hinunter, ohne sich einen Deut um den Lärm zu scheren, den sie machte. Sie riss die Haustür auf, trat ins Freie und schlug die Tür hinter sich zu. Sie spürte die Sonne auf ihrem Gesicht und stieß einen gellenden Schrei der Erleichterung aus, dann rannte sie so schnell sie konnte zurück zum Cottage.

Kapitel Dreizehn

„Da bist du ja", sagte Angela und blickte gelassen von ihrem Buch auf, als Barbara auf die Terrasse stürzte. „Du hast das Mittagessen verpasst. Und was hast du gemacht, dass du wie eine Vogelscheuche aussiehst?"

Barbaras Abenteuer im Tunnel hatte deutliche Spuren hinterlassen: Ihre Kleider und Schuhe waren feucht, Hände und Knie waren schmutzig.

„Ich habe den Tunnel gefunden", erklärte sie, „aber ich habe einen kleinen Fehler gemacht und bin von der Flut eingeschlossen worden."

„Ich habe dich gewarnt. Möchtest du etwas essen?"

„Ja, bitte!", rief Barbara begeistert. Sie sah Angela fragend an. „Ich dachte, du wärst verzweifelt und würdest die Gegend mit einem Rudel Bluthunde durchkämmen."

„Red keinen Unsinn", erwiderte Angela. „Die Köchin ist noch hier, glaube ich. Sie kann sicher etwas für dich auftreiben." Mit diesen Worten wandte sie sich erneut ihrem Buch zu, und Barbara ließ es gut sein und ging ins Haus.

Als sie einige Zeit später zurückkehrte, war sie nicht

nur gesättigt, sondern sah auch etwas sauberer aus - Marthe hatte einen entsetzten Blick auf sie geworfen und sie ins Badezimmer geschleppt. Angela blickte auf und legte ihr Buch zur Seite.

„So ist es schon besser“, bemerkte sie. „Du hast ausgesehen, als hättest du mit deinem Gesicht einen Acker gepflügt.“

„Warum muss Marthe immer so schrubben?“, beschwerte sich Barbara. „Ich bin sicher, sie hat mehrere Zentimeter Haut abgetragen.“

„Wer schön sein will, muss leiden, habe ich mir sagen lassen.“

„Dann möchte ich lieber hässlich und glücklich sein.“ Barbara setzte sich hin und zog die Katze von Angelas Schoß auf ihren eigenen. Das Tier protestierte kurz, dann rollte es sich zusammen, um sein Nickerchen fortzusetzen.

„Wie bist du eigentlich aus dem Tunnel herausgekommen?“, fragte Angela. „Es ist immer noch Flut.“

„Ich bin durch die Falltür ins Haus gelangt.“

„Wirklich? Wie gut, dass Miss Trout und ihr Neffe dein Klopfen gehört haben.“

Barbara nickte und versuchte, das Thema zu wechseln.

„Hast du heute Morgen einen schönen Spaziergang in Tregarrion gemacht?“, fragte sie fröhlich, aber Angela ließ sich nicht täuschen. Ihre Augen verengten sich.

„Barbara, was haben Miss Trout und Mr Maynard gesagt, als sie dich im Tunnel gefunden haben?“

„Na gut“, sagte Barbara, „ich gebe es zu. Sie haben es gar nicht mitbekommen, weil ich gestern die Falltür nicht verriegelt habe, als wir im Keller waren. Ich habe mich rausgeschlichen, ohne dass mich jemand gesehen hat.“

„Aber warum hast du sie nicht verriegelt?“

Barbara warf ihr einen trotzigen Blick zu. „Ich dachte,

dass ich vielleicht eines Tages dringend da hindurch muss. Und so war es ja auch."

„Trotzdem war das nicht in Ordnung - vor allem, wenn du die beiden in dem Glauben gelassen hast, du hättest die Falltür verschlossen."

„Es tut mir leid, Angela." Barbara gab sich Mühe, verschämt auszusehen, und natürlich erwähnte sie mit keinem Wort, dass sie den Riegel auch heute nicht vorgeschoben hatte.

„Das will ich hoffen. Und jetzt erzähl mir von dem Tunnel."

Barbara erzählte von ihren Abenteuern des Vormittags und Angela gab es irgendwann auf, sie tadelnd anzusehen, und hörte interessiert zu.

„Der Tunnel scheint also genau das zu sein, was er zu sein vorgibt", stellte sie fest, „nämlich eine Möglichkeit, um von der Bucht zum Haus zu gelangen. Nach allem, was du beschrieben hast, ist dort unten nichts versteckt, es sei denn, es liegt etwas in einem dieser Fässer."

Barbara schüttelte den Kopf.

„Das ist unmöglich", wandte sie ein. „Ein Fass ist in seine Einzelteile zerfallen, als ich es angefasst habe, und an dem anderen habe ich heftig gerüttelt, aber da war nichts zu hören. Außerdem wussten früher viele Leute von dem Tunnel, er wäre also kein geeignetes Versteck für etwas Wertvolles wie das Collier. Nein, ich glaube, das ist irgendwo im Haus, und ich bin fest entschlossen, es zu finden."

„Vielleicht komme ich morgen mit."

„Das wäre großartig", rief Barbara begeistert. „Nicht, dass ich Angst hätte, aber du könntest mir helfen."

„Angst? Warum solltest du Angst haben?"

„Ich sage doch, ich habe keine. Und selbst wenn es

Geister geben sollte, hegen sie bestimmt keine bösen Absichten."

„Wovon in aller Welt redest du? Welche Geister meinst du?"

„Weißt du nicht mehr? Miss Trout hat erzählt, dass in Poldarrow Point ein alter Mann herumspukt, der im Obergeschoss im Nachthemd unterwegs ist."

„Aber du hast doch gesagt, du glaubst nicht an Gespenster."

„Natürlich nicht!", behauptete Barbara hartnäckig. „Allein der Gedanke ist absurd."

„Warum hast du dann gesagt, dass es in Poldarrow Point möglicherweise Gespenster geben könnte?"

„Habe ich nicht."

„Doch, das hast du, gerade eben."

„Ich habe es nicht so gemeint. Aber ich würde mich trotzdem freuen, dich dabei zu haben."

„Gut, dann ist das geklärt." Angela hatte das vage Gefühl, etwas nicht mitbekommen zu haben. „Ich gehe morgen mit dir nach Poldarrow Point und wir werden den ganzen Tag nach dieser Kette suchen, die es möglicherweise gar nicht gibt."

„Natürlich gibt es sie!", sagte Barbara entschieden, die sich nun wieder auf sicherem Terrain befand, nachdem das heikle Thema Gespenster vom Tisch war. „Sie muss irgendwo sein und ich glaube, in Prediger Dicks Tagebuch gibt es einen Hinweis auf ihr Versteck. Ich hole es schnell."

Sie lief ins Haus und kam mit dem ramponierten alten Buch zurück.

„Es ist furchtbar schwer zu lesen", sagte sie mit einem Blick auf die krakelige Schrift.

„Lass mich mal sehen." Angela blätterte vorsichtig um und fuhr mit dem Finger über jede Seite. „Größtenteils scheinen es Listen von Waren zu sein, die an Land gebracht und verkauft wurden", sagte sie schließlich. „Prediger Dick mag ein aufregendes Leben geführt haben, aber ich fürchte, ein begnadeter Erzähler war er nicht. Am interessantesten ist die Geschichte mit dem sterbenden französischen Herrn und dem Päckchen, aber die entscheidende Seite fehlt."

„Was ist wohl damit passiert?", überlegte Barbara. Ihre Augen leuchteten auf. „Ich hab's!", rief sie. „Meinst du, auf der herausgerissenen Seite war eine Karte gezeichnet, die zum Versteck des Colliers führt? Wenn ja, dann wurde sie sicher absichtlich gestohlen, vielleicht sogar von der selben Person, die die anonymen Briefe geschrieben hat."

„Das scheint nicht sehr wahrscheinlich zu sein."

„Lass mich mal sehen." Barbara nahm Angela das Buch ab. „Sieh mal", sagte sie nach kurzer Zeit. „Ich glaube, die Seite ist vor Kurzem herausgerissen worden."

„Wirklich?" Angela reckte den Hals und betrachtete den Papierstreifen, der von der ausgerissenen Seite übriggeblieben war. Tatsächlich sah die Risskante fast neu aus, sie war heller als der Rest der Seiten. „Ich glaube, du hast recht", sagte sie überrascht. „Das ist merkwürdig. Aber vielleicht haben Miss Trout oder Mr Maynard es aus Versehen selbst gemacht."

„Hätten sie es dann nicht gleich gesagt? Sie schienen nichts darüber zu wissen."

„Das stimmt", räumte Angela ein.

„Ich wusste es!", sagte Barbara aufgeregt. „Wir sind nicht die Einzigen, die hinter der Halskette her sind. Miss Trout muss jemandem die Memoiren gezeigt und von der Familienlegende berichtet haben, und wer immer es war, hat beschlossen, den Schatz zu suchen und an sich zu nehmen. Also hat er diese anonymen Briefe geschrieben, um Miss Trout aus dem Haus zu vertreiben, sodass er Poldarrow Point jederzeit ungehindert betreten und es in

Ruhe durchsuchen kann. Hoffentlich hat er das Collier nicht schon gefunden."

„Nein, das glaube ich nicht."

„Warum nicht?"

„Weil der letzte Brief erst gestern angekommen ist, erinnerst du dich? Das bedeutet vermutlich, dass der Dieb das Collier noch nicht in die Hände bekommen hat."

„Aha, verstehe", nickte Barbara. „Jetzt wissen wir, dass noch jemand hinter der Kette her ist, daher müssen wir umso intensiver suchen und sie als Erste finden."

Angela wollte gerade einwenden, dass sie nicht mit Sicherheit davon ausgehen konnten, dass außer ihnen noch jemand hinter der Kette her sei, besann sich aber eines Besseren. Barbara hatte höchstwahrscheinlich recht. Natürlich wusste das Mädchen weder von Edgar Valencourt und seinen Missetaten noch von dem Scotland-Yard-Inspector, der bereits an dem Fall dran war, doch ihre Schlussfolgerungen schienen logisch.

„Wo mag sie wohl sein?", sagte sie stattdessen.

„Ich habe darüber nachgedacht", antwortete Barbara eifrig. „In einem Schrank oder einer Schublade kann sie nicht sein, denn dann hätte sie längst jemand gefunden. Nein, wahrscheinlich gibt es irgendwo ein Geheimfach oder eine versteckte Tür, vielleicht mit einem Safe dahinter."

„Ja, das ist durchaus möglich", nickte Angela. „Vermutlich müssen wir alle Wände gründlich abklopfen.

„Vielleicht gibt es noch einen weiteren Geheimgang im Haus", spekulierte Barbara.

„Reicht dir einer nicht?"

„Ich mag Geheimgänge."

„Was, obwohl du heute Morgen in einem festgesessen hast?"

„Es war ein Abenteuer", beharrte Barbara. „Oft ist

alles so furchtbar langweilig … Ich bin froh, dass ich hergekommen bin, Angela! Ich amüsiere mich prächtig. Du bist nicht langweilig, wie die Ellis. Du regst dich nicht auf, wenn ich zu spät zum Mittagessen komme oder in die Bredouille gerate. Du hättest die Ellis hören sollten, als ich an Ostern ihr Auto gegen einen Baum gefahren habe. Ich dachte, sie sperren mich für den Rest meines Lebens in meinem Zimmer ein. Dabei hatte der Wagen nur eine winzige Delle, die man kaum gesehen hat, aber man hätte meinen können, ich hätte Großtante Cicely überfahren und plattgedrückt, so sehr haben sie gezetert. Außerdem sollten sie ihr Auto abschließen, wenn sie nicht wollen, dass jemand damit herumfährt, ohne zu fragen."

Je mehr Barbara erzählte, desto größer waren Angelas Augen geworden, aber bevor sie etwas sagen konnte, rief vom hinteren Gartentor jemand ihren Namen. Es war George Simpson, der gerade an der Rückseite des Cottage vorbeikam. Er blieb kurz stehen und wurde Barbara vorgestellt, die sagte: „Es ist sinnlos, jetzt zum Strand hinunterzugehen - die Flut ist zu hoch."

„Ja", antwortete Simpson, „ich war schon fast dort, als mir einfiel, dass ich zu spät losgegangen bin."

„Oder zu früh", meinte Barbara. „Sie können es ja heute Abend noch einmal versuchen. Ab sechs Uhr sollte der Strand allmählich wieder zum Vorschein kommen."

Er lächelte.

„Die Gezeiten und andere Naturgewalten sind unbekannte Größen für Stadtbewohner wie mich. Wir sind es gewohnt, unser tägliches Leben nach eigenem Gutdünken zu gestalten", sagte er lächelnd. „Ich bin jetzt seit fast zwei Wochen hier und vergesse immer noch, dass ich nicht hingehen kann, wo ich will und wann ich will. Mit Mutter Natur ist nicht zu spaßen."

„Das kann man wohl sagen", stimmte Barbara zu. „Das habe ich heute Morgen selbst zu spüren bekommen."

„Ach? Wie ich gehört habe, suchst du einen geheimen Tunnel. Hast du ihn gefunden?"

„Ja", antwortete Barbara knapp. Sie warf Angela einen fragenden Blick zu. Angela ihrerseits war sich nicht sicher, ob sie ihr sagen durfte, dass man Mr Simpson vertrauen könne, und warum. Simpson kam ihnen zu Hilfe.

„Du brauchst mir nichts davon zu erzählen, wenn du nicht möchtest", sagte er zu Barbara. „Ich verstehe das. Ein Geheimnis ist kein Geheimnis mehr, wenn man es ausplaudert."

„Stimmt", meinte Barbara. „Dann behalte ich es für mich, wenn es Ihnen nicht allzu viel ausmacht."

„Ganz und gar nicht", versicherte er, verabschiedete sich und ging Richtung Tregarrion davon.

„Ich muss schon sagen", bemerkte Barbara, während sie ihm nachsah. „Er ist ziemlich nett, findest du nicht? Ist er ein Freund von dir?"

„Nur ein Bekannter", sagte Angela, die ihm ebenfalls mit dem Blick folgte. „Ich habe ihn vor Kurzem kennengelernt. Er wohnt im Hotel."

„Ich glaube, du magst ihn", sagte Barbara plötzlich.

„Was?"

„Stimmt doch, oder? Du magst ihn."

„Natürlich mag ich ihn", antwortete Angela leicht verwirrt. „Er ist sehr nett. Du hast es ja selbst gesehen."

„Das meinte ich nicht."

„Ich habe keine Ahnung, wovon du redest. Und übrigens ..." Angela beschloss, die Aufmerksamkeit von sich abzulenken, indem sie zum Angriff überging. „Wie kam es, dass das Auto der Ellis am Baum gelandet ist?"

Barbara erkannte, dass sie in der Falle saß.

„Oh, es war nur ein kleiner Unfall", antwortete sie

leichthin. „Ehrlich, Angela, das hätte jedem passieren können. Ich meine, der Baum hätte schon vor Jahren gefällt werden müssen - Gerald hat es selbst gesagt. Es war nichts, nicht der Rede wert."

Bevor Angela nachhaken konnte, flüchtete sich Barbara ins Haus. Kurze Zeit später folgte ihr Angela. Den Rest des Nachmittags gingen sie sich aus dem Weg, um jedes Gespräch zu vermeiden, das sich für beide Seiten als unangenehm erweisen könnte.

Kapitel Vierzehn

„Da sind wir!", verkündete Barbara fröhlich, als Clifford Maynard ihnen am nächsten Morgen die Tür öffnete. „Wir wollen den Schatz suchen - und ihn finden!"

Miss Trout begrüßte sie mit einem strahlenden Lächeln, als sie den Salon betraten.

„Oh, ich bin so froh, dass Sie mitgekommen sind", sagte sie zu Angela. „Je mehr Hilfe wir haben, desto besser – vor allem, weil die Zeit so knapp ist. Obwohl Barbara gewiss auch allein gute Fortschritte machen würde. Hast du gestern den Tunneleingang gefunden, Liebes?"

„Ja", sagte Barbara, „und ich bin ihm bis zum Ende gefolgt, aber ein Versteck war nirgendwo zu sehen." Sie war mit Angela übereingekommen, dass es besser wäre, wenn die Hausbewohner nicht erfuhren, wie sie aus dem Tunnel entkommen war.

„Ich war selbst noch nie in dem Tunnel", bemerkte Miss Trout, „schließlich bin ich viel zu alt für so etwas, aber Clifford hat ihn mehrmals erkundet. Er hat das Collier auch nicht gefunden, sodass wir den Tunnel außer

Acht lassen und unsere Suche auf das Haus konzentrieren sollten."

„Wir dachten, es könnte irgendwo hinter einer Geheimtür sein", erklärte Barbara. „In einem Haus wie diesem gibt es bestimmt eine."

„Ja, du könntest recht haben. Ich würde mich nicht wundern, wenn wir eine fänden."

„Sie sind sich aber nicht sicher, dass es eine Geheimtür gibt?", wollte Angela wissen. „Ich hätte angenommen, dass gerade Sie über alle Verstecke in Poldarrow Point Bescheid wissen."

„Nein, leider weiß ich nichts Genaues", erwiderte Miss Trout. „Natürlich kursieren in der Familie alle möglichen Gerüchte, aber eine Geheimtür habe ich selbst hier noch nie gesehen."

„Wo sollen wir anfangen?" Barbara sah sich eifrig um. „Miss Trout, wir dachten, wir könnten hier im Salon beginnen."

„Ein ausgezeichneter Plan", mischte sich Clifford Maynard ein. „Tante Emily, du ruhst dich aus, während wir alles absuchen."

„Aber ich würde gern helfen", protestierte Miss Trout.

„Unsinn - ich möchte nicht, dass du dich überanstrengst."

„Oh, lassen Sie sie doch helfen, Mr Maynard", sagte Barbara. „Miss Trout passt auf, dass es ihr nicht zu viel wird, nicht wahr, Miss Trout? Schließlich ist es ihr Collier und sie hat von uns allen das größte Interesse daran, es zu finden, weil sie dann im Haus wohnen bleiben kann. Natürlich sollte sie mitmachen."

„Nun gut", lenkte Clifford ein, „aber ich bestehe darauf, dass du dich zwischendurch immer wieder hinsetzt, Tante."

„Natürlich, Clifford", versprach Miss Trout. „Ich bin vorsichtig."

Barbara klopfte bereits die Wand über dem Kamin nach Anzeichen für einen versteckten Hohlraum ab. Da sie das Gefühl hatte, sich irgendwie nützlich machen zu müssen, begann auch Angela, die Wände zu untersuchen. Clifford verstand den Wink mit dem Zaunpfahl und hob die Ecke des Teppichläufers hoch, für den Fall, dass sich darunter eine Falltür versteckte. Eine Zeit lang war außer Pochen nichts zu hören. Alle horchten auf das vielversprechende Geräusch, das auf eine hohle Stelle hinwies, allerdings vergeblich. Nach etwa einer Stunde stieß Barbara, die unter dem Fenster eine lose Fußleiste entdeckt hatte, plötzlich einen Schmerzensschrei aus.

„Autsch, ich habe einen Splitter im Finger", rief sie. Nachdem sie eine Weile erfolglos auf der Fingerkuppe herumgedrückt hatte, sagte sie: „Ich kriege ihn nicht raus. Bist so lieb und hilfst mir, Angela?"

Angela blickte von dem wackligen alten Schreibtisch auf, den sie nach einem Geheimfach abgeklopft hatte, bat Miss Trout um eine Nähnadel und machte sich ans Werk. Barbara verzog vor Schmerz das Gesicht, gab aber keinen Laut von sich.

„Danke", sagte sie schließlich und steckte sich den verletzten Finger in den Mund. „In dem Schreibtisch ist also nichts?"

„Es sieht so aus", bestätigte Angela. „Schade, denn eigentlich wäre der Schreibtisch das perfekte Versteck."

„Ich glaube nicht, dass das Collier hier im Salon ist", sagte Barbara. „Wir haben alles abgesucht. Du kannst noch weitermachen, wenn du willst, aber ich versuche es jetzt im Esszimmer."

Ein paar Minuten folgte ihr Angela. Barbara untersuchte gerade mit lautem Klopfen die Schnitzereien eines antiken Mahagonitisches. An ihrer Hingabe gab es wahrhaftig keinen Zweifel. Angela machte sich ebenfalls an die Arbeit und begann, hinter alle Bilder an den Wänden zu schauen. Einige waren so groß und schwer, dass sie Clifford zu Hilfe holen musste. Sie hatten gerade das größte Bild abgehängt, eine rußgeschwärzte Landschaftsdarstellung über dem Kamin, als Angela etwas auffiel. Sie betrachtete die Wand genauer und klopfte sie ab. Es klang hohl.

„Hast du etwas gefunden?", fragte Barbara.

„Ich bin mir nicht sicher", antwortete Angela. „Was meinst du?" Sie deutete auf die Wand direkt über dem Kaminsims.

Barbara starrte darauf, aber sie sah nichts außer der dunklen Holzvertäfelung.

„Ich kann nichts erkennen."

„Fahr mit der Hand darüber."

„Oh!", rief Barbara überrascht. „Hier ist etwas locker."

„Genau."

„Lassen Sie mich mal sehen", sagte Clifford, der hinter ihr stand. Er tastete die Wand vorsichtig ab, dann deutete er mit beiden Händen einen rechteckigen Umriss von etwa fünfundvierzig mal vierzig Zentimetern an, der sich über dem Kamin rechts von der Mitte befand.

„Das wäre genau die richtige Größe für ein Geheimfach oder einen Tresor." Barbara war begeistert.

„Wie sich die Tür wohl öffnen lässt?", überlegte Angela.

„Wartet", rief Barbara. „Ich hole Miss Trout."

Sie rannte in den Salon und kam mit der alten Dame wieder, die genauso aufgeregt war wie die anderen drei.

„Lassen Sie mich mal", sagte Clifford herrisch.

Angela machte wortlos Platz und ließ ihn an dem

Paneel klopfen und zerren. Schließlich trat er einen Schritt zurück und starrte die Wand nachdenklich an, das Kinn in der Hand gestützt. Dann versuchte er es noch einmal, ohne Erfolg.

„Ich bekomme sie nicht auf", sagte er. Er versuchte, das Paneel an den Rändern zu fassen und herauszuziehen, aber auch das gelang nicht.

„Ich glaube nicht, dass das so funktioniert", meinte Angela. „Vielleicht gibt es irgendwo eine Feder oder irgendeinen Mechanismus, mit dem man sie öffnet."

Sie trat an den Kamin, besah sich die restliche Holz-vertäfelung über der Einfassung und fuhr prüfend mit den Händen darüber.

Sie richtete ihre Aufmerksamkeit auf die Wand unmit-telbar rechts neben dem Kamin. Wieder tastete sie langsam alles ab und hielt gelegentlich inne, um hier und da versuchsweise zu drücken. Mit einem Mal knackte es an einer Stelle. Sie stieß noch einmal dagegen und das Knacken ertönte erneut, als versuchte der rostige alte Mechanismus, sich nach langer Zeit mühsam in Gang zu setzen.

„Ich glaube, wir müssen ein bisschen nachhelfen", sagte Angela.

Ihr Herz klopfte, als sie vorsichtig die Hand gegen das Paneel presste. Erst passierte gar nichts, doch nach einigen geduldigen Versuchen drehte es sich nach innen und gab eine dunkle Nische frei. Clifford, Miss Trout und Barbara drängten sich um sie, um einen Blick darauf zu werfen.

„Lasst mich! Lasst mich sehen!" Barbara schob sich ungeduldig nach vorne. „Ist das Collier da drin?"

Sie griff in das Loch und tastete darin herum. Dann sah sie die andern an. Die Enttäuschung stand ihr ins Gesicht geschrieben.

„Da ist nur ein alter Schlüssel", sagte sie. Sie zog ihn

hervor und hielt ihn in die Höhe, damit alle ihn sehen konnten. Es war in der Tat ein großer, alter Bartschlüssel.

„Ist das alles?", fragte Miss Trout. Ihr Neffe nickte und die alte Dame seufzte niedergeschlagen.

„Jammerschade!", meinte Barbara. „Und wir dachten schon, wir hätten die Kette gefunden."

„Ich frage mich, wofür der Schlüssel ist", sagte Angela.

„Vielleicht gehört er zu der Schatulle mit dem Collier." Barbaras grenzenloser Optimismus war nicht kleinzukriegen.

„Nein, das glaube ich nicht. Für mich sieht er aus wie ein Türschlüssel."

„Bestimmt finde ich die Tür, zu der er passt", meinte Barbara siegesgewiss.

„An keiner der Türen im Haus fehlt einer", wandte Miss Trout eilig ein.

Angela steckte den Schlüssel kopfschüttelnd in ihre Rocktasche. Sie hatte Mitleid mit ihren Gastgebern und fürchtete um deren Hab und Gut, wenn Barbara ungehindert im Haus herumlief.

„Nein", sagte sie. „Wir suchen weiter. Nachdem wir ein Geheimfach gefunden haben, finden wir vielleicht noch ein zweites."

Sie klopften zu viert die Vertäfelung ab, hatten jedoch keinen Erfolg. Um den Kamin herum gab es keine weiteren Verstecke.

„Zwei Geheimfächer in einer Wand wären wohl zu viel des Guten", seufzte Barbara.

„Ja, das heißt aber nicht, dass es nicht anderswo noch eins gibt", meinte Angela.

„Ich sehe in der Küche nach", kündigte Barbara an.

„Warte", hielt Angela sie zurück, bevor Barbara davonstürmen konnte. „Es hat keinen Sinn, wahllos herumzusuchen. Prediger Dick lebte hier mit seiner Frau und vermutlich hatte er eine Reihe von Bediensteten. Ich glaube kaum, dass er einen so wertvollen Gegenstand in der Küche versteckt hätte, wo ihn jeder hätte finden können."

„Wahrscheinlich hast du recht", räumte Barbara ein. „Aber wo hätte er ihn dann versteckt?"

„Wie wäre es mit seinem Schlafzimmer?", schlug Clifford vor. „Dort würde *ich* etwas Wertvolles aufbewahren, wenn ich nicht wollte, dass es jemand findet."

„Ja, das ist durchaus möglich", pflichtete Angela ihm bei. „Wer schläft jetzt in seinem Zimmer?"

„Niemand", antwortete Miss Trout. „Es ist zu groß und zu zugig. Ziemlich ungemütlich."

„Warum gehen wir nicht hin und sehen es uns an?"

Damit waren alle einverstanden und so stapften sie im Gänsemarsch die Treppe hinauf, wobei Barbara sich dicht an Angela drängte und sich immer wieder ängstlich umsah.

Oben angekommen führte Clifford seine Begleiterinnen zu einer Tür, öffnete sie und trat zur Seite, um die drei vorbeizulassen. „Bitte sehr", sagte er.

Sie befanden sich in einem großen, altmodischen Schlafgemach, in dessen Mitte ein riesiges Himmelbett stand. Barbara setzte sich darauf und hopste ein wenig auf und ab.

„In so einem Bett würde ich gerne schlafen!", seufzte sie.

„Hier ist es leider sehr feucht", sagte Miss Trout. „Wie du siehst, sind einige Fensterscheiben kaputt, und oft regnet es herein. Clifford und ich schlafen lieber auf der dem Meer abgewandten Seite. Sie ist windgeschützt, auch wenn der Ausblick weniger malerisch ist."

„Dieses Zimmer muss über dem Salon liegen", bemerkte Angela.

„Ja, das stimmt."

„Ich hätte erwartet, dass es größer ist, weil die nächste Tür am anderen Ende des Flurs liegt."

„In einem verwinkelten alten Haus wie diesem verliert man leicht den Überblick", erwiderte Miss Trout. „Sollen wir anfangen?"

Sie machten sich an die Arbeit. Nach kurzer Zeit bestand Clifford darauf, dass seine Tante nach unten ging und sich ausruhte, was sie auch ohne großen Widerspruch tat. Angela vermutete, dass die Suche sie mehr ermüdete, als sie zugeben wollte. Sie waren alle schweigend in ihre Suche vertieft, als ein lautes Klopfen ertönte, das sie alle aufschrecken ließ. Vor allem Barbara zuckte merklich zusammen.

„Ist das der Schlagladen?", fragte Angela. „Er muss sich wieder gelöst haben."

„Ja", antwortete Clifford, der bereits auf dem Weg zur Tür war. „Ich werde ihn festmachen."

„Nun", sagte Angela, nachdem er gegangen war, „allmählich glaube ich, dass dieses Collier für immer verloren ist. Hier scheint es jedenfalls nicht zu sein."

„Oh, sag so etwas nicht!", jammerte Barbara. „Es muss hier irgendwo sein, ganz bestimmt."

Es schien jedoch, als hätte Angela recht. Ihre gründliche Suche in Prediger Dicks Schlafzimmer förderte kein Diamantencollier zutage. Miss Trout lud die beiden ein, mit ihr und ihrem Neffen zu Mittag zu essen, was sie gerne annahmen. Danach nahmen sie sich das Arbeitszimmer, den kleinen Salon und einige unbenutzte Zimmer auf der Vorderseite des Hauses vor, doch schließlich mussten sie einsehen, dass sie keinen Schritt weitergekommen waren.

„Noch haben wir Keller und Dachboden nicht durchsucht", erinnerte Angela das Mädchen. „Das machen wir an einem anderen Tag."

Sie verabschiedeten sich von Poldarrow Point und seinen Bewohnern unter gegenseitigen Beteuerungen, wie schade es sei, dass sie keinen Erfolg hatten, und zahlreichen Versicherungen, dass sie bei ihrer nächsten Suchaktion sicher mehr Glück haben würden. Nach einem Tag in dem muffigen alten Haus genossen sie auf dem Rückweg über die Klippen die frische Luft und lachten über den Wind, der sie herumschubste und sie Richtung Heimat trieb.

„Schade, dass wir den Schatz nicht gefunden haben", sagte Barbara, als sie an Kittiwake Cottage ankamen. „Ich war mir so sicher, dass er in dem Geheimfach im Esszimmer sein würde."

„Ja, ich war auch furchtbar gespannt", meinte Angela, „aber dann war es doch nur ein alter Schlüssel. Ich frage mich, wo er herkommt."

„Darf ich ihn sehen?", fragte Barbara. Angela griff in ihre Tasche und reichte ihn ihr.

„Nach so viel Staub und Schmutz brauchen wir ein heißes Bad", seufzte Angela, „und dann werde ich wohl früh schlafen gehen."

Sie nahm einen Stapel Briefe von einem kleinen Tisch neben der Tür und öffnete den ersten Umschlag.

„Mrs Uppingham hat auf meinen Brief geantwortet, in dem ich mich dafür bedanke, dass ich das Cottage nutzen darf", sagte Angela. „Und sie erwähnt Miss Trout."

„Was schreibt sie?", fragte Barbara, die den Schlüssel eingehend untersuchte.

„Nichts Aufregendes. Sie findet es interessant, dass wir ihre Bekanntschaft gemacht haben, da sie als eine Art Einsiedlerin gilt und Mrs Uppingham sie selbst gern kennengelernt hätte. Ich frage mich - oh!"

Sie verstummte, als ihr Blick auf den nächsten Umschlag fiel.

„Was ist?" Barbara blickte überrascht auf.

„Sieh mal." Angela reichte ihr den Brief und ihre Augen weiteten sich.

„Na so was! Ein weiterer anonymer Brief!"

Kapitel Fünfzehn

Sie starrten auf den Umschlag.

„Los, mach auf“, sagte Barbara.

Hastig riss Angela ihn auf. Er enthielt ein einziges Blatt Papier:

„Libe Mrs Marchmont,

haltn sie sich von Poldarrow Point fern wenn ihn ihr Leben lieb is. Da gibts nichts für sie.“

„Lächerlich!“, rief Barbara empört. „Wenn ich Drohbriefe schreiben würde, könnte ich etwas Besseres zu Papier bringen.“

„Trotzdem ist der Gedanke nicht angenehm, dass jemand etwas Böses gegen einen im Schilde führt. Vielleicht ist das der Zweck der Briefe: Sie sollen eher verunsichern als ängstigen. Schließlich lässt man sich nicht gerne den Urlaub verderben. Vielleicht hofft der Briefeschreiber, dass ich angewidert abreise."

„Ja, aber im Fall von Miss Trout funktioniert diese Theorie nicht. Sie kann nicht einfach abreisen, selbst wenn sie bereit wäre, Poldarrow Point zu verlassen."

„Stimmt", sagte Angela. „Nun, dann weiß ich die Antwort nicht. Marthe!", rief sie.

Marthe kam aus dem Wohnzimmer. „Ja, *Madame*?", fragte sie.

„Hier ist wieder einer dieser Briefe, diesmal an mich gerichtet", erklärte Angela. „Was meinen Sie dazu?"

Marthe nahm den Brief in die Hand.

„Ja, es ist eindeutig", sagte sie. „Dieselbe Schrift, derselbe Duft. Was bezweckt sie damit?"

„Sie?", fragte Barbara überrascht. „Unser Briefeschreiber ist eine Frau?"

„Es scheint so", antwortete Angela.

„Und wer könnte es sein?"

„Das wissen wir nicht, aber wir können zumindest einen Schluss daraus ziehen: Die Verfasserin des Briefes muss von unserer Bekanntschaft mit Miss Trout wissen."

„Ist es eine Dame, die wir kennen?"

„Nicht unbedingt. Vielleicht hat jemand gehört, wie ich mich mit Mrs Walters über Miss Trout unterhalten habe. In einem kleinen Ort wie Tregarrion spricht sich so etwas schnell herum. Außerdem ist der Pfad über die Klippe weithin sichtbar, möglicherweise hat man mich gesehen, als ich vom Cottage nach Poldarrow Point gegangen bin. - Ich danke Ihnen, Marthe."

„Es muss dich noch nicht einmal jemand belauscht haben", überlegte Barbara. „Mrs Walters ist eine furchtbare Klatschtante und würde ungerührt alles, was man ihr anvertraut, in ganz Tregarrion verbreiten, kaum dass man ihr den Rücken gekehrt hat. Sie hat bestimmt mindestens zwanzig Leuten erzählt, dass wir zum Tee bei Miss Trout waren."

„Das ist wahr", räumte Angela ein. „Allerdings hilft uns das nicht, die Suche nach der Briefeschreiberin einzugrenzen."

„Wenn ich Mrs Walters das nächste Mal sehe, werde ich sie nach Strich und Faden ausfragen", verkündete Barbara. „Ich will herausfinden, wer Bescheid wusste."

„Tu das lieber nicht", mahnte Angela. „Dann weiß bald jeder, was wir vorhaben. Lass mich das machen. Ich glaube allerdings nicht, dass es viel bringt."

Barbara lief zum Fenster und schaute hinaus.

„Da sind die Walters in ihrem Garten. Wir könnten sie auf einen Cocktail einladen."

„Gute Idee, aber du bekommst nur Limonade", sagte Angela streng.

Barbara verzog das Gesicht. Angela ging hinaus, sprach über den Zaun mit den Walters und bat sie auf einen Drink ins Cottage. Mrs Walters stimmte begeistert zu.

„Sie sind in zehn Minuten hier", sagte Angela. „Hör zu: Ich erzähle den beiden von meinem anonymen Brief, aber die anderen Briefe, die Miss Trout bekommen hat, werde ich nicht erwähnen, und du sagst auch nichts, versprochen? Wir wollen nicht, dass alle Welt davon erfährt."

„In Ordnung." Dann kam Barbara eine Idee. „Meinst du, Mrs Walters könnte die geheimnisvolle Briefeschreiberin sein?"

„Warum sollte sie anonyme Briefe verschicken? Was hat sie davon?"

„Keine Ahnung", antwortete Barbara. „Aber sie scheint mir der richtige Typ zu sein - eine alte Frau, die nichts anderes zu tun hat, als ihre Nachbarn aufzumischen. Vielleicht sollte ich einfach fragen, ob sie es war."

„Mach das bloß nicht." Angela klang beunruhigt.

„Das war doch nur ein Witz! Wofür hältst du mich? Nein – antworte lieber nicht."

„Benimm dich", ermahnte Angela sie.

Die Gäste trafen pünktlich zehn Minuten später ein, Mrs Walters war so geschwätzig wie eh und je und Helen hielt sich in Gegenwart ihrer Mutter wie immer zurück. Vom Meer her stieg Nebel auf und die Luft wurde unangenehm kühl, sodass sie beschlossen, im Haus zu bleiben.

„Was möchten Sie trinken?", fragte Barbara munter. „Einen Martini oder einen Gin Fizz? Oder einen Gin Tonic? Wir haben immer literweise Gin da, weil Angela unbedingt morgens, mittags und abends ein Glas trinken muss - sie hat sogar ein Glas Gin an ihrem Bett stehen, falls sie mitten in der Nacht mit trockener Kehle aufwacht. Ihre Großmutter war Irin, wissen Sie, und sie hat auf Gin geschworen."

„Geh und hol die Gläser, Barbara", befahl Angela mit eiskalter Stimme.

„Die jungen Leute haben heutzutage einen so seltsamen Sinn für Humor, nicht wahr?", bemerkte Mrs Walters. „Ehrlich gesagt verstehe ich die Hälfte von dem, was sie sagen, gar nicht."

Helen sah aus, als müsste sie sich mühsam ein Lächeln verkneifen, als sie sich vorsichtig auf den unbequemsten Sessel im Raum setzte. Barbara warf ihr einen verschwörerischen Blick zu, als sie mit den Gläsern zurückkam und formvollendet ankündigte, Marthe werde gleich die Getränke bringen.

„Oh", fuhr sie fort, als sie zufällig aus dem Fenster sah. „Das ist dieser seltsame Schweizer. Er war wohl wieder Erz schürfen."

Alle starrten aus dem Fenster. Mr Donati ging mit seiner merkwürdigen Sammlung von Gerätschaften am Rucksack am Haus vorbei. Als er merkte, dass man ihn beobachtete, verbeugte er sich höflich, bevor er seinen Weg fortsetzte.

„Er ist sehr eifrig bei der Sache", stellte Mrs Walters fest.

„Oh ja", sagte Barbara. „Ich habe ihn gestern unten am Strand getroffen und er sagte, er suche nach Metallerzen. Was war es gleich? Kupfer, Zinn und etwas anderes."

„Wolfram?", schlug Angela vor.

„So etwas in der Art", nickte Barbara. „In Cornwall gibt es viele Minen, nicht wahr? Er meinte, dass die Metalle, die er hier findet, viele tausend Pfund wert sein könnten. Natürlich hat er nicht am Strand danach gesucht. Er habe nur eine Verschnaufpause eingelegt, sagte er. Haben Sie ihn nicht gesehen, Helen? Er war zur selben Zeit da wie Sie."

„Nein", sagte Helen, „ich habe ihn nicht gesehen. Beim Schwimmen nehme ich oft kaum etwas um mich herum wahr."

Marthe brachte die Getränke und schenkte ein. Barbara schauderte leicht, als sie ihre Limonade sah. Mrs Walters trank vorsichtig einen Schluck von ihrem Martini.

„Ich trinke nur ganz selten Cocktails", erklärte sie, „aber man sollte doch offen für neue Erfahrungen sein, nicht wahr? Besonders an einem Ort wie diesem, wo eine so heitere Atmosphäre herrscht."

„Mutter hat sogar getanzt", warf Helen ein.

„Tatsächlich?" Angela versuchte vergeblich, sich die behäbige Mrs Walters beim Charleston oder Foxtrott vorzustellen.

Mrs Walters lachte neckisch.

„Oh ja. Wir waren gestern Abend im Hotel und Mr

Dorsey war so freundlich, mich zum Tanzen aufzufordern - und dann - Sie werden es kaum glauben – kam auch Mr Simpson! Ich war ganz aufgeregt. Solch gutaussehende junge Männer! Ich weiß nicht, wann ich das letzte Mal getanzt habe. Helen tanzt natürlich nicht.“

Helen sah aus, als würde sie gerne tanzen, sagte aber nichts.

„Eigentlich wundert es mich, dass Mr Dorsey noch genug Energie zum Tanzen hat, wenn er immer so lange aufbleibt“, fuhr Mrs Walters fort, „aber jungen Leuten macht der Schlafmangel nichts aus. Trink nicht so viel“, ermahnte sie ihre Tochter. „Du weißt, dass du davon Kopfschmerzen bekommst, und ich werde heute Abend ganz sicher deine Hilfe brauchen. Ich merke schon, wie mir mulmig wird.“

„Dann sollten Sie vielleicht auch aufhören zu trinken“, bemerkte Barbara. Mrs Walters tat so, als hätte sie nichts gehört.

„Woher wissen Sie, dass Mr Dorsey immer lange aufbleibt?“, fragte Angela.

„Nicht nur Mr Dorsey, sondern auch seine Frau“, sagte Mrs Walters. „Sie sind richtige Nachteulen. Manchmal kommen sie erst um vier oder fünf Uhr morgens ins Hotel zurück. Ich schlafe schlecht, wissen Sie, und stehe oft mitten in der Nacht auf. Obwohl ich mir nicht vorstellen kann, wo sich die beiden um diese Uhrzeit herumtreiben. Wahrscheinlich besuchen sie Nachtclubs und dergleichen. Gehen Sie auch in Nachtclubs?“

„In Nachtclubs? Nein, zurzeit nicht“, antwortete Angela. „Ich halte mich streng an die Anweisungen meines Arztes und gehe seit einer Woche pünktlich um neun ins Bett. Die Seeluft ist sehr gut für die Gesundheit, aber sie macht auch müde.“

„Haben Sie sich schon viel in der Gegend angesehen?“,

fragte Mrs Walters. „Mr Simpson sagte, er habe Sie gestern im Dorf getroffen."

„Ja", antwortete Angela. „Er hat mich dabei ertappt, wie ich mir unten am Hafen ein paar Bilder angesehen habe."

„Oh ja! Sind sie nicht entzückend? Ich habe bereits zwei gekauft und wahrscheinlich kann ich mich nicht zurückhalten und kaufe noch ein drittes, bevor wir nach Hause fahren. Welche Meisterwerke! Dieses Licht, diese Schatten! Die Kraft der Blau- und Rottöne! So etwas habe ich noch nie gesehen."

Angela schluckte hastig die abfällige Bemerkung über die grellen Farben hinunter, die ihr auf der Zunge lag, presste die Lippen zusammen und beschränkte sich auf ein höfliches Lächeln.

„Und wie ging es Miss Trout, als Sie heute bei ihr waren?", fragte Mrs Walters.

„Sehr gut", antwortete Angela, „aber beim Nachhausekommen hatte ich ein recht beunruhigendes Erlebnis."

„Oh?", sagte Mrs Walters in freudiger Erwartung einer vielversprechenden Klatschgeschichte.

„Ja. Ich habe einen anonymen Brief bekommen."

„Was? Einen anonymen Brief? Von wem?"

„Das ist es ja gerade – ich weiß es nicht."

„Ach, natürlich, wie dumm von mir. Aber was steht drin?"

„Sehen Sie selbst", antwortete Angela. Sie holte den Brief heraus und reichte ihn Mrs Walters, die sich die Brille auf die Nasenspitze setzte und ihn eifrig studierte. Helen stand auf und stellte sich hinter ihre Mutter, um mitlesen zu können. Beide blickten gleichzeitig mit verständnisloser Miene auf.

„Aber was hat das zu bedeuten?", fragte Helen. „Wer

will, dass Sie sich von Poldarrow Point fernhalten, und warum?“

„Weiß Miss Trout davon?“, erkundigte sich Mrs Walters.

„Noch nicht“, erwiderte Angela. „Ich habe den Brief erst gesehen, als ich vor einer halben Stunde nach Hause kam.“

„Aber Sie müssen es der Polizei melden. Wer auch immer diesen Brief geschrieben hat, trachtet Ihnen nach dem Leben.“

„Ach, meinst du?“, sagte Helen. „So habe ich es nicht verstanden. Ich dachte, es sei eine Warnung.“

„Natürlich ist es eine Warnung, du dummes Mädchen“, wies ihre Mutter sie zurecht. „Der Schreiber sagt, dass er Mrs Marchmont umbringt, wenn sie weiterhin in Poldarrow Point ein und aus geht.“

Helen errötete.

„Helen hat recht.“ Angela hatte Mitleid mit der jungen Frau. „Der Inhalt lässt sich auf unterschiedliche Weise deuten. Wie Sie sagen, könnte der Brief eine direkte Drohung des Schreibers sein, mir Schaden zuzufügen, oder es könnte die wohlgemeinte Warnung eines Menschen sein, der mir freundlicherweise mitteilt, dass mein Leben aus einem unbekannten Grund in Gefahr ist.“

„Aber das ist doch albern“, widersprach Barbara, die sich nicht gerade durch ihr Taktgefühl auszeichnete. „Dass Miss Trout oder Mr Maynard jemandem etwas zuleide tun könnten, ist absurd. Es ist doch ganz offensichtlich, dass der Brief eine Drohung und keine Warnung ist.“

„Sie müssen herausfinden, wer ihn geschickt hat“, drängte Mrs Walters. „Gehen Sie zur Polizei. Die werden sich der Sache angenehmen.“

„Vielleicht lässt sich das Rätsel lösen, ohne die Polizei

einzuschalten", sagte Angela, „aber dazu brauche ich Ihre Hilfe."

„Meine Hilfe?", wiederholte Mrs Walters erstaunt.

„Ja. Wer auch immer den Brief geschickt hat, wusste, dass ich in Poldarrow Point war. Nun, ich bin hier zu Besuch und kenne kaum jemanden, und doch wusste jemand von meiner Bekanntschaft mit Miss Trout. Sie, zum Beispiel."

„Ich? Wollen Sie damit andeuten, dass ich den Brief geschickt habe?" Mrs Walters plusterte sich empört auf.

„Natürlich nicht." Angela beeilte sich, sie zu besänftigen. „Sie verstehen mich falsch. Ich meinte lediglich, dass Sie viele Freunde in Tregarrion haben, daher könnte es sein, dass Sie es beiläufig erwähnt haben. Ich habe selbst keine Freunde im Ort, aber Sie kennen jeden und alle kommen zu Ihnen, weil sie wissen, dass Sie immer die Erste sind, die wichtige Neuigkeiten erfährt."

Mrs Walters hatte sich ein wenig beruhigt und Angela fuhr listig fort: „Selbstverständlich bedeutet Ihre gehobene Position in der hiesigen Gesellschaft zugleich, dass die Menschen sich Ihnen anvertrauen. Daher könnte es sein, dass Sie einen Hinweis auf die Identität unseres Briefeschreibers haben, ohne es zu ahnen."

„Ich kann Ihnen versichern, dass mir niemand etwas Derartiges gestanden hat", sagte Mrs Walters.

„Nein, so habe ich das nicht gemeint. Ich wollte sagen, dass sich jemand unwissentlich verraten haben könnte. Nehmen wir zum Beispiel an, dass Sie Mr A. gegenüber beiläufig erwähnen, dass sich Ihre Nachbarin, Mrs Marchmont, mit Miss Trout und Mr Maynard von Poldarrow Point angefreundet hat. Wenn für Mr A. diese Tatsache aus irgendeinem Grund von Bedeutung ist, zeigt er vielleicht ein auffallendes Interesse an Ihrer Bemerkung."

„Ah, jetzt verstehe ich, was Sie meinen." Mrs Walters konnte nicht verhehlen, dass ihr Angelas subtile Schmeicheleien gefielen. „Hm, lassen Sie mich nachdenken. Mit wem habe ich mich in den letzten Tagen unterhalten? Ich erinnere mich, dass ich es Mr Simpson gegenüber erwähnt habe, als er erzählte, dass er Sie das erste Mal auf dem Klippenpfad in der Nähe von Poldarrow Point gesehen hat. Und Mrs Adams weiß es, sie hat mit uns am Tisch gesessen. Und natürlich die Dorseys. Habe ich mit Colonel Renton darüber gesprochen? Ich weiß, dass er Sie von Ihrem Foto in der Zeitung erkannt und mich auf Sie angesprochen hat, also könnte es gut sein. Und dann -"

Sie verstummte verlegen und Angela vermutete, dass ihr gerade bewusst wurde, wie vielen Leuten sie davon erzählt hatte.

„In einer kleinen Stadt wie Tregarrion gibt es keine Geheimnisse", bemerkte sie lächelnd.

„Ja, das stimmt", sagte Mrs Walters erleichtert. „Es ist unvermeidlich, dass sich alles herumspricht. Aber soweit ich mich erinnern kann, hat niemand ein außergewöhnliches Interesse an Ihrem Kommen und Gehen gezeigt. Sie verdächtigen doch sicher keinen unserer Freunde? Ich vermute, dass es sich bei dem Absender eher um einen Einheimischen handelt."

„Vielleicht", sagte Angela.

„Was gedenken Sie zu tun?"

„Im Moment noch nichts. Zunächst warte ich ab, ob ich weitere Briefe bekomme, und dann entscheide ich, wie ich vorgehe."

„Glauben Sie mir, der Brief stammt von einem Kaufmann oder einem Handwerker aus der Gegend, der sich über Miss Trout geärgert hat und ihr eins auswischen will, indem er Sie warnt, Ihre Bekanntschaft mit ihr zu vertiefen", sagte Mrs Walters.

„Wahrscheinlich haben Sie recht", meinte Angela. „Ich lasse die ganze Sache vorerst auf sich beruhen. Aber Sie sagen mir doch sicher Bescheid, wenn Ihnen etwas einfällt, was uns weiterhelfen könnte?"

„Selbstverständlich", versprach Mrs Walters.

In diesem Moment kam Marthe mit weiteren Getränken herein und das Gespräch wandte sich anderen Dingen zu.

„Nun", sagte Barbara, nachdem ihre Gäste gegangen waren, „was denkst du? Ich bin immer noch der Meinung, dass Mrs Walters die Übeltäterin sein könnte."

„Das glaube ich nicht", erwiderte Angela. „Als ich ihr den Brief gezeigt habe, sah sie aufrichtig erschrocken aus."

„Offenbar hat sie ganz Tregarrion von dir erzählt. Das grenzt den Kreis der möglichen Täter nicht gerade ein."

„Stimmt."

„Und jetzt wird sie ganz Tregarrion von deinem anonymen Brief erzählen", fuhr Barbara fort. „Daran hätten wir vorher denken sollen."

„Ich *habe* daran gedacht", bemerkte Angela, „und nach reiflicher Überlegung beschlossen, dass es nicht schaden kann. Es könnte sogar hilfreich sein."

„Wie das?"

„Indem es unsere Briefeschreiberin zu neuen Taten anstachelt."

Barbara sah nicht überzeugt aus.

„Nun, ich hoffe, wir treiben besagte Briefeschreiberin nicht so sehr in die Enge, dass sie zu drastischen Maßnahmen greift. Wir wollen doch nicht, dass jemand zu Schaden kommt."

„Red keinen Unsinn", sagte Angela. „Niemand kommt zu Schaden."

Kapitel Sechzehn

AM NÄCHSTEN MORGEN war aus dem Seenebel ein beständiger Nieselregen geworden, zum Leidwesen von Barbara, die schwimmen gehen wollte. Zum ersten Mal waren sie gezwungen, das Frühstück im Haus einzunehmen. Sie waren gerade fertig, als ein Brief für Angela eintraf. Sie warf einen Blick auf den Umschlag – die Handschrift kam ihr nicht bekannt vor. Sie riss ihn auf.

„Noch ein anonymer Brief?", fragte Barbara.

„Nein, eine Nachricht von Miss Trout. Du liebe Güte!", rief Angela plötzlich.

„Was ist los?" Barbara hüpfte ungeduldig auf und ab.

„Mr Maynard ist überfallen worden", sagte Angela.

„Überfallen?"

„Ja - in der Nacht, wie es scheint."

„Von wem?"

„Das steht hier nicht. Miss Trout spricht nur von einem ‚mysteriösen Angreifer'. Sie bittet uns, sofort zu ihnen zu kommen."

„Was hab ich dir gesagt?", meinte Barbara. „Es ist klar, was passiert ist. Mrs Walters hat all ihren Freundinnen von deinem anonymen Brief erzählt und eine von ihnen hat es mit der Angst bekommen und Mr Maynard überfallen."

„Unsinn", erwiderte Angela. „Wenn der Angriff etwas mit dem Brief zu tun hätte, dann wäre ich die Zielscheibe gewesen, nicht Mr Maynard. Was hat er mit der ganzen Sache zu tun? Ich glaube nicht, dass es da eine Verbindung gibt."

„Aber es muss eine geben", beharrte Barbara. „Das kann doch kein Zufall sein."

Eine Viertelstunde später waren sie auf dem Klippenpfad unterwegs nach Poldarrow Point.

„Wie geht es Mr Maynard?", fragte Barbara.

„Ich weiß es nicht."

„Hat der Angreifer auf ihn geschossen? Oder hat er ihm ein Messer zwischen die Rippen gerammt? Ist Mr Maynard tot, was meinst du? Vielleicht wurde er so übel zusammengeschlagen, dass er fortan wie ein Baby gefüttert werden muss. Miss Trout wird ihn hingebungsvoll pflegen, bis er eines Tages sanft dahinscheidet."

„Barbara, bitte", sagte Angela.

Barbara hielt den Mund, was sie jedoch nicht daran hinderte, sich weitere blutrünstige Szenen auszumalen, bis sie vor Poldarrow Point standen.

Clifford Maynard lag im Salon auf einem Diwan, während Miss Trout neben ihm saß und ihm mitfühlend die Hand tätschelte.

„Oh, Mrs Marchmont, ich bin so froh, dass Sie gekommen sind", rief die alte Dame. „Der arme Clifford leidet schrecklich."

Der Patient stöhnte leise auf. Er sah wirklich schlimm aus. Er hatte ein blaues Auge, eine Schürfwunde an einer Wange und einen Verband um den Kopf. Gelegentlich tupfte er sich das Gesicht mit einem kalten Lappen ab.

„Sollten wir nicht vorsichtshalber einen Arzt rufen, Mr

Maynard?", fragte Angela. „Barbara kann in die Stadt laufen und einen holen, wenn Sie wollen."

„Nein, nein, machen Sie sich keine Sorgen um mich", sagte Clifford mit der Miene eines Märtyrers. „Ich komme schon wieder auf die Beine. Nur ein paar blaue Flecken. Ich brauche keinen Arzt."

„Sind Sie sich ganz sicher?", fragte Angela.

„Ich rede schon die ganze Zeit auf ihn ein, aber er will nichts davon hören", klagte Miss Trout.

„Ein alter Stallknecht von uns ist einmal von einem Pferd gegen den Kopf getreten worden", berichtete Barbara, „und seine Verletzungen sahen genauso aus wie Ihre. Er sagte, es sei alles in Ordnung, er brauche keinen Arzt. Noch am selben Nachmittag ging er in bester Laune wieder an die Arbeit."

„Siehst du?", sagte Clifford zu seiner Tante. „Was habe ich dir ges-"

„Eine Woche später ist er tot umgefallen", fuhr Barbara fröhlich fort.

„Da hast du es!" Miss Trout sah Clifford triumphierend an. „Mit einer Kopfverletzung ist nicht zu spaßen. Du willst doch nicht dasselbe Schicksal erleiden wie Barbaras Stallbursche, oder?"

„Natürlich muss es nicht an dem Pferd gelegen haben", setzte Barbara nachdenklich hinzu. „Er war immerhin dreiundneunzig und es hieß, es sei das Herz gewesen."

„Was genau ist passiert, Mr Maynard?", fragte Angela.

Clifford setzte eine empörte Miene auf, während er versuchte, sich aufzurichten.

„Ich bin brutal überfallen worden, Mrs Marchmont", sagte er. „In meinem eigenen Haus!"

Nach und nach erfuhren sie die ganze Geschichte. Clifford war am frühen Morgen gegen vier Uhr plötzlich aufgewacht. Weil er glaubte, unten ein Geräusch gehört zu haben, beschloss er, nachzusehen. Als er die Treppe hinunterschlich und in den Flur ging, hörte er das Geräusch erneut, es kam aus dem Salon. In der Eingangshalle griff er sich seinen Spazierstock als Waffe und öffnete vorsichtig die Tür, aber leider hatte er vergessen, dass die Scharniere geölt werden mussten. Das laute Quietschen ließ den Eindringling im Salon ganz still werden.

„Wer da?“, rief Clifford und nahm all seinen Mut zusammen, doch kaum hatte er die Worte ausgesprochen, stürzte sich eine schattenhafte Gestalt auf ihn und warf ihn krachend zu Boden. Clifford wehrte sich tapfer, aber sein Angreifer hatte ihn überrascht und war somit im Vorteil. Nachdem er seinem Opfer einen kräftigen Schlag auf den Kopf versetzt hatte, war er aufgesprungen und geflohen.

„Wie ist er verschwunden?“, fragte Angela.

„Durchs Fenster.“ Clifford wies schwach in die entsprechende Richtung. „Vermutlich ist er so auch reingekommen. Er muss es offen gelassen haben, um schnell fliehen zu können.“

„Es war sehr mutig von dir, dich allein mit ihm anzulegen“, sagte Miss Trout. „Du hättest mich wecken sollen.“

Clifford sah nicht so aus, als wüsste er dieses zweifelhafte Kompliment zu schätzen. Er legte stumm die Kompresse auf sein geschwollenes Auge.

„Haben Sie die Polizei gerufen?“, fragte Barbara.

„Nein, haben wir nicht“, erwiderte Miss Trout, „und wir haben auch nicht die Absicht, es zu tun.“

„Alles Tölpel!“, sagte Clifford und setzte sich mit einem Ruck auf. „Mit denen will ich nichts zu tun haben.“

Er ließ sich wieder in die Sofakissen fallen und betupfte vorsichtig seine Blessuren.

„Clifford hatte vor ein paar Wochen ein unerfreuliches Erlebnis mit einigen jungen Männern, die in den Ferien aus Oxford gekommen waren", erklärte Miss Trout. „Sie hatten gerade ihre Prüfungen hinter sich und waren, sagen wir, etwas übermütig."

„Verbrecher!", rief Clifford. „Hartgesottene Verbrecher, alle miteinander."

„Was ist damals passiert?", fragte Barbara.

„Sie haben mir bei meinem Morgenspaziergang in Tregarrion den Hut vom Kopf gestohlen und ihn der Statue von Königin Victoria auf dem Marktplatz aufgesetzt", sagte Clifford.

„Na so was!", meinte Barbara erfreut.

„Das war nicht lustig", erwiderte Clifford würdevoll. „Sie haben mich zu Boden gestoßen, um an den Hut zu kommen. Ich hätte mich ernsthaft verletzen können."

Barbara gab sich große Mühe, mitfühlend auszusehen, und es gelang ihr beinahe.

„Die Polizei war leider geneigt, die Angelegenheit mit großer Nachsicht zu behandeln", sagte Miss Trout.

„Sie haben gelacht, als ich sagte, ich wolle Anzeige erstatten", berichtete Clifford. „Einer von ihnen, ein rothaariger Sergeant, war besonders respektlos. Wenn das Gesetz in dieser Gegend so gehandhabt wird, dann verzichte ich auf die Hilfe der Polizei, vielen Dank."

„Aber was hat der Eindringling letzte Nacht hier gemacht?", fragte Angela. „Meinen Sie, er hat nach dem Collier gesucht?"

„Etwas anderes kann ich mir nicht vorstellen", sagte Miss Trout.

„Haben Sie etwas von dem Handgemenge mitbekommen?"

„Nein. Oder vielleicht habe ich etwas gehört und habe mir nur nichts dabei gedacht. Ich nehme nachts oft Geräusche im Haus wahr - vor allem in letzter Zeit -, aber ich dachte immer, es sei der Wind, der um diese Jahreszeit aus einer bestimmten Richtung weht. Daher musste es der arme Clifford ganz allein mit dem Einbrecher aufnehmen."

„Oh, Angela", sagte Barbara, „wir müssen das Collier bald finden. Jemand anderes ist hinter ihm her und er darf es nicht als Erster finden, das geht einfach nicht. Angela hat übrigens ebenfalls einen anonymen Brief bekommen", fuhr sie an Miss Trout gewandt fort.

„Was?" Clifford und Miss Trout klangen entsetzt.

Barbara nickte. „Ja. Da stand, dass man sie umbringt, wenn sie sich noch einmal in Poldarrow Point blicken lässt."

„Das stimmt nicht ganz", sagte Angela.

„War Ihr Brief so wie die anderen?", fragte Clifford ein wenig verärgert.

„Ja", antwortete Angela. „Er stammt auf jeden Fall von derselben Person und der Wortlaut war ähnlich wie bei Ihren Briefen."

„Verstehe." Clifford verfiel erneut in mürrisches Schweigen.

„Es muss einen Zusammenhang zwischen den Briefen und dem Anschlag auf Mr Maynard geben", sagte Barbara, „und selbst wenn nicht, sollten wir noch einmal nach der Halskette suchen."

„Ich glaube, du hast recht", meinte Angela. Sie dachte angestrengt nach. Wer war der geheimnisvolle Angreifer? Könnte es Edgar Valencourt sein, der mitten in der Nacht versucht hatte, das Collier von Marie Antoinette zu finden? Wenn ja, war dies möglicherweise nicht sein erster Besuch. Miss Trout sagte, sie höre nachts oft Geräusche. Vielleicht kam er regelmäßig und durchsuchte das Haus Nacht für Nacht sorgfältig, bis ihn schließlich sein Glück verließ und Clifford ihn auf frischer Tat ertappte.

„Ich nehme mir die Küche vor", verkündete Barbara. „Kommst du mit, Angela?"

„Ich mache auch mit", verkündete Miss Trout. „Ich fürchte, wir müssen heute auf Clifford verzichten."

„Oh ja", sagte ihr Neffe. „Mein Kopf tut so weh, ich kann kaum denken. Kommst du allein zurecht, Tante Emily?"

„Du Armer!", sagte Miss Trout. „Ich rufe dich, wenn es irgendwelche Schwierigkeiten gibt.

„Sie ist nicht allein", beruhigte Barbara ihn. „Wir sind ja bei ihr."

Sie gingen hinaus und ließen Clifford stöhnend im Salon zurück, ein Bild des Jammers.

Kapitel Siebzehn

„Wo kann das Collier sein, wenn nicht in Poldarrow Point?", fragte Barbara am nächsten Tag. Ihre neuerliche Suche war ebenso erfolglos verlaufen wie die erste und das ärgerte sie, weil sie das Gefühl hatte, dass die Kette sich ihr persönlich widersetzte, indem sie trotz ihrer Bemühungen verschwunden blieb.

„Ich weiß es nicht." Angela war mit ihrer Post beschäftigt. Sie hatte einen Brief von Marguerite Harrison erhalten, die ihr zwar einen erholsamen Urlaub wünschte, ihr aber auch deutlich zu verstehen gab, dass sie ihr böse war, weil sie ihre Reise nach Kent abgesagt hatte.

„Was machst du heute?", fragte Barbara.

„Offenbar habe ich versprochen, heute Nachmittag mit den Dorseys Tennis zu spielen", erwiderte Angela. „Zumindest behauptet Mrs Walters das."

Barbara rümpfte die Nase.

„Das klingt furchtbar langweilig", sagte sie. „Ich komme eher nicht mit."

Da sie ohnehin niemand eingeladen hatte, erhob

Angela keinen Einspruch, und kurze Zeit später zog Barbara auf eigene Faust los. Angela war froh darüber, denn sie wollte mit Inspector Simpson unter vier Augen sprechen. Sie ging hinunter zum Hotel Splendide, doch er war nicht auf der Terrasse. Als sie an der Rezeption nachfragte, machte man ihn jedoch schnell ausfindig. Er begrüßte sie wie eine alte Bekannte und lud sie zu einem Spaziergang auf der unteren Promenade ein.

Nach dem Regen am Tag zuvor war die Sonne wieder zum Vorschein gekommen, es versprach, ein warmer Tag zu werden. Während sie die steile Treppe hinunterstiegen, erzählte Angela ihm von ihrer Suche in Poldarrow Point.

„Das war zu erwarten", sagte er, als sie geendet hatte. „Wenn etwas so lange im Verborgenen geschlummert hat, findet man es nicht sofort. Wollen Sie es weiter versuchen?"

„Ich glaube schon", sagte Angela. „So hatte ich mir meinen Urlaub sicher nicht vorgestellt, aber Miss Trout ist nett und freundlich und es ist nicht leicht, ihr etwas abzuschlagen - vor allem, weil es ihr offenbar widerstrebt, darum zu bitten."

Simpson lachte über ihre zerknirschte Miene.

„Ihr Gewissen macht Überstunden!", bemerkte er.

„Ja", gestand Angela, „aber das ist es nicht allein. Barbara ist ganz versessen auf die Schatzsuche und es ist ratsam, sie im Auge zu behalten, sonst walzt sie alles nieder. Ich bin nun mal für sie verantwortlich und glauben Sie mir: Niemand hat es verdient, dass Barbara auf ihn losgelassen wird, wenn sie sich in eine Sache verbissen hat."

„Wo ist Miss Barbara übrigens?"

„Ich weiß es nicht, aber ich vermute, dass sie nach weiteren Geheimgängen sucht. Sie hat einen unstillbaren Hunger auf Unfug aller Art."

„Und sie ist ganz schön schlau", fügte Simpson lachend hinzu. „Als ich letztens bei Ihnen vorbeischaute und sie im Garten sah, habe ich nicht gewagt, nach den anonymen Briefen zu fragen, obwohl sie natürlich der eigentliche Grund für meinen Besuch waren."

„Das habe ich mir schon gedacht", sagte Angela, deshalb habe ich sie mitgebracht."

Auf der Promenade am Fuß der Treppe angekommen, setzten sie sich auf eine Bank. Sie nahm das kleine Bündel Briefe aus der Tasche und reichte es ihm. Er las sie aufmerksam durch, bevor er sie ihr zurückgab.

„Interessant", sagte er. „Können Sie sich einen Reim darauf machen?"

„Nein, ich selbst nicht", gestand Angela. „Ich fürchte, das Lob gebührt meinem Mädchen Marthe. Sie hat an der Handschrift und dem Duft des Papiers sofort erkannt, dass es sich um eine Frau handelt."

„Eine Frau? Aha. Ja, die Handschrift wirkt eher weiblich als männlich."

„Dann können die Briefe nicht von Edgar Valencourt sein", sagte Angela. „Es sei denn, er hat eine Komplizin – seine Frau vielleicht oder eine Schwester."

„Er ist nicht verheiratet", entgegnete Simpson.

„Sind Sie sich ganz sicher? Verzeihen Sie, Sie scheinen sehr wenig über ihn zu wissen und es ist ja durchaus üblich, dass Menschen heiraten."

Simpson überlegte. „Er soll einmal verheiratet gewesen sein, aber seine Frau ist gestorben", sagte er. „Wir sind immer davon ausgegangen, dass er nicht wieder geheiratet hat, aber wir wissen es nicht genau. Da ich selbst nicht verheiratet bin, betrachte ich das Leben wohl eher aus der Sicht eines Junggesellen und nehme daher an, dass Valencourt allein agiert. Da sind Sie mir gegenüber im Vorteil,

Mrs Marchmont, denn Sie sehen die Dinge mit den Augen einer Ehefrau.“

„Sie irren sich.“ In Angelas Tonfall schwang ein Hauch von Bitterkeit mit und Simpson blickte überrascht auf.

„Ich bitte um Verzeihung“, sagte er. „Ich wollte Ihnen nicht zu nahetreten. Ich wusste nicht, dass Sie Witwe sind.“

„Sie sind mir nicht zu nahegetreten, und ich bin nicht verwitwet.“

„Dann …“, er zögerte.

„Mein Mann und ich gehen seit langer Zeit getrennte Wege.“ Nach einer unbehaglichen Pause fuhr sie lächelnd fort: „Aber das ist alles nebensächlich. Ich muss Ihnen noch von dem letzten Brief erzählen.“

Sie reichte ihm den anonymen Brief, den sie vor zwei Tagen bekommen hatte. Er las ihn mit sorgenvoller Miene.

„Sie haben also auch einen Brief erhalten“, sagte er. „Das ist eine beunruhigende Entwicklung.“

Angela nickte. „Ehrlich gesagt habe ich Ihre Ansicht, der Briefeschreiber sei gefährlich, anfangs nicht geteilt“, meinte sie, „aber angesichts der Ereignisse von gestern beginne ich zu zweifeln.“

„Was meinen Sie damit?“

Angela erzählte ihm von dem Angriff auf Clifford Maynard und die Sorgenfalten in seiner Stirn wurden noch tiefer.

„Ist Mr Maynard schwer verletzt?“, fragte er.

„Nicht so schwer, wie er uns glauben machen wollte“, erwiderte Angela. „Ich glaube, er genießt die Aufmerksamkeit und übertreibt ein bisschen, was seine Verletzungen angeht. Er hat sich geweigert, einen Arzt aufzusuchen.“

„Interessant. Und was sagt die Polizei zu dem Angriff?“

„Nichts“, sagte Angela. „Mr Maynard wollte nicht, dass sie eingeschaltet wird.“

„Warum nicht?"

„Anscheinend hatte er vor ein paar Wochen eine Meinungsverschiedenheit mit den örtlichen Gesetzeshütern. Es ging um einen gestohlenen Hut", erklärte sie.

Seine Augen funkelten belustigt. „Vielleicht ist es besser so", sagte er. „Die Sache ist kompliziert genug."

„Nun, jetzt habe ich es Ihnen gesagt, also weiß die Polizei Bescheid.

„Ja, das stimmt, und ich werde es heute Abend in meine Notizen aufnehmen."

„Hatten Sie mehr Glück bei der Suche nach Valencourt als wir mit dem Collier?"

„Nein, leider nicht. Die Tatsache, dass wir keine genaue Beschreibung von ihm haben, stellt ein schier unüberwindliches Hindernis dar. Bisher haben ihn seine Opfer nur verkleidet gesehen und er ist jeweils von der Bildfläche verschwunden, bevor ihn jemand entlarven konnte. Er könnte groß oder klein sein, dick oder dünn, bärtig oder glatt rasiert - wir haben keinerlei Anhaltspunkte."

„Das ist sicherlich ein Nachteil", stimmte Angela zu. Sie schien mit den Gedanken jedoch woanders zu sein, sodass er neugierig nachfragte: „Haben Sie selbst einen Verdacht?" Er sah sie scharf an.

„Nicht direkt", sagte Angela langsam, „aber ich frage mich, warum die Dorseys regelmäßig die halbe Nacht wegbleiben."

„Das ist ja interessant", meinte Simpson. „Woher wissen Sie das?"

„Von Mrs Walters. Sie hat ein paarmal gesehen, wie sie gegen vier oder fünf Uhr morgens ins Hotel zurückgekehrt sind. Sie nimmt an, dass sie tanzen waren, aber ich glaube kaum, dass es in einer kleinen Stadt wie Tregarrion einen Nachtclub gibt."

„Nein, den gibt es nicht. Vielleicht waren sie in Penzance."

„Vielleicht", sagte Angela. „Was wissen Sie über die Dorseys, Mr Simpson?"

„Nur das, was sie mir selbst erzählt haben, seit ich vor Ort bin", antwortete er. „Sie kommen aus London und machen hier Urlaub. Ich weiß nicht, womit die Dorseys ihr Brot verdienen, aber sie scheinen gut zu leben. Sie haben sich bisher nicht gerade darum bemüht, Freunde zu finden, und die, die sie haben, scheint ihnen die unermüdliche Mrs Walters zuzuschanzen, die sehr neugierig ist und die Leute zur Geselligkeit nötigt."

„Das stimmt." Angela lachte. „Sie kann ziemlich aufdringlich sein."

„Aber durch sie habe ich Sie kennengelernt, also wird sie so schlimm nicht sein", sagte er galant.

„Ich soll heute Nachmittag mit den Dorseys und Helen Walters Tennis spielen", bemerkte Angela, ohne auf sein Kompliment einzugehen. „Mrs Walters hat alles arrangiert. Ich werde sehen, was ich herausfinden kann."

„Drei Frauen und ein Mann?"

„Ja, es ist nicht ideal, aber Mr Dorsey hat versprochen, der gegnerischen Mannschaft bei jedem Satz einen Vorsprung von zwei Spielen zu geben. Wissen Sie zufällig, ob Valencourt ein guter Tennisspieler ist?"

„Ich habe keine Ahnung", lachte Simpson. „Das ist also Ihre Theorie? Mr Dorsey befindet sich auf der Flucht vor dem Gesetz? Es ist natürlich nicht auszuschließen, dass sich Valencourt jetzt als respektabler verheirateter Mann ausgibt. In diesem Fall komme ich vielleicht heute Nachmittag zum Tennisplatz und sehe mir Ihr Spiel an."

„Tun Sie das", sagte Angela. „Dann sehen Sie eine Frau mittleren Alters, die seit Jahren aus der Übung ist und sich verzweifelt zu erinnern versucht, wie man eine Rückhand retourniert. Ich hoffe nur, das Hotel hat genügend Ersatzbälle."

Er bot ihr lachend seinen Arm und sie schlenderten in trauter Stimmung die Promenade entlang.

143

Kapitel Achtzehn

NACH DEM MITTAGESSEN machte sich Mrs Marchmont mitsamt ihrem Tennisschläger auf den Weg zum Hotel, doch zunächst klopfte sie im benachbarten Cottage an, um die Walters abzuholen. Zu ihrer Überraschung war nur Mrs Walters ausgehfertig. Helen ging es nicht gut, sie wollte zu Hause bleiben.

„Das ist äußerst ungünstig. Ich brauche sie in meiner Nähe", klagte Mrs Walters. „Was ist, wenn ich selbst krank werde? Wer kümmert sich dann um mich?"

„Aber Ihnen ging es doch in letzter Zeit besser", sagte Angela aufmunternd. „Sie haben mir selbst erzählt, dass die Seeluft Ihnen guttut. Sie brauchen sicher keine Hilfe."

„Hoffentlich", sagte Mrs Walters düster. „Ohne meine Tochter, Mrs Marchmont, wäre ich verloren. Außer ihr habe ich ja niemanden. Wie schade, dass es niemanden gibt, der sich um Sie kümmert, wenn Sie alt und gebrechlich sind - aber vielleicht lässt sich Ihre Patentochter überreden."

Bei dem Gedanken an Barbara als geduldige Begleiterin an der Seite einer ewig nörgelnden alten Frau musste Angela unwillkürlich lächeln.

„Wenn es so weit ist, werde ich eine Pflegerin einstellen", sagte sie. „Ich glaube nicht, dass es Barbara gefallen würde, von einer launischen Kranken herumkommandiert zu werden. Und ich würde es sicher nie von ihr verlangen. Wie kann man erwarten, dass sie ihre Jugend aufgibt - all den Spaß und das Tanzen und das Lachen und die Liebe -, um sich um eine alte Frau zu kümmern, die es sich leisten kann, für Hilfe zu bezahlen? Das würde mir im Traum nicht einfallen!"

Dazu sagte Mrs Walters nichts und Angela, der Helen leidtat, hoffte, dass sie den Wink mit dem Zaunpfahl verstanden hatte.

Als sie am Hotel ankamen, standen die Dorseys am Tennisplatz und unterhielten sich mit George Simpson.

„Meine Lieben", rief Mrs Walters, „leider müssen wir heute auf Helen verzichten. Sie lässt sich entschuldigen, es geht ihr nicht gut."

„Oh, wie schade. Die Arme", sagte Harriet Dorsey gleichmütig ohne eine Spur von Mitleid in der Stimme.

„Dann können wir das Doppel vergessen", meinte Lionel Dorsey. „Es sei denn, die beiden Damen treten gemeinsam gegen mich an."

Mrs Walters hatte eine bessere Idee. „Spielen Sie Tennis, Mr Simpson?", fragte sie.

Simpson sah überrascht aus.

„Nun ja, manchmal, wenn sich die Gelegenheit bietet", antwortete er.

„Jetzt ist Ihre Chance", meinte Lionel Dorsey.

Es bedurfte einiger Überredungskunst, doch schließlich ging er ins Hotel, um sich umzuziehen. Als er kurze Zeit später wiederkam, staunte Angela über die Verwandlung, die mit ihm vorgegangen war. Bisher war er ihr nicht besonders sportlich vorgekommen, doch er schien sich in seinen Tennissachen pudelwohl zu fühlen und legte eine Geschmeidigkeit und überraschende Energie an den Tag. Nach ein paar Übungsschlägen erklärte er sich bereit, sich von seinen Gegnern an die Wand spielen zu lassen, wie er es ausdrückte, und sie betraten den Tennisplatz.

Angela bekam Lionel Dorsey als Partner, und das Spiel begann. Wie sie schon vermutet hatte, waren die Dorseys hervorragende Spieler, und sie hatte Mühe, mit ihrem Tempo Schritt zu halten. Die eigentliche Überraschung war jedoch George Simpson, der alle mit seinem Können verblüffte. Er schlug ein Ass nach dem anderen auf und nahm einen Volley nach dem anderen an. Er schien überall gleichzeitig zu sein, hechtete nach Bällen, die Harriet verfehlt hatte, und schlug den Ball schneller über das Netz, als man blinzeln konnte. Das Ergebnis stand bald fest und das Spiel war nach zwei Sätzen vorbei.

„Sie haben uns nicht gesagt, dass Sie so gut Tennis spielen können", sagte Lionel Dorsey anklagend, als er Simpson widerwillig die Hand schüttelte. „Das war sicher Absicht."

„Ich habe in Cambridge ein wenig gespielt", räumte Simpson entschuldigend ein, „aber das ist lange her, und heutzutage spiele ich nicht mehr annähernd so viel. Glauben Sie mir, ich wollte bestimmt nicht angeben."

„Natürlich wollten Sie nicht angeben", sagte Mrs Walters, die das Match mit Interesse verfolgt hatte, „aber was für ein Talent! So etwas habe ich noch nie gesehen! Sie sollten an Turnieren teilnehmen. Helen wird es so leidtun, dass sie das verpasst hat."

Sie legten eine Pause ein, bevor sie weiterspielten. Diesmal traten die Dorseys gegen Simpson und Angela an, die sich als die schlechteste Spielerin von allen empfand und froh war, einen Mann wie den Inspector zur Seite zu haben. Diesmal war das Spiel wesentlich ausgeglichener und Angela hegte den Verdacht, dass sich Simpson absichtlich zurückhielt, entweder aus Rücksicht auf sie oder um Lionel Dorsey nicht zu reizen, dem deutlich anzusehen war, dass die Niederlage ihn ärgerte. Angela gab sich alle Mühe, Harriets tückische Aufschläge zu parieren, und freute sich, als es ihr gelang, mehrere schwierige Bälle zurückzuschlagen und zwei Spiele in Folge zu gewinnen.

„Gut gemacht!", lobte Simpson. „Das holen sie nicht auf."

Dennoch ging das Spiel diesmal über drei Sätze und Angela und Simpson mussten sich den Dorseys knapp geschlagen geben, dank eines atemberaubenden Rückhandschlags von Harriet, der an ihnen vorbeirauschte und das Match beendete.

„Fantastisch, Harriet!", schwärmte Mrs Walters. Die sonst so teilnahmslos wirkende Mrs Dorsey sah ausnahmsweise beinahe zufrieden aus und schüttelte ihren Gegnern freundlich die Hand. Lionel war überglücklich, den Rückstand aufgeholt zu haben, und schlug ein Best-of-Three vor, doch die Damen lehnten ab, und so bestellten sie sich alle auf der Hotelterrasse etwas Kaltes zu trinken und beglückwünschten sich gegenseitig zu ihrem Spiel.

Mrs Walters war voll des Lobes, obwohl ihre Kommentare deutlich erkennen ließen, dass sie kaum etwas von Tennis verstand. Wer der Beste auf dem Platz gewesen war, stand außer Zweifel. Mr Simpson spielte seine Fertigkeiten jedoch herunter und beharrte darauf, dass seine Partnerinnen mindestens genauso viel Arbeit geleistet hatten wie er. Angela war sich inzwischen sicher, dass er das letzte Spiel absichtlich verloren hatte, sagte aber nichts. Sie durfte es sich nicht mit den Dorseys verderben, wenn sie mehr über sie herausfinden wollte.

„Sie müssen bald wieder spielen", sagte Mrs Walters,

„und beim nächsten Mal ist Helen hoffentlich wieder auf den Beinen und kann mitmachen."

Harriet Dorsey war zu ihrer üblichen Gleichgültigkeit zurückgekehrt und nickte nur, während sie sich vorbeugte, um sich von ihrem Mann eine Zigarette anzünden zu lassen. Sie sog den Rauch tief ein und Angela fiel auf, dass sie die Zigarette zwischen Daumen und Zeigefinger der linken Hand hielt. Ihre Fingernägel waren blutrot lackiert.

„Oh ja", sagte Angela, „das müssen wir wiederholen. Wie lange sind Sie noch in Tregarrion, Mrs Dorsey?"

Harriet zuckte mit den Schultern.

„Ich weiß es nicht. Vielleicht noch ein oder zwei Wochen. Lionels Geschäfte laufen im Sommer eher schleppend, also können wir frei entscheiden."

„Ach? In welcher Branche arbeiten Sie, Mr Dorsey?"

„Import und Export", erwiderte Lionel kurz. Vermutlich kam ihm seine Antwort unnötig schroff vor, daher fuhr er fort: „Ich habe hauptsächlich mit Italienern und Griechen zu tun, und die nehmen alle den Sommer über frei."

„Und *Sie* können es auch", sagte Mrs Walters mit einem gezierten Lachen. „Es muss solch eine Erleichterung für Sie sein, einmal im Jahr eine wohlverdiente Pause einzulegen. Ich stelle immer wieder fest, dass das Bedürfnis nach Urlaub ab dem Monat Mai stetig zunimmt. Und wenn es dann endlich so weit ist, ist es so herrlich, die Seeluft zu atmen und alle Sorgen fahren zu lassen."

Angela fragte sich ungnädig, welche Sorgen eine rundliche, sorgfältig gekleidete Frau wie Mrs Walters wohl plagen mochten. Aus den Augenwinkeln nahm sie wahr, dass Mr Simpson sie mit einem amüsierten Ausdruck betrachtete, und hatte das seltsame Gefühl, dass er wusste, was sie dachte. Er nickte fast unmerklich und sie griff das Stichwort auf, das Mrs Walters ihr geliefert hatte.

„Ja, ich hatte auch gehofft, mich ausruhen zu können",

sagte sie strahlend, „aber die Sache mit den Briefen hat alle meine Hoffnungen auf einen entspannten Urlaub zunichte gemacht."

Mrs Walters nickte verständnisvoll und die Dorseys blickten auf – sie wirkten müde, fand Angela.

„Was sagen Sie da?", fragte Mr Dorsey. „Was für Briefe?"

„Oh, hat Mrs Walters Ihnen das nicht erzählt?", fragte Angela unschuldig. „Ich habe vor ein paar Tagen einen anonymen Brief erhalten, in dem man mir mitgeteilt hat, dass ich mich von Poldarrow Point fernhalten soll, da sonst mein Leben in Gefahr sei."

„Erstaunlich!", sagte Harriet. „Warum sollte Ihnen jemand einen solchen Brief schicken? Und von wem ist er?"

„Wie gesagt, der Brief ist anonym", antwortete Angela, „aber vermutlich ist es dieselbe Person, die ähnliche Briefe an Miss Trout geschickt hat."

„Miss Trout?" Mrs Walters war erstaunt. „Davon höre ich zum ersten Mal."

„Ich war mir nicht sicher, ob ich es geheim halten sollte oder nicht", erklärte Angela, „aber mittlerweile bin ich zu dem Schluss gekommen, dass es besser ist, wenn viele Leute davon wissen. Die Briefe klangen teilweise recht beängstigend, und ich halte es für ratsam, die Angelegenheit sozusagen an die Öffentlichkeit zu bringen. Ich denke dabei an die Sicherheit der armen Miss Trout, der man mit einem schlimmen Schicksal droht, wenn sie nicht sofort ihr Haus verlässt. Stellen Sie sich das vor! Wer schreibt so etwas Schreckliches an eine nette alte Dame? Das hätte ich nie für möglich gehalten."

„Wahrscheinlich ist es jemand aus der Gegend", vermutete Lionel Dorsey. „Jemand, der einen Groll gegen sie hegt."

„Vielleicht. Aber wer könnte einen Groll gegen *mich* hegen? Ich bin noch nicht lange genug hier, um mir Feinde zu machen", wandte Angela ein.

„Was sagt Miss Trout zu den Briefen?", fragte Mrs Dorsey mit plötzlich erwachtem Interesse. „Hat sie Angst? Was meinen Sie?"

Angela sah, dass Mr Simpson Harriet heimlich beobachtete, und antwortete: „Ganz und gar nicht. Sie kann sich die ganze Sache nicht erklären, aber ich würde nicht sagen, dass sie der Typ ist, der sich leicht ins Bockshorn jagen lässt."

„Genauso sehe ich es auch", sagte Lionel Dorsey, als sei damit ein lange schwelender Streit beigelegt. Seine Frau schmollte, schwieg aber.

„Ich glaube nicht, dass sich Miss Trout ernsthafte Sorgen um ihre Sicherheit machen muss", sagte Simpson. „Leute, die anonyme Briefe schreiben, sind im Allgemeinen nicht gefährlich. Will sagen: Sie schreiben die Briefe, anstatt handgreiflich zu werden, in der Hoffnung, dass ihre schriftlichen Drohungen ausreichen, um das von ihnen angestrebte Ziel zu erreichen."

„Bis gestern hätte ich Ihnen zugestimmt", sagte Angela, „die jüngsten Ereignisse lassen mich jedoch zweifeln."

„Was meinen Sie damit?", fragte Mrs Walters.

„Letzte Nacht wurde der Neffe von Miss Trout, Clifford Maynard, von einem Eindringling niedergeschlagen."

Ihre Zuhörer wirkten überrascht und besorgt, als Angela erzählte, was sich in Poldarrow Point abgespielt hatte.

„Ist er schwer verletzt?", wollte Mrs Walters wissen.

Angela meinte, einen ungläubigen Blick über Harriets Gesicht huschen zu sehen, aber ihre übliche Maske der Gleichgültigkeit war sofort wieder zur Stelle.

„Ich glaube nicht", sagte Angela. „Er hat ein paar blaue Flecken und fühlt sich etwas unwohl, aber es besteht keineswegs Lebensgefahr. Trotzdem ist es ein ernster Vorfall."

„Vermuten Sie, dass es einen Zusammenhang zwischen diesem Überfall und den anonymen Briefen gibt?", fragte Simpson.

„Es wäre verwunderlich, wenn es keinen gäbe, meinen Sie nicht auch?", gab Angela zurück.

„Unsinn", widersprach Lionel Dorsey unhöflich. „Ich wette, es gibt überhaupt keinen Zusammenhang. Ich wette sogar, es gab nicht einmal einen Eindringling. Maynard ist wahrscheinlich mitten in der Nacht die Treppe hinuntergeschlichen, um sich einen Drink zu genehmigen, und ist dabei über seine eigenen Füße gestolpert. Das konnte er natürlich nicht zugeben, also musste er einen Angreifer erfinden. Wie hätte er sonst seine Blessuren erklären sollen, wenn er nicht wie ein Idiot dastehen wollte?"

Seine Frau kicherte.

„Das ist möglich, nehme ich an", räumte Angela höflich ein.

„Glauben Sie mir, genau das ist passiert", sagte Lionel. „Der dumme alte Narr."

Kurz darauf erhoben sich die Dorseys, um sich zu verabschieden. Sie wollten am Abend ausgehen, erklärten sie. Angela fragte sich, ob ihnen wieder eine lange Nacht bevorstand. Als Harriet Dorsey an ihr vorbeikam, hinterließ sie eine markante Duftwolke.

„Ihr Parfüm gefällt mir", wagte sich Angela vor. „Shalimar, nicht wahr?"

„Ja, es ist mein Lieblingsduft", sagte Harriet.

Nachdem die Dorseys im Hotel verschwunden waren, begleitete George Simpson Mrs Walters und Mrs Marchmont auf dem Klippenpfad nach Hause. Er brachte

Mrs Walters mit formvollendeter Höflichkeit bis zu ihrer Haustür und ging dann mit Angela die wenigen Meter zum Kittiwake Cottage.

„Und? Was meinen Sie?", fragte Angela, als sie zusammen am Tor standen.

Mr Simpson hob vielsagend die Augenbrauen.

„Zu den Dorseys? Ja, ich denke, man sollte sie genauer unter die Lupe nehmen."

„Harriet ist Linkshänderin", sagte Angela, „und Marthe ist überzeugt, die Briefe seien von einer Linkshänderin geschrieben worden. Außerdem trägt sie Shalimar." Simpson sah sie fragend an, und sie erklärte lächelnd: „Ich habe absolutes Vertrauen zu Marthe. Wenn sie sagt, dass das Briefpapier nach Shalimar riecht, dann hat sie sehr wahrscheinlich recht."

„Ich fand die Reaktion der Dorseys auf die Geschichte von dem Überfall auf Clifford Maynard interessant", sagte er nachdenklich.

„Ja, das war merkwürdig, nicht wahr? Sie schienen dem Ganzen überhaupt keinen Glauben zu schenken. Aber wenn Lionel Dorsey tatsächlich Edgar Valencourt ist, dann muss er Mr Maynard angegriffen haben, als er mitten in der Nacht in Poldarrow Point nach dem Collier gesucht hat. Ich hätte zumindest erwartet, dass er so tut, als würde er sich Sorgen um Mr Maynard machen, aber stattdessen stellt er die Geschichte als frei erfunden hin."

„Dann war Dorsey vielleicht nicht der Eindringling."

„Was, Sie meinen, dass jemand ganz anderes für den Überfall verantwortlich war? Das glaube ich nicht. Wenn wir davon ausgehen, dass Harriet Dorsey die anonymen Briefe geschrieben hat, ist die einzig logische Schlussfolgerung, dass ihr Mann derjenige ist, den wir suchen. Dass zwei Leute in Poldarrow Point nach dem Collier von Marie Antoinette suchen, ist eher unwahrscheinlich, oder?"

„Drei, wenn Sie uns mitzählen“, sagte Simpson. „Nein, das ergibt kaum einen Sinn, da gebe ich Ihnen recht.“

Er verabschiedete sich und ging davon. Angela sah ihm nach und drehte sich um, um das Gartentor zu öffnen. Ihr blieb fast das Herz stehen, als sie Barbara sah, die hinter einem hohen Busch lauerte und offensichtlich das ganze Gespräch mitgehört hatte.

Barbara blickte sie vorwurfsvoll an.

„Wer ist Edgar Valencourt?“, fragte sie laut.

Kapitel Neunzehn

„Pst!“, zischte Angela. Sie packte Barbara am Arm und zog sie zum Cottage.

„Was soll das? Bist du verrückt geworden?“, protestierte Barbara, als Angela sie ins Haus schob und die Tür schloss.

„Wenn du nicht aufpasst, bekommen unsere Nachbarn alles mit“, schimpfte Angela, „und dann weiß es morgen das ganze Dorf.“

„Aha, es ist also ein Geheimnis, ja?“, stellte Barbara fest. „Na los, spuck‘s schon aus. Worüber hast du mit dem hinreißenden Mr Simpson gesprochen? Wer ist dieser Edgar Valencourt, von dem immer wieder die Rede war?“

„Das darf ich nicht sagen“, sagte Angela.

Mit einem spitzbübischen Lächeln ging Barbara zur Terrassentür, öffnete sie und lief in den Garten.

„Edgar Valencourt!“, rief sie. „Edgar Va-“

„Ist ja gut! Ich verrate es dir“, sagte Angela hastig, „aber komm herein und hör um Himmels willen auf zu schreien!“

„Das klingt schon besser!" Barbara schloss die Tür. „Also, raus damit."

Angela seufzte.

„Versprich mir, dass du keiner Menschenseele davon erzählst", warnte sie.

„Ich werde schweigen wie ein Grab", sagte Barbara. „Nun, wer ist er?"

„Edgar Valencourt ist ein bekannter Juwelendieb und der Mann, den wir im Verdacht haben, hinter dem Schatz von Poldarrow Point her zu sein."

„‚Wir' verdächtigen ihn? Und wen genau meinst du damit?"

„Mr Simpson und mich."

„Ihr scheint ja sehr vertraut miteinander zu sein." Barbara sah Angela eindringlich an. „Was hat er damit zu tun?"

„Er ist ein Detective von Scotland Yard und hält sich in Tregarrion auf, um Valencourt endlich zu schnappen."

Barbaras Misstrauen verflog im Bruchteil einer Sekunde. Sie riss die Augen auf und stieß einen aufgeregten Schrei aus.

„Oh!", sagte sie. „Ein echter Detective! Wie spannend! Ihr arbeitet also zusammen, du und er? Ich habe mich schon gefragt, warum du dich mit ihm angefreundet hast. Bist du in Cornwall, um diesen Valencourt aufzuspüren?"

„Nein, ganz und gar nicht", versicherte Angela. „Ich wollte hier wirklich nur Urlaub machen, aber in letzter Zeit finde ich mich leider öfter auf Verbrecherjagd wieder. Mr Simpson hat mich erkannt und hat mich gebeten, Poldarrow Point im Blick zu behalten, das ist alles."

„Ich wünschte, du hättest mir das vorher gesagt", beschwerte sich Barbara.

„Mr Simpson hat mich ausdrücklich gebeten, es für mich zu behalten", verteidigte sich Angela. „Hoffentlich wird er nicht böse, wenn er erfährt, dass du Bescheid weißt.“

„Keine Sorge, du kannst dich auf mich verlassen. Ich verrate nichts. Aber Miss Trout weiß es, oder?“

„Niemand weiß es“, sagte Angela. „Nicht einmal Miss Trout. Mr Simpson wollte sie nicht beunruhigen und ich denke, das war die richtige Entscheidung.“

„Ihr habt gesagt, Mr Dorsey sei Edgar Valencourt, das habe ich genau gehört. Warum verhaftet Mr Simpson ihn nicht einfach? Dann können wir alle mit der Suche nach dem Collier weitermachen, ohne von Juwelendieben und anderen Schurken gestört zu werden.“

„Wir wissen nicht mit Sicherheit, dass Mr Dorsey Valencourt ist. Wir vermuten nur, dass seine Frau für die anonymen Briefe verantwortlich ist, aber wir haben keinen Hinweis auf ihr Motiv, da wir keine weiteren Beweise haben.“

„Dann müssen wir welche finden!“ Der Glanz in Barbaras Augen verhieß nichts Gutes.

„Wir müssen nichts dergleichen tun“, widersprach Angela entschlossen. „Um diesen Aspekt der Ermittlungen kümmert sich Mr Simpson. Wir sehen uns einfach weiter nach der Halskette um. Selbst wenn außer uns niemand danach sucht, haben wir nur noch bis zum 5. August Zeit, denn dann läuft der Pachtvertrag für Poldarrow Point aus.“

„Ach ja“, sagte Barbara, „das hatte ich fast vergessen. Wenn wir doch nur etwas tun könnten, damit Miss Trout in dem Haus bleiben kann, bis das Collier wieder da ist!“

„Ja, ich frage mich –“ Angela verstummte.

„Hat Mr Dorsey den armen Mr Maynard angegriffen?“, fragte Barbara plötzlich. „Sind die Dorseys jede Nacht in Poldarrow Point, weil sie das Collier finden wollen?“

„Vielleicht", sagte Angela, die mit den Gedanken ganz woanders war.

„Sollten wir Miss Trout nicht warnen? Immerhin könnte Mr Dorsey erneut ins Haus eindringen und zuschlagen, wenn er bei seiner nächtlichen Suche gestört wird."

„Das glaube ich nicht", sagte Angela. „Und ich glaube auch nicht, dass Mr Maynard noch einmal mitten in der Nacht aufsteht und nachsieht, wenn er ein Geräusch hört. Mach dir keine Sorgen – ich glaube kaum, dass die beiden in Gefahr sind."

Barbara sagte nichts, aber sie hatte das Gefühl, dass es Miss Trout gegenüber unfair war, sie nicht einzuweihen. Sie hatte versprochen, niemandem von Simpson und Valencourt zu erzählen, aber sie beschloss, nicht tatenlos zuzusehen, während ihre Freunde in Gefahr waren. Es blieb ihr nichts anderes übrig: Sie musste die Dorseys selbst ausspionieren, denn Angela hatte offenbar nicht vor, etwas zu unternehmen.

Der Gedanke, Detektiv zu spielen, gefiel Barbara, und sie gab sich angenehmen Tagträumen hin, in denen sie Mr Dorsey und seine Frau auf frischer Tat ertappte, während sie versuchen, mit der Halskette in der Tasche durch ein Fenster in Poldarrow Point zu entwischen. Sicher würde man ihr eine Auszeichnung verleihen und ihr Foto würde in allen Zeitungen erscheinen. Wenn sie dann alt genug war, würde sie zur Polizei gehen und die erste Chefin von Scotland Yard werden. Und nach ihrem Tod würde man ihr Porträt in der National Portrait Gallery aufhängen.

Sie erwachte aus ihrem Tagtraum, als sie die Katze im Garten sah, die sich an eine Maus heranpirschte. Das winzige Geschöpf kauerte verängstigt unter dem Tisch, während die Katze es nicht aus den Augen ließ.

Das arme Ding, dachte Barbara und ging hinaus, um

die Maus zu retten. „Husch!", rief sie, aber die Katze beachtete sie gar nicht, sondern starrte ihre Beute weiterhin unverwandt an. Sie bückte sich und hob die Maus vorsichtig hoch. Sie war starr vor Schreck, schien aber nicht schwer verletzt zu sein. Barbara ging mit ihr zum unteren Ende des Gartens und setzte sie behutsam auf den Klippenpfad.

„Verschwinde", sagte sie. Die Maus zuckte kurz, dann huschte sie davon, so schnell sie konnte. Barbara ging wieder in den Garten.

„Sieh mich nicht so an", herrschte sie die Katze an, die sie vorwurfsvoll anblickte. „Es ist feige, auf Kleinere loszugehen. Such dir eine andere Katze, mit der du kämpfen kannst."

„Das war nett von dir", ertönte eine Stimme von der anderen Seite des Zauns. Es war Helen Walters.

„Meinen Sie?", fragte Barbara.

Angela kam ebenfalls in den Garten. „Oh, hallo, Helen. Ich hoffe, es geht Ihnen jetzt besser."

„Ja, viel besser, danke", sagte Helen tonlos. „Wahrscheinlich habe ich eine verdorbene Auster gegessen. Ich war sicher, dass ich das nicht überlebe, ich konnte mich nur mit Mühe ins Bett retten. Aber jetzt ist es vorbei, dem Himmel sei Dank!"

„Oh je", sagte Angela. „Wie bedauerlich. Schade, dass Sie das Tennismatch verpasst haben. Es hat Spaß gemacht."

„Ja, das hat Mutter auch gesagt. Sie hat erzählt, dass Mr Simpson eingesprungen ist und sich als hervorragender Spieler erwiesen hat."

„Ja – anscheinend hat er früher in Cambridge gespielt. Das nächste Mal müssen Sie mitkommen."

„Sehr gerne." In diesem Moment rief ihre Mutter nach

ihr. Helen lächelte entschuldigend und kehrte ins Haus zurück.

Angela wandte sich ebenfalls zum Gehen. Ihr Blick fiel auf Barbara, die Grimassen schneidend und wild gestikulierend auf die sich entfernende Helen zeigte und dann die Hände in die Höhe reckte.

„Was machst du da?", fragte Angela.

Barbara legte einen Finger auf die Lippen und zog Angela vom Zaun weg.

„Glaube ihr kein Wort", sagte sie im Flüsterton.

„Was? Warum nicht?"

„Sie lag heute Nachmittag nicht im Bett."

„Ach?"

„Nein", sagte Barbara. „Ich habe sie mit eigenen Augen gesehen, auf dem Weg nach Poldarrow Point. Ich glaube nicht, dass sie krank war."

„Bist du sicher?"

„Natürlich bin ich sicher. Sie hat mich nicht bemerkt, ich sie aber sehr wohl."

„Was hat sie denn gemacht?"

„Nichts Besonderes – sie ist nur am Rand der Klippe entlangspaziert. Ich bin ihr nicht nachgegangen, ich habe kaum auf sie geachtet. Wenn sie dir nicht gerade erzählt hätte, dass sie am Nachmittag im Bett gelegen hat, hätte ich mich gar nicht daran erinnert."

„Wie seltsam. Warum hat sie wohl behauptet, sie sei krank gewesen?"

„Wenn ich so eine Mutter hätte, würde ich auch lügen, um ein bisschen Freizeit zu haben", sagte Barbara, „aber wenn du mich fragst, wollte sie sich mit jemandem treffen."

„Wirklich?", sagte Angela erstaunt. „Wie kommst du darauf?"

„Weil sie ihr bestes Kleid und feine Handschuhe anhatte, außerdem war sie geschminkt", berichtete Barbara. „Ich hätte sie fast nicht erkannt. Wenn sie sich ein bisschen Mühe gibt, ist sie ziemlich hübsch. Sie muss vor ihrer Mutter zurückgekommen sein und sich in aller Eile das Gesicht abgeschrubbt haben. Dann ist sie wahrscheinlich ins Bett gechlüpft und hat angefangen zu jammern. Sie hat es faustdick hinter den Ohren und ihre Mitleidstour ist nur Fassade."

In diesem Licht hatte Angela die junge Frau noch nicht gesehen. Bisher hatte sie ihr die „Mitleidstour" abgenommen, wie Barbara es ausdrückte. Mit wem hatte sie sich getroffen? Angela sagte nichts, nahm sich aber vor, sich Helen genauer anzusehen, wenn sie ihr das nächste Mal begegnete.

Kapitel Zwanzig

ANGELA UND BARBARA aßen früh zu Abend. Um halb zehn gähnte Angela und sagte, sie wolle schlafen gehen.

„Bleib nicht zu lange auf", ermahnte sie Barbara, bevor sie in ihr Zimmer ging.

„Ich gehe auch gleich zu Bett", sagte Barbara. Das stimmte, allerdings erwähnte sie nicht, dass sie bald wieder aufstehen wollte. Sie hatte nämlich noch etwas vor.

Wie versprochen folgte sie Angela kurze Zeit später nach oben und ging in das Zimmer, das sie sich mit Marthe teilte. Sie legte sich vollständig angezogen ins Bett, zog sich die Decke über den Kopf und stellte sich schlafend.

Nach einer Weile kam auch Marthe. Barbara hörte es rascheln, als sie sich auszog, dann war das Knarren der Bettfedern zu hören, gefolgt von einem Seufzer, als sie sich ausstreckte. Nach etwa einer halben Stunde hörte sie rhythmisches Atmen − Marthe war eingeschlafen. Barbara lauschte noch ein paar Minuten, stand dann vorsichtig auf, schlich aus dem Zimmer und schloss leise die Tür hinter sich.

Unter Angelas Tür war kein Licht zu sehen, daraus schloss Barbara, dass sie ebenfalls schlief. Sie ging auf Zehenspitzen ins Erdgeschoss, wobei sie darauf achtete, nicht auf die knarrende Stufe auf der halben Treppe zu treten. Dann huschte sie durch die Vordertür hinaus, lief den Weg hinunter und gelangte durch das Tor auf den Pfad.

Mittlerweile war es später Abend, die letzten tintenblauen Streifen am Horizont waren verschwunden und das samtige Dunkel des Himmels war mit funkelnden Sternen besetzt. Der Mond war fast voll und schien so hell, dass Barbara den Weg zum Hotel Splendide auch ohne Taschenlampe fand. Die erleuchteten Fenster und Terrassen des Hotels strahlten in die Dunkelheit.

Je näher sie kam, desto lauter wurde die Musik und sie konnte Lachen, Geplauder und das Klappern von Tellern und Gläsern hören. Sie hielt sich am Rande der Hotelterrasse im Schatten und konnte sehen, dass an dem warmen Sommerabend alle Türen weit offen standen.

Im Restaurant hasteten Kellner hin und her und räumten die Teller der letzten Gäste ab, während sie weiter hinten einen Blick durch die geöffnete Tür in den Ballsaal erhaschen konnte, aus dem die Musik drang. Barbara schlich sich näher heran und sah ein Pärchen nach dem anderen vorbeitanzen, mal mehr, mal weniger im Takt der Musik. Der Lärm wurde immer größer. Barbara war aufmerksam und angespannt. Zwischendurch überlegte sie, ob sie vielleicht zu spät gekommen war oder ob ihr Informant sie in die Irre geführt hatte.

Von Angela unbemerkt, hatte Barbara einen großen Teil des Tages im Hotel verbracht, um auf eigene Faust Nachforschungen anzustellen. Sie war zu dem Schluss gekommen, dass der Verfasser der anonymen Briefe genau wie sie hinter dem Collier her war und alle Ereignisse der letzten Tage schienen diese Vermutung zu bestätigen. Barbara war fest entschlossen, herauszufinden, wer es war.

Sie ging davon aus, dass der Täter nicht aus Tregarrion stammte – immerhin war die Halskette seit hundertfünfzig Jahren in Poldarrow Point versteckt, der erste Brief dagegen war erst vor Kurzem verschickt worden. Daraus schloss sie, dass jemand von dem Schatz erfahren hatte und in der Hoffnung nach Tregarrion gereist war, ihn zu finden – und wo sollte dieser Jemand unterkommen, wenn nicht im Hotel?

Zunächst wollte sie mehr über die Dorseys herausbekommen, die sie für die Hauptverdächtigen hielt, da sie erstens über Angelas Besuche in Poldarrow Point Bescheid wussten und zweitens die Neigung hatten, zu nachtschlafender Zeit unterwegs zu sein, und daher für den Angriff auf Clifford Maynard am ehesten in Betracht kamen.

Also hatte sie sich den Vormittag über in der Nähe des Restaurants herumgetrieben, bis sie einen möglichen Verbündeten entdeckte: Der Junge, der die Gläser abräumte, war ein aufgeweckter Vierzehnjähriger, der nicht allzu viel zu tun hatte und sich nur zu gern die Zeit damit vertrieb, seine neue Freundin an seinem umfangreichen Wissen teilhaben zu lassen. Er erzählte ihr, die Dorseys seien im Hotel dafür bekannt, alles zu nehmen, was sie kriegen konnten, mit ihrem Trinkgeld indessen knauserig zu sein. Sie kamen immer sehr spät zum Frühstück und ließen sich dabei viel Zeit. Abends waren sie normalerweise die Letzten im Ballsaal. Danach gingen sie gewöhnlich aus - er wusste nicht, wohin, aber wo konnte man in Tregarrion schon hingehen? Er hatte jedoch mehrmals beobachtet, dass sie das Hotel um elf oder zwölf Uhr abends verließen. Wann sie zurückkehrten, konnte er nicht sagen.

Barbara wollte wissen, wohin es die Dorseys auf ihren

geheimnisvollen nächtlichen Ausflügen trieb, und hatte sich vorgenommen, ihnen zu folgen, wenn sie an diesem Abend aufbrachen. Hoffentlich machten sie ihr keinen Strich durch die Rechnung und gingen ausnahmsweise früh zu Bett! Zuerst musste sie herausfinden, wo sie waren. Um nicht entdeckt und nach Hause geschickt zu werden, hielt sie sich im Schatten, als sie sich näher an die offene Tür zum Ballsaal schlich.

Die Terrasse war von einer niedrigen Mauer eingefasst, hinter der sie kauerte. Wenn sie über den Rand spähte, hatte sie einen guten Blick auf das Treiben im großen Saal, auch das Orchester konnte sie sehen, wie es schnaufte und zupfte und auf seinen Instrumenten herumhämmerte, mit schweißglänzenden Gesichtern und angestrengt hochgezogenen Brauen.

Die Menge lichtete sich allmählich, die Gäste verließen den Saal zu zweit oder dritt und gingen lachend oder gähnend auf ihre Zimmer. Einige Tische waren inzwischen nicht mehr besetzt, was es ihr leichter machte, Gesichter zu erkennen.

Barbara ließ den Ballsaal nicht aus den Augen, konnte die Dorseys aber nirgends entdecken, weder auf der Tanzfläche noch an einem Tisch. Sollten sie an der Wand sitzen, die ihrem Standort am nächsten gelegen war, konnte sie sie sowieso nicht sehen.

Sie warf alle Vorsicht über Bord, richtete sich auf und schlich zur Tür. Niemand beachtete sie, als sie um den Türpfosten spähte und den Teil des Saals absuchte, der von der Terrasse aus nicht einsehbar war. Aus der Nähe war die Musik ohrenbetäubend und die Luft war unerträglich heiß, aber davon merkte Barbara nichts. Ihre Aufmerksamkeit galt allein ihrer Beute.

„Wenn du die Dorseys suchst – da drinnen sind sie nicht", raunte ihr eine Stimme ins Ohr. Ihr blieb fast das

Herz stehen. Hinter ihr stand ihr Freund vom Vormittag, der junge Kellner, dem lässig eine Zigarette im Mundwinkel hing.

„Oh, hallo, Ginger", sagte sie. „Hast du sie denn gesehen?"

Er sah sie von der Seite an. „Was hast du gegen die beiden?"

„Nichts."

„Komm schon, raus damit", drängte er. „Nichts! Das soll ich dir glauben? Woher soll ich wissen, dass du kein Dieb bist? Man hört immer wieder von jungen Banditen, die die Gäste ausrauben. Soll ich dem Portier sagen, dass sich hier ein Mädchen herumdrückt und spioniert?"

„Oh, bitte tu das nicht!", bettelte Barbara. Sie überlegte kurz. „Das würde alles kaputt machen. Du kannst dir ja nicht vorstellen, wie lange es gedauert hat, sie zu finden. Ich könnte es nicht ertragen, wenn du mich verrätst und ich sie wieder aus den Augen verliere!"

„Wovon redest du?"

Sie blickte ihn mit traurigen Augen an.

„Eigentlich geht es dich ja nichts an", sagte sie, „aber wenn du es unbedingt wissen willst: Sie – sie sind meine leiblichen Eltern."

„Was?"

Barbara nickte.

„Ja. Ich bin als Waise aufgewachsen und habe erst vor Kurzem erfahren, dass meine Eltern noch leben. Eine eifersüchtige Tante hat mich gestohlen, als ich noch ganz klein war. Sie hatte keine Kinder und hat sich nach einer eigenen Tochter gesehnt. Bei ihr bin ich großgeworden, aber sie war grausam. Sie hat mich geschlagen und hat mich wie eine Dienerin behandelt. Ich musste auf dem kalten Dachboden schlafen und bekam kaum etwas zu essen."

Sie hielt inne und fragte sich, ob sie zu dick aufgetragen hatte, aber Ginger war fasziniert.

„Puh!", sagte er mitfühlend.

„Nur durch Zufall habe ich herausgefunden, dass meine Eltern noch am Leben sind", fuhr Barbara fort, die sich allmählich für ihr Thema erwärmte. „Und dann habe ich erfahren, dass sie jetzt hier sind! Ich beobachte sie nun schon seit Tagen, aber ich kann mich doch nicht einfach vor ihnen aufbauen und ihnen sagen, dass ich ihre verschollene Tochter bin, oder? Sie würden vor Schreck tot umfallen! Ich überlege, wie ich sie am besten anspreche, und behalte sie im Auge, so gut ich kann, nur darf niemand davon erfahren, vor allem meine Tante nicht. Ich will nicht wissen, was sie mir antun würde, wenn sie wüsste, dass ich heute Abend unterwegs bin! Bitte sag es niemandem."

Sie schaute ihn flehend an. Ihre missliche Lage ging ihm nahe. „Keine Bange, ich halte dicht", versprach er. „Von mir aus kannst du sie beobachten, so lange du willst. Mir ginge es an deiner Stelle genauso. Sie sind jetzt in der Lounge - jedenfalls waren sie vor zehn Minuten dort, als ich meine Runde gemacht habe. Sag nur dem Oberkellner nicht, dass ich dich gesehen habe, sonst bin ich reif."

„Danke, Ginger. Das werde ich dir nicht vergessen", sagte Barbara inbrünstig. Mit einem dankbaren Lächeln verabschiedete sie sich und rannte auf die andere Seite des Gebäudes, wo sie die Hotellounge vermutete. Fast wäre es zu spät gewesen, denn nachdem sie etwa eine Minute lang den Vordereingang beobachtet hatte, wandte sie zufällig den Kopf und sah die Dorseys, die mit raschen Schritten den Klippenpfad in Richtung Poldarrow Point gingen. Offenbar hatten sie das Hotel durch eine Seitentür verlassen.

Barbara folgte ihnen im Laufschritt, bis sie sie fast

eingeholt hatte, dann verlangsamte sie ihr Tempo und hielt einen diskreten Abstand von etwa zwanzig Metern. Die Dorseys gingen zügig, ohne sich umzuschauen und anscheinend ohne miteinander zu reden. Abseits von Lärm und Trubel im Hotel war die Nacht ruhig und still, nur das Rauschen der Wellen war weit unten zu hören. Im hellen Mondlicht war nicht nur der Weg gut zu erkennen, sondern auch Harriet Dorseys goldener Haarschopf, sodass Barbara kein Problem hatte, die beiden im Blick zu behalten, ohne ihre Taschenlampe einzuschalten.

Ihre kleine Prozession passierte Shearwater und Kittiwake Cottage und erreichte schließlich die Stelle, von der aus Poldarrow Point vom Klippenweg zu sehen war.

Hier blieben die Dorseys so abrupt stehen, dass Barbara, die ihnen gedankenverloren gefolgt war, bis auf wenige Meter an sie herankam, bevor sie es bemerkte und hastig Deckung suchte. Sie kauerte sich hinter einen Ginsterstrauch und beobachtete sie. Etwa zehn Minuten lang standen sie da, stumm und ohne sich zu rühren, und betrachteten das alte Haus aufmerksam. Sie schienen auf etwas zu warten.

„Was um alles in der Welt machen die da?", murmelte Barbara.

Darüber, wie die Dorseys Nacht für Nacht ins Haus kamen – falls ihre Ausflüge tatsächlich der Schatzsuche galten -, hatte sie sich kaum Gedanken gemacht. Sie hatte vage angenommen, dass es irgendwo im Erdgeschoss ein Fenster gab, das sich leicht von außen öffnen ließ. Worauf warteten sie also?

Lionel Dorsey schaute auf seine Uhr und trat ungeduldig von einem Fuß auf den anderen. Er sprach mit leiser Stimme mit seiner Frau, die zustimmend zu nicken schien. In diesem Moment sah Barbara, worauf sie gewartet hatten: In einem Fenster im Erdgeschoss von

Poldarrow Point blitze dreimal kurz hintereinander ein Licht auf.

Die Dorseys erstarrten für den Bruchteil einer Sekunde, dann gingen sie mit schnellen Schritten auf das Haus zu. Barbara ließ ihnen einen kleinen Vorsprung, bevor sie aus ihrem Versteck kroch und ihnen folgte. Was konnte das bedeuten? Wer gab aus dem Fenster ein Zeichen? Hatten sie einen Komplizen, der bereits ins Haus eingedrungen war und auf sie gewartet hatte? War es der mysteriöse Angreifer, der Clifford Maynard in der vergangenen Nacht überfallen hatte?

Die Dorseys traten durch das offene Tor und pirschten sich vorsichtig an die Haustür heran. Anscheinend wollten sie nicht gehört werden. Barbara blieb am Torpfosten stehen und beobachtete sie. Durch das bunte Glasfenster über der Tür war jetzt ein schwacher Lichtschein zu sehen. Harriet klopfte leise. Sofort wurde geöffnet, eine Gestalt mit einer Taschenlampe in der Hand ließ die beiden schnell ein und schloss die Tür hinter ihnen. Für einen Augenblick fiel das Licht der Taschenlampe auf das Gesicht des Trägers und Barbara hielt die Luft an, als sie ihn erkannte. Es war Clifford Maynard.

Kapitel Einundzwanzig

Barbara blieb eine Weile wie vom Donner gerührt stehen, während ihr ein empörter Gedanke nach dem anderen durch den Kopf schoss. Mr Maynard steckte mit den Dorseys unter einer Decke! Er ließ sie nachts ins Haus, damit sie nach dem Collier suchen konnten. Wenn sie es fanden, würden sie Miss Trout ihr rechtmäßige Eigentum vor der Nase wegschnappen!

Barbara konnte es nicht fassen. Diese Unverfrorenheit! Ein paar Minuten lang bedachte sie Clifford in Gedanken mit allen unaussprechlichen Schimpfwörtern, die ihr einfielen. Eine nette alte Dame derart zu hintergehen! Welch ein verachtenswerter Schuft würde seine eigene Tante aus dem Haus jagen, das ihre Familie seit Generationen bewohnte?

Barbara war wütend und entgeistert und fragte sich verzweifelt, was sie tun sollte. Ihr erster Gedanke war, sofort nach Tregarrion zu marschieren und Clifford bei der Polizei anzuzeigen, aber ihr wurde schnell klar, dass die Dorseys wahrscheinlich schon längst verschwunden sein würden, bis sie auf der Wache ihre Geschichte erzählt hatte und die Beamten aktiv wurden.

Und überhaupt: Was sollte sie den Polizisten sagen? „Ich möchte, dass Sie einen Mann verhaften, der im Verdacht steht, ein respektables Paar in sein Haus gelassen zu haben, um nach dem Collier von Marie Antoinette zu suchen"? Selbst in ihren Ohren klang das wenig überzeugend. Sie würden sie nur auslachen und nach Hause schicken - und sie im schlimmsten Fall noch ausschimpfen, weil sie ihre Zeit verschwendet hatte.

Sie konnte nicht einfach tatenlos herumstehen. Sie musste die drei von der Schatzsuche abhalten, bevor sie eine Chance hatten, das Collier zu finden - nur wie? Ihr kamen mehrere Ideen in den Sinn, die sie aber sofort wieder verwarf, weil sie unpraktisch oder geradezu gefährlich waren. In ihrer Verzweiflung erwog sie sogar, das Haus in Brand zu stecken, mitsamt den Verbrechern - aber das würde natürlich nicht funktionieren, denn erstens würde sie Miss Trout in Gefahr bringen und zweitens würde die Halskette dabei vernichtet werden.

Nach einer Weile beruhigte sich Barbara jedoch und begann, rationaler zu denken. Es gab keinen Grund zur Panik. Die Halskette hatte sich bisher sowohl ihren eigenen Erkundungen als auch denen der Eindringlinge widersetzt, und es gab keinen Grund zu der Annahme, dass die drei sie ausgerechnet heute Nacht finden würden. Zunächst musste sie sich vergewissern, dass die Dorseys tatsächlich das taten, was sie ihnen unterstellte. Vielleicht waren sie ja nur Freunde von Clifford, die zufällig vorbeigekommen waren, um ihm einen Besuch abzustatten? Aber nein, das war Unsinn. Gute Freunde tauchten nicht um Mitternacht auf und blieben vor dem dunklen Haus stehen, bis von innen ein Lichtsignal anzeigte, dass sie hereinkommen konnten.

Und wo war Miss Trout? Vermutlich im Bett, sonst wäre es nicht nötig gewesen, sich anzuschleichen. Bei einem ganz normalen Besuch in den Abendstunden wären die Dorseys für jedermann sichtbar zur Haustür gegangen und hätten geklopft. Barbara war sich sicher: Die beiden führten nichts Gutes im Schilde und sie würde es beweisen.

Nachdem sie diesen Entschluss gefasst hatte, schlich sie zum Haus. Es war alles dunkel - aber natürlich hatten die Gauner kein Licht eingeschaltet, weil sie unbemerkt bleiben wollten. Wo mochten sie wohl sein? Nicht im Salon oder im Esszimmer, dachte sie, denn diese Räume hatten sie und Angela bis in den letzten Winkel durchsucht, ebenso wie das Arbeitszimmer und die Küche. Möglicherweise waren sie im Keller oder im obersten Stockwerk. Barbara erschauderte bei dem Gedanken an die unheimliche Gestalt, die sie auf dem Gang hatte schweben sehen. Vielleicht hatten die drei Glück und der Geist zeigte sich nur ungern vor einer mehrköpfigen Gruppe. Soweit sie es gehört hatte, erschienen Gespenster mit Vorliebe vor einzelnen Personen.

Der Gedanke an Gespenster ließ sie einen Moment innehalten und sie sah sich vorsichtig um. Hatte Miss Trout nicht etwas von dem Geist eines ertrunkenen Schmugglers erzählt, der im Garten spukte? Ein Exemplar hatte sie ja bereits gesehen – ob sie besonders empfänglich für Übersinnliches war? Wie nannten Hellseher das? Spirituelle Schwingungen oder so ähnlich?

Im Augenblick schienen jedoch keine verlorenen Seelen durch das Dunkel der Nacht zu irren. Barbara schüttelte sich und begann, das Haus zu umrunden, als sie plötzlich einen Lichtblitz in einem Fenster bemerkte.

Wenn sie sich recht erinnerte, war es das Arbeitszimmer. Aber warum sagte Clifford seinen Kumpanen nicht, dass dieser Raum bereits durchsucht worden war? Vor dem Fenster stand ein großer uralter Rosenstrauch, der ihr den Blick versperrte, doch sie fand eine Stelle, an der die Zweige etwas lichter und weniger dornig waren. Vorsichtig schlängelte sie sich daran vorbei bis zum Fenster.

Von dort aus konnte sie das Arbeitszimmer nur teilweise überblicken, doch das musste reichen. Als Erstes sah sie den schemenhaften Umriss von Harriet Dorsey, die eine Taschenlampe in der Hand hielt und sich offensichtlich vorgenommen hatte, alles im Arbeitszimmer zu durchwühlen.

Sie stand vor einem großen Schrank, räumte die Einlegebretter nach und nach frei und legte schließlich alles sorgfältig an seinen Platz zurück. Trotz ihrer Empörung konnte Barbara nicht umhin, Harriets methodisches Vorgehen gutzuheißen. Vermutlich wollte sie die Spuren ihres Tuns verwischen, damit Miss Trout keinen Verdacht schöpfte.

Sie beobachtete Harriet eine Weile, dann duckte sie sich rasch, als unmittelbar neben ihr ein Lichtstrahl auf die Fensterscheibe fiel. Er musste ihr Gesicht angeleuchtet haben. Hatten sie sie gesehen? Für eine gefühlte Ewigkeit hielt sie den Atem an, doch als sie weder Rufen noch das Geräusch schneller Schritte hörte, entspannte sie sich ein wenig. Es mussten Clifford oder Mr Dorsey gewesen sein und sie hatten sie offensichtlich nicht entdeckt.

Nach ein paar Minuten nahm sie all ihren Mut zusammen und spähte erneut durch das Fenster. Diesmal sah sie Lionel Dorsey, der den gesamten Inhalt eines Schreibtisches herausholte, um die Schubladen zu inspizieren. Barbara wunderte sich darüber - zum einen, weil sie bei ihrer Suchaktion am Vortag übereinstimmend festgestellt hatten, dass es wenig Sinn ergab, in Schubladen oder Schränken nachzusehen. Schließlich waren die Möbel seit Jahrzehnten in Gebrauch und bargen vermutlich keine

Geheimnisse mehr. Vor allem aber erkannte Barbara den Schreibtisch als das Möbelstück, von dem Miss Trout gesagt hatte, es habe ihrem Bruder gehört. Ja - sie war sich sicher: Sie erinnerte sich deutlich daran. Die alte Dame hatte erwähnt, dass der Schreibtisch zu den wenigen Dingen gehörte, die sich nicht seit Jahrhunderten im Haus befanden.

Warum also stand Clifford da und sah Lionel wortlos zu? Schließlich war er dabei gewesen, als Miss Trout über den Schreibtisch sprach, und hatte sogar selbst ein paar Bemerkungen dazu gemacht.

Barbara zuckte mit den Schultern. Vermutlich hatte Clifford es vergessen oder merkte nicht, dass es Zeitverschwendung war, einen Schatz aus dem achtzehnten Jahrhundert in einem modernen Schreibtisch zu suchen.

Sie spähte erneut durch das Fenster und beobachtete Mr Dorsey, der die Schubladen herauszog und mit seiner Taschenlampe in die Hohlräume leuchtete, offenbar in der Hoffnung, ein Geheimfach zu finden. Dass er keinen Erfolg damit hatte, war deutlich zu erkennen, als er das Gesicht verzog und seine Aufmerksamkeit auf ein Bücherregal in der Nähe richtete. Er nahm die Bücher eines nach dem anderen heraus und betrachtete sie eingehend. Barbara grinste. So hatte sie es auch gemacht.

„Du wirst nichts finden, mein Freund", murmelte sie. „Da sind keine kostbaren Colliers in verstaubten alten Bibeln versteckt, das kann ich dir verraten!"

Mr Dorsey schien gerade zu demselben Schluss zu kommen, denn sie sah, wie er ein Buch verärgert ins Regal zurückschob, sich dann umdrehte und etwas zu seiner Frau sagte. Sie trat zu ihm, nahm ebenfalls ein Buch in die Hand und legte es wieder beiseite. Sie deutete auf das Regal, woraufhin er versuchte, es von der Wand wegzuziehen.

Barbara hätte beinahe laut gelacht. Dass sich ein voll beladenes Bücherregal nicht geräuschlos von der Stelle bewegen ließ, hatte der gute Lionel wohl nicht bedacht, und tatsächlich ertönte lautes Schaben, als er das schwere Möbel über den Boden zerrte. Er machte einen erschrockenen Satz rückwärts und sah dabei urkomisch aus.

Zu Barbaras Belustigung entspann sich vor ihren Augen eine kleine Pantomime, als Harriet Dorsey ihren Mann für seine Unachtsamkeit ausschimpfte und er mürrisch antwortete. Der Spalt zwischen Regal und Wand war nun so groß, dass man dahinter sehen konnte, und Harriet lenkte den Lichtstrahl ihrer Taschenlampe hinein.

Barbara fragte sich plötzlich, wo Clifford war. Sie war so in die Aktivitäten der Dorseys vertieft gewesen, dass sie ihn ganz vergessen hatte, und nun reckte sie den Hals, weil sie dachte, dass er vielleicht in irgendeiner schwer einsehbaren Zimmerecke herumwühlte. Doch kaum hatte sie festgestellt, dass er nirgends zu sehen war, blitzte einen halben Meter von ihr entfernt das Licht einer Taschenlampe auf und Mr Maynard rief: „Ist da wer?"

Barbara stockte der Atem. Fast hätte sie vor Schreck aufgeschrien. Leise lehnte sie sich im Schatten des Rosenstocks an die Hauswand und betete, dass er verschwinden möge. Wahrscheinlich hatte er doch ihr Gesicht am Fenster gesehen, hatte sie aber anscheinend nicht erkannt. Glück gehabt! Sie kauerte mucksmäuschenstill hinter dem Geäst und hielt die Luft an, während er mit der Taschenlampe langsam über den Rosenstrauch leuchtete. Zu ihrer Erleichterung erfasste sie der Lichtstrahl nicht und Clifford ging weiter. Genau in diesem Moment verspürte Barbara zu ihrem Entsetzen ein Kribbeln in der Nase.

Sie hielt sich die Nasenlöcher zu, plusterte die Wangen auf, schüttelte den Kopf, nickte heftig - aber es half nichts: Das Niesen ließ sich nicht aufhalten. Als es schließlich losbrach, stopfte sich Barbara im letzten Moment die Faust in den Mund und zwei Finger in die Nase.

„Hatschi!", machte sie. Trotz der dämpfenden Maßnahmen war es ein schönes, kraftvolles Niesen. Mit tränenden Augen kauerte sich Barbara noch tiefer ins Gebüsch, als das Geräusch der sich entfernenden Schritte plötzlich verstummte und der Strahl der Taschenlampe erneut auf den Rosenbusch gerichtet wurde. Eine Sekunde lang herrschte Stille, dann bewegten sich die Schritte wieder auf sie zu.

Er würde sie entdecken, daran bestand kein Zweifel. Welches Schicksal erwartete sie? Würde Clifford sie töten, um sie zum Schweigen zu bringen? Oder würde er sie auf dem Dachboden gefangen halten und sie grausam foltern, um herauszufinden, was sie wusste?

Sie war kurz davor, aus ihrem Versteck zu springen und sich ihm mit einer hastig erfundenen Geschichte zu stellen, als Cliffords Schritte stockten und der Lichtstrahl vom Rosenbusch wegschwenkte. Er entfernte sich vom Haus.

„Ist da wer?", rief er noch einmal. Barbara konnte die Spannung kaum ertragen. Sie hob vorsichtig den Kopf und sah, dass er zu lauschen schien. In diesem Moment vernahm sie es selbst: Irgendwo in der Nähe war ein verstohlenes Rascheln zu hören. Es klang wie ein Tier, vielleicht ein Fuchs oder eine Katze.

Offensichtlich kam Clifford zu dem gleichen Schluss, denn nach einer Weile schnaubte er verärgert, sagte: „Blödes Vieh" und trat wütend gegen einen nahen Strauch. Dann ging er den Weg zurück, den er gekommen war. Barbara vermutete, dass sein jämmerliches Quäntchen Mut im nächtlichen Garten rasch dahinschmolz und er so schnell wie möglich zurück ins Haus wollte.

Sie wartete, bis er außer Sichtweite war, und wollte gerade aufatmen, als sie ein weiteres Geräusch hörte. Sie riss den Kopf herum und sah zu ihrer Überraschung, dass ein Rhododendron in der Nähe zum Leben erwachte. Mit offenem Mund starrte sie auf einen Mann, der sich vorsichtig aus den Zweigen befreite und auf Zehenspitzen in die Nacht hinausschlich. Es war unschwer zu erraten, um wen es sich handelte: Der Schnurrbart und die exzentrische Kleidung von Mr Donati waren unverkennbar.

Ohne sich über das unerwartete Auftauchen des Schweizers Gedanken zu machen, schob sich Barbara hinter ihrem Rosenbusch hervor, hastete um das Haus herum und lief durch das Eingangstor auf den Pfad hinaus. Von dort aus rannte sie so schnell sie konnte, bis sie sich in sicher Entfernung von Poldarrow Point befand.

Sie erreichte Kittiwake Cottage ohne weitere Zwischenfälle und stieg leise die Treppe hoch. Marthe schlief weiterhin tief und fest, als sie sich in ihr Zimmer schlich. Barbara zog lediglich die Schuhe und das Kleid aus und war eingeschlafen, kaum dass ihr Kopf das Kissen berührte.

Kapitel Zweiundzwanzig

„ABER WARUM UM alles in der Welt bist du mitten in der Nacht im Garten von Poldarrow Point herumgeschlichen?", fragte Angela, die Tasse Tee auf halbem Weg zum Mund.

„Nun, irgendjemand muss die Dorseys schließlich im Auge behalten, und du scheinst dich eher vor der Arbeit zu drücken", erwiderte Barbara bissig zwischen zwei Löffeln Porridge.

„Nachts durch die Gegend zu schleichen und sich hinter Rosenstöcken zu verstecken, ist nicht die einzige Art, Dinge zu erledigen", wandte Angela ein. „Außerdem habe ich nie versprochen, Verbrecher zu jagen - ich habe nur gesagt, dass ich Augen und Ohren offen halte und alle Informationen weitergebe, damit andere die Verbrecher- jagd übernehmen können."

„Dann ist es ja gut, dass du mich hast", sagte Barbara. „Sonst hätten wir vielleicht nie erfahren, was Mr Maynard im Schilde führt."

Sie schob ihren leeren Teller weg und gähnte. Sie wäre lieber im Bett geblieben, aber die Abenteuer der vergangenen Nacht waren es wert, früh aufzustehen, um Angela davon zu berichten. Ihre Reaktion auf die nächtliche Expedition war genauso ausgefallen, wie Barbara gehofft hatte.

„Ja, der gute Mr Maynard", sagte Angela nachdenklich.

„Du scheinst nicht sehr überrascht zu sein", meinte Barbara.

„Nein", erwiderte Angela, „das bin ich nicht. Irgendwie hat er mich in seiner Rolle als hingebungsvoller Neffe nie besonders überzeugt. Sein gesamtes Auftreten erschien mir etwas übertrieben. Miss Trout hat gesagt, sie habe ihn seit seiner Kindheit nicht mehr gesehen. Warum sollte er sich auf den weiten Weg von London nach Cornwall machen, um sich um eine Tante zu kümmern, die er kaum kennt? Anfangs habe ich überlegt, ob er ein Auge auf eine zukünftige Erbschaft geworfen hat, aber es ist offenkundig, dass Miss Trout kein Geld hat. Natürlich wäre ein kostbares Collier eine schöne Belohnung für einen Neffen, der Zeit und Mühe investiert, um sich bei seiner Tante einzuschmeicheln."

„Er ist ein gemeiner Schuft", schnaubte Barbara, „aber wenn er wirklich mit den Dorseys nach dem Schatz sucht, wer ist dann der geheimnisvolle Angreifer? Lionel Dorsey sicher nicht, sonst würden die beiden wohl kaum noch miteinander sprechen."

„Ich frage mich, ob Mr Dorsey nicht doch recht hatte mit seiner Behauptung, dass Clifford sich die Verletzungen selbst zugefügt hat", sagte Angela. „Vielleicht hatte er Angst, seine Tante würde Verdacht schöpfen, und hat beschlossen, etwas zu unternehmen, um sie auf die falsche Fährte zu locken."

„Was, du meinst, er hat sich selbst das Gesicht blutig geschlagen?", fragte Barbara ungläubig.

„Das vielleicht nicht, aber weißt du nicht mehr, was er uns erzählt hat? Er hat in London als Schauspieler gearbeitet. Er hätte sich leicht so schminken können, dass er wie das Opfer eines Überfalls aussah."

„Oh ja, natürlich", sagte Barbara. „Das hatte ich ganz vergessen. Das würde erklären, warum er nicht zum Arzt wollte."

„Ja, denn ein Arzt würde erkennen, dass alles nur vorgetäuscht war. Und deshalb war er auch nicht so scharf darauf, die Polizei einzuschalten. Er wollte keine Aufmerksamkeit auf sich lenken." Plötzlich fiel ihr etwas ein. „Er hat neulich auch versucht, mich auf die falsche Fährte zu locken."

„Und wie?"

„Er wollte mir einreden, dass Miss Trout die anonymen Briefe selbst geschrieben hat."

„Warum sollte sie das tun?"

„Er hat angedeutet - oder besser gesagt, er hat geradeheraus behauptet, dass sie alt ist und allmählich den Verstand verliert."

Barbara schnaubte verächtlich.

„Lächerlich!", sagte sie. „Miss Trout hat all ihre Sinne beisammen, so wie du und ich - und ich würde eine halbe Krone darauf wetten, dass sie schlauer ist als Clifford."

„Es war keine besonders überzeugende Geschichte", pflichtete Angela ihr bei. „Angeblich hat sie ihm erzählt, die Warreners hätten Verbindungen zum Königshaus, nur um später abzustreiten, so etwas jemals gesagt zu haben. Es habe auch noch andere kleine Zwischenfälle gegeben, meinte er. Aber ich bin mit dir einer Meinung - ich habe bei Miss Trout nie ein Anzeichen für Geistesschwäche gesehen."

„Natürlich nicht. Warum wollte er dir weismachen, sie sei nicht zurechnungsfähig?"

„Weißt du noch, wie wir das erste Mal von den Briefen gehört haben? Maynard schien bestürzt zu sein, dass Miss Trout uns davon erzählen wollte - was durchaus verständlich ist, wenn die Dorseys sie geschrieben haben. Es würde ihm sicher nicht gefallen, dass Fremde von den Versuchen seiner Freunde erfahren, seine Tante aus ihrem Haus zu verscheuchen."

Barbara lachte auf. „Dass ausgerechnet du auf der Bildfläche erschienen bist, hat ihm sicher einen gehörigen Schreck eingejagt. Sein netter kleiner Plan, seine Tante aus dem Haus zu vertreiben, wurde mit einem Schlag von einer berühmten Detektivin zunichte gemacht!"

„Ich wünschte, du würdest mich nicht so nennen", protestierte Angela. „Du weißt doch, dass ich keine echte Detektivin bin, oder?"

„Ja, aber *er* weiß es nicht!", rief Barbara triumphierend. „Und es macht doch keinen Unterschied, ob du eine echte Detektivin bist oder nicht. Deine Anwesenheit hat ausgereicht, um ihm einen Strich durch die Rechnung zu machen. Kein Wunder, dass er dich überzeugen wollte, die Briefe nicht ernst zu nehmen. Er hätte sich aber eine bessere Geschichte ausdenken können."

„Vielleicht war es das Beste, was ihm spontan einfiel", sagte Angela.

„Also", begann Barbara, die die Dinge gerne auf den Punkt brachte, „fassen wir zusammen: Clifford Maynard lebt in London und braucht Geld. Dann erfährt er, dass der Pachtvertrag für Poldarrow Point ausläuft und seine Tante das Haus wird verlassen müssen. Er kennt die Familienlegende von der Halskette der Königin und beschließt, dass er den Schmuck finden muss, bevor es zu spät ist. Er will ihn seiner Tante vor der Nase wegschnappen, ihn verkaufen und den Erlös für sich behalten. Also fährt er nach Cornwall und schmeichelt sich bei ihr ein, bis sie ihn bittet, zu bleiben. Das gibt ihm reichlich Gelegenheit, nach der Halskette zu suchen, wenn sie in ihrem Bett liegt und schläft." Sie hielt inne und dachte nach. „Aber warum hat er die Dorseys gebeten, ihm zu helfen? Er wäre viel besser dran, wenn er sich allein auf die Suche machen und das ganze Geld für sich behalten würde. Jetzt wird er es teilen müssen."

„Vielleicht wollen sie das Collier für ihn verkaufen", überlegte Angela. „Es kann ja nicht so leicht sein, einen solchen Schatz loszuwerden. Man kann nicht einfach in ein Juweliergeschäft gehen und eine berühmte Halskette zum Verkauf anbieten. Immerhin war sie für eine Königin angefertigt worden und hat einen nationalen Skandal heraufbeschworen. Ohne heikle Fragen geht das nicht." Plötzlich fiel ihr etwas ein. „Lionel Dorsey sagte, er sei in der Import-Export-Branche tätig. Ich frage mich, ob er mit Antiquitäten und dergleichen handelt. Möglicherweise hat er ein ganz normales Geschäft, ist aber nicht abgeneigt, sich ab und zu an illegalen Aktivitäten zu beteiligen, wenn er meint, dass es sich für ihn lohnt. Für ihn wäre es ein Leichtes, die Halskette mit einer Warenlieferung ins Ausland zu schmuggeln. Höchstwahrscheinlich hat er Komplizen auf dem Kontinent, die seine heiße Ware unter der Hand verkaufen."

„Du glaubst also, dass er ein Hehler ist?", fragte Barbara. „Ich dachte, er sei der berüchtigte Schurke Edgar Valencourt, der in ganz Europa für seine Taten berühmt-berüchtigt ist, und nicht irgendein kleines Licht, das mit gestohlenen Waren handelt."

„Ja, die beiden Dinge passen nicht ganz zusammen, nicht wahr?", sagte Angela und runzelte die Stirn.

„Also", fuhr Barbara fort, „die Dorseys beteiligen sich an der Suche, aber sie sind es bald leid, sich die Nächte um die Ohren zu schlagen, und so kommt Harriet auf die glänzende Idee, Miss Trout ein paar Drohbriefe zu schicken, in der Hoffnung, dass sie erschrocken ihre Sachen packt und das Haus verlässt. Dann könnten sie suchen, wann immer sie wollten. Natürlich würde sich niemand, der nur halbwegs bei Verstand ist, von einem so lächerlichen Einschüchterungsversuch ins Bockshorn jagen lassen, also probiert Harriet es bei dir."

„Herzlichen Dank", gab Angela trocken zurück.

„Ich kann verstehen, dass die drei dich loswerden wollten. Sie müssen sich furchtbar geärgert haben, als wir angeboten haben, Miss Trout bei der Suche nach dem Collier zu helfen", sagte Barbara.

„Als *du* es angeboten hast", korrigierte Angela. „Ich meine mich zu erinnern, dass ich keine Wahl hatte."

„Die Schatzsuche ist ein großer Spaß", beharrte Barbara. „Du solltest froh und dankbar sein, dass dir solch eine Chance geboten wird. Stell dir vor: Ohne mich hättest du die ganze Zeit im Liegestuhl gelegen und den halben Tag gedöst."

„Ja", sagte Angela wehmütig.

„Na siehst du! Ich habe dich vor unsäglicher Langeweile bewahrt! Also, wo war ich? Ach ja - sie setzen ihre Schatzsuche fort, ohne Erfolg, aber jetzt haben sie Konkurrenz, also müssen sie sich umso intensiver bemühen. Das war der Grund für ihre Zusammenkunft letzte Nacht. Ich weiß allerdings nicht, was sie im Arbeitszimmer zu schaffen hatten, weil wir uns das doch schon vorgenommen hatten."

„Vielleicht dachten sie, wir hätten etwas übersehen", meinte Angela.

„Aber warum haben sie die Sachen von Jeremiah Trout durchsucht? Die Halskette wird kaum zwischen seinen alten Rechnungen und Scheckbüchern liegen."

„Wahrscheinlich nicht. Vielleicht waren sie nur gründlich."

„Ich frage mich, ob sie schon im oberen Stockwerk waren", sagte Barbara. „Dort kann man nachts kaum herumpoltern, ohne Miss Trout zu wecken - sie haben in der Nacht einen fürchterlichen Krach gemacht, als sie ein Bücherregal nur ein paar Zentimeter verrückt haben."

„Und ich frage mich allmählich, ob es überhaupt etwas zu finden gibt", sagte Angela.

„Oh, aber es *muss* etwas geben! Warum sonst sollte sich halb Tregarrion für Poldarrow Point interessieren?"

„Das ist eine sehr gute Frage. Der Ort scheint wirklich eine seltsame Faszination auf einige Leute auszuüben. Was mag Mr Donati dort gemacht haben?"

„Ich weiß es nicht, aber es wird irgendetwas Zwielichtiges gewesen sein, sonst hätte er sich nicht in den Rhododendren versteckt. Ob er auch Wind von dem Schatz bekommen hat? Wir müssen ihn im Auge behalten."

„Und er ist nur einer von vielen!", sagte Angela. „Sind wir die Einzigen in Cornwall, die nicht darauf aus sind, diese Kette zu stehlen?"

Barbara stand auf. „Wo ist mein Hut?"

„Gehst du aus?"

„Natürlich", erwiderte Barbara. „Und du auch. Wir müssen nach Poldarrow Point und Miss Trout erzählen, was Clifford hinter ihrem Rücken treibt."

Angela schüttelte den Kopf. „Jetzt noch nicht."

„Wann denn dann?", rief Barbara. „Wir müssen sie warnen. Sie kann ihm nicht weiterhin vertrauen, während er plant, sie zu betrügen und mit ihrem Geld abzuhauen."

„Welches Geld? Noch hat niemand den Schatz gefunden."

„Aber es kann jeden Moment so weit sein. Wir müssen etwas unternehmen und zwar schnell."

„Ja, ich finde auch, dass wir etwas unternehmen

müssen", sagte Angela, „aber wenn wir es Miss Trout jetzt sagen, könnten wir alles kaputt machen."

„Was meinst du damit?"

„Wenn sie weiß, dass ihr Neffe sie betrügen will, wird sie ihn zweifellos damit konfrontieren, und das gibt ihm - und den Dorseys - die Möglichkeit zur Flucht."

„Um die kann sich die Polizei später kümmern. Das Wichtigste ist, dass das Collier in Sicherheit ist."

„Vermutlich sieht Scotland Yard das anders", bemerkte Angela. „Die Polizei ist schon lange auf der Jagd nach Edgar Valencourt, und ich glaube nicht, dass sie es gut findet, wenn wir ihn entkommen lassen, weil wir ihn frühzeitig gewarnt haben."

„Aber was sollen wir tun? Wie können wir Miss Trout schützen?" Barbaras Empörung wuchs zusehends.

„Keine Sorge, wir werden es ihr sehr bald sagen, aber zuerst müssen wir Mr Simpson informieren. Er ist für die Ermittlungen in Sachen Valencourt zuständig und muss wissen, was vorgefallen ist. Dann kann er entscheiden, was am besten zu tun ist."

„Was ist, wenn Mr Maynard beschließt, seine Tante ein für alle Mal aus dem Weg zu räumen?"

„Ich glaube nicht, dass Miss Trout Gefahr droht. Vermutlich ist Clifford eher auf leichte Beute aus. Als gewalttätig würde ich ihn nicht einschätzen."

„Aber -"

„Und überhaupt", fuhr Angela fort, „bevor wir anfangen, Leute zu beschuldigen, müssen wir sicher sein, dass man uns glaubt. Was meinst du, was Miss Trout sagen würde, wenn wir jetzt zu ihr marschieren und ihr erzählen, dass ihr Neffe sie betrügen will?"

„Na ja, ich -" Barbara zögerte.

„Genau", sagte Angela. „Sie würde uns auslachen und wir würden damit nur erreichen, dass Clifford von unserem Verdacht erfährt und Miss Trout ohne konkrete Beweise dasteht."

„Aber wie können wir sie überzeugen?"

„Das weiß ich noch nicht", antwortete Angela. „Das Beste wäre, ihn auf frischer Tat zu ertappen. Vielleicht fällt Mr Simpson ja etwas ein."

„Dann musst du ihm sofort davon erzählen - heute noch."

„Das mache ich", versprach Angela.

„Triffst du ihn im Hotel?"

„Nein", sagte Angela. „Er hat mich zu einem Picknick eingeladen."

Kapitel Dreiundzwanzig

„Ist es auch bestimmt sicher?“, fragte Mrs Marchmont und betrachtete die *Miss Louise* zweifelnd, die unter ihr im Wasser auf und ab schaukelte. An dem ramponierten alten Fischerkahn blätterte die Farbe ab, er wies an mehreren Stellen sichtbare Reparaturen auf und sah aus, als lägen seine besten Tage weit hinter ihm.

„Natürlich ist es sicher“, behauptete Mr Gibbs vom Heck des Bootes aus. „Sie ist seit 1887 jeden Tag außer sonntags unterwegs. Vierzig harte Winter hat sie überlebt. Stimmt's, Bill?“

Sein Sohn, ein kräftiger, fünfzehnjähriger Bursche, nickte zustimmend.

„Das ist es ja gerade, was mir Sorgen macht“, entgegnete Angela. „Dieses Boot ist älter als ich.“

„Und es wird noch vierzig Jahre älter werden“, fuhr Gibbs fort, „wenn man es richtig behandelt. Außerdem können Sie doch schwimmen, oder?“

Angela ignorierte seine letzte Bemerkung.

„Haben Sie nicht gesagt, Sie fahren sonntags nicht raus“, sagte sie.

„Nicht zum Fischen", erklärte Gibbs. „Die Fische sind auch morgen noch da. Aber für eine nette Dame und einen netten Herrn, die Lust auf ein Picknick haben - nun, ich war selbst einmal jung. Bis Dienstag könnte die Sonne weg sein, und dann?"

„Mr Gibbs wurde mir wärmstens empfohlen", sagte Simpson, der unten im Boot stand, den Picknickkorb verstaut hatte und nun − typisch Mann - den Motor beäugte. „Der Oberkellner im Hotel hat ihn in den höchsten Tönen gelobt."

„Das mag ja sein, aber ich muss gestehen, dass ich eher an einen Vergnügungsdampfer als an einen Fischerkahn gedacht hatte", sagte Angela.

Simpson schlug in gespieltem Entsetzen die Hände über dem Kopf zusammen.

„Ein Vergnügungsdampfer? Was, sich unter hundert kreischende und schwitzende Tagesgäste mischen, die sich um die besten Plätze streiten und überall ihre Sandwiches fallen lassen? Denken Sie nur: Wir haben dieses traditionelle alte Fischerboot für uns allein und können uns in Ruhe die Meeresbrise um die Nase wehen lassen."

„Was Besseres gibt's nicht", stimmte Gibbs zu.

„Nun gut, ich vertraue Ihnen, Mr Gibbs", sagte Angela, „aber wenn Sie ein Trinkgeld wollen, bringen Sie uns besser lebend zurück. Und vorzugsweise trocken", fügte sie nachträglich hinzu.

Gibbs sah grinsend zu, wie sie flink die eisernen Sprossen hinunterkletterte, die in den Steg eingelassen waren. Simpson reichte ihr eine Hand und sie sprang leichtfüßig ins Boot.

„Die Küste runter, ja?", fragte der alte Fischer.

„Ja", sagte Simpson. „Wir möchten das westliche Ende von Tregarn Bay sehen. Dort soll es besonders schön sein."

„Stimmt", nickte Bill.

„Stimmt", bestätigte Gibbs. Er holte zwei schmuddelige Kissen hervor und warf sie seinen Passagieren zu. „Ist nicht grade der Buckin'am Palace, aber Sie werden sich wohlfühlen, wenn Sie nicht zu viel erwarten."

„Soll ich also ablegen, Dad?", fragte Bill.

„Jawohl, mein Junge", sagte Mr Gibbs und ließ den Motor an.

Bill löste das Seil und mit lautem Dröhnen bewegte sich die *Miss Louise* langsam vom Dock weg. Das Boot drehte sich, beschrieb einen großen Halbkreis und fuhr dann auf die Hafenmündung zu. Angela blickte auf die kleine Stadt, die im hellen Mittagslicht farbenfroh leuchtete. Die bunt bemalten Häuser sahen mehr denn je wie Bauklötze aus, die ein Kind kreuz und quer aufgestapelt hatte. Sie passierten den kleinen Leuchtturm am Ende des Piers, an dem ein paar Angler saßen und vor sich hinträumten, und kurz darauf waren sie auf offener See.

Die *Miss Louise* tuckerte sanft auf den Wellen schaukelnd in nordwestlicher Richtung an der Küste entlang. Zum Glück war es ein ruhiger Tag. Sie fuhren an Kittiwake Cottage und Poldarrow Cove vorbei und kamen zu der Landzunge, auf der sich Poldarrow Point erhob.

Vom Meer aus sah das alte Haus noch düsterer und baufälliger aus, wenn das überhaupt möglich war. Der Garten bröckelte nach und nach über den Rand der Klippe. Angela fragte sich, ob Miss Trout die so offensichtlich notwendigen Reparaturen jemals würde bezahlen können. Vielleicht wäre es für sie doch sinnvoller, auszuziehen, als sich für den Rest ihrer Tage mit diesem heruntergekommenen Gemäuer herumzuschlagen.

Die Sonne war warm und Angela nahm den Hut ab, um sich die frische Brise durchs Haar wehen zu lassen. George Simpson starrte währenddessen im Vorbeifahren nachdenklich auf Poldarrow Point. Er bemerkte, dass sie ihn ansah, und lächelte.

„Es ist ein schönes altes Haus, nicht wahr?", sagte er. „Wenn ich reich genug wäre, würde ich es vielleicht selbst kaufen und in altem Glanz erstrahlen lassen."

Angela sah Poldarrow Point zum ersten Mal so, wie es vor hundert oder mehr Jahren einmal gewesen sein musste: ein komfortables altes Herrenhaus, in dem eine Familie von lokaler Bedeutung lebte. Dank des geheimen Tunnels zum Haus waren die Warreners durch ihre Schmuggeleien reich geworden und hatten sicher geholfen, die Armut in dieser Gegend zu lindern. Vermutlich waren viele Menschen hier Prediger Dick zu Dank verpflichtet, der ihnen ihren Lebensunterhalt verschafft hatte - egal, wie illegal er war. Doch schließlich war das Vermögen der Warreners dahingeschmolzen, mit dem Schmuggel verschwand auch die Haupteinnahmequelle der Familie. Jetzt war nur noch Miss Trout, eine gebrechliche ältere Dame, übrig, um das Erbe der Warreners zu bewahren (Angela blendete Clifford Maynard aus, der ihr nicht die nötige Charakterstärke zu haben schien).

„Meinen Sie, das Haus ließe sich wieder behaglich herrichten?", fragte sie. „Sie würden vielleicht nicht lange darin wohnen können, denn das Meer rückt unaufhaltsam näher."

„Mag sein, aber stellen Sie sich vor, wie romantisch es hier wäre", sagte er eifrig. „Ich kann mir nichts Reizvolleres vorstellen, als an diesem abgelegenen Ort zu leben, inmitten einer so schönen, rauen Landschaft."

„Mitten im Juli, wenn die Sonne scheint, ist das leicht gesagt", wandte Angela ein. Sie war eben ein praktisch veranlagter Mensch. „An einem kalten, stürmischen Novembertag, wenn der Wind durch jede Ritze und jeden Winkel des Hauses heult, würden Sie sicher anders reden.

Dann dringt Ihnen die Kälte in die Knochen und Sie sehnen sich nach den wärmenden Kaminfeuern in London.“

„Oh, Sie vergessen, dass ich das Haus renovieren würde. Ich würde gemütlich in meiner Bibliothek am Kamin sitzen, mich charakterlich mit schlauen Büchern weiterbilden und zuhören, wie der Regen gegen die Fenster prasselt, während ich mich zufrieden mit mir und meinen Leistungen zurücklehne.“

„Ich glaube nicht, dass ich mich jemals mit schlauen Büchern charakterlich weitergebildet habe“, sagte Angela. „Ich habe gehört, dass solche Bücher zwar etwas trocken und langweilig, aber gut für die Seele sein sollen. Und sie geben Ihnen an den langen Winterabenden etwas zu tun, wenn die Besucher ausbleiben.“

Er lachte. „Ja, wahrscheinlich würde es nach einer Weile seinen Reiz verlieren. Vielleicht behalte ich Poldarrow Point dann als Ferienhaus und komme nur bei schönem Wetter hierher.“

„Das klingt gut“, sagte Angela mit einem letzten Blick auf das Haus, das in der Ferne verschwand.

Mittlerweile hatten sie die Bucht von Tregarn erreicht. Schweigend bewunderten sie die Schönheit der zerklüfteten Küste Cornwalls. Das Boot verharrte eine Weile weit draußen auf dem Meer, dann fuhr es dichter ans Ufer, sodass sie alles aus der Nähe betrachten konnten. Angela, die ihren Gedanken nachhing, schirmte die Augen gegen die Sonne ab und betrachtete ein Steinkreuz auf einem entfernten Hügel. Wer hatte es wohl errichtet und warum? Sie wollte Simpson gerade darauf hinweisen und stellte fest, dass er sie aufmerksam musterte. Sie widerstand dem Drang, ihre Frisur zu richten, und sagte lächelnd: „Ich denke, wir sollten zusammentragen, was wir über den Fall wissen.“

„Lassen Sie uns noch warten", sagte er. „Hier ist es so schön, dass ich die Stimmung nicht mit Arbeit verderben möchte. Erst das Picknick."

„Und wo?"

„Genau dort."

Angela blickte in die Richtung, in die er zeigte. Sie steuerten auf eine schmale Bucht zu, die eine Art natürlichen Hafen bildete. Die *Miss Louise* bahnte sich ihren Weg durch die Mündung, die sich zu einer hübschen kleinen, von niedrigen Klippen und Baumgruppen umgebenen Bucht verbreiterte. Der Fischerkahn tuckerte langsam ans Ufer und Mr Gibbs lenkte ihn mit großer Sorgfalt an eine felsige Landzunge, die als Landungssteg diente. An einem der größeren, flacheren Steine war ein Anlegepfosten befestigt worden. Kaum war der Motor aus, sprang Bill mit großer Geschicklichkeit heraus und machte ihn fest. Sein Vater reichte ihm den Picknickkorb, und er trug ihn zum Strand, wobei er mit halsbrecherischer Geschwindigkeit von einem Stein zum anderen hüpfte, ohne einen einzigen Fehltritt. Simpson und Angela folgten in gemäßigterem Tempo. Bill setzte wortlos den Korb ab, und kehrte dann sofort zum Boot zurück, wo vermutlich sein eigenes Mittagessen wartete.

„Was für ein herrlicher Ort." Angela sah sich bewundernd um. Die Bucht war menschenleer und außer dem Plätschern der Wellen und dem sanften Rauschen der Bäume um sie herum war nichts zu hören.

„Ja, es ist herrlich, nicht wahr?" Simpson nickte. „Ich hatte daran gedacht, in Penzance zu Mittag zu essen, aber Gibbs war überzeugt, dass es hier viel schöner sei, und ich muss sagen, ich gebe ihm recht."

Da die Sonne hoch stand und es ziemlich heiß war, setzten sie sich unter einen Baum am Rande des Strandes.

Angela begann, den Korb auszupacken. Er war randvoll mit Köstlichkeiten.

„Ich glaube, die Köchin hat meine Anweisungen falsch verstanden und ist von einer ganzen Armee ausgegangen, die es zu beköstigen gilt", sagte Angela, als sie das frisch gebackene Brot, den kalten Schinken, die Eier und Tomaten sowie einen ganzen Obstkuchen betrachtete, die vor ihnen auf der Picknickdecke lagen. „Entweder das oder sie hat angenommen, dass Barbara mitkommt."

Simpson lachte und reichte Angela ein Sandwich.

„Was macht Barbara heute?", fragte er.

„Sie sagte, sie wolle nach Land's End laufen", antwortete Angela. „Ich glaube nicht, dass sie das ernst gemeint hat, aber bei Barbara weiß man nie. Sie macht, was sie will."

„Sie hat keine Eltern, sagten Sie?"

„Nein, ihre Eltern sind tot und sie ist den größten Teil des Jahres in der Schule - obwohl ich mich manchmal frage, was man ihr dort beibringt. Disziplin scheint sie jedenfalls nicht zu lernen."

„Auf jeden Fall wirkt sie recht vernünftig", sagte Simpson.

„Das ist mein einziger Trost", stimmte Angela zu. „Sie ist ziemlich reif für ihr Alter und hat einen gesunden Menschenverstand. Ich bin also zuversichtlich, dass sie nicht im Gefängnis landet."

Sie lachten und widmeten sich dem Picknick. Es war wundervoll, den weichen Sand unter der Wolldecke und den warmen Sommerwind auf der Haut zu spüren und sich in der Schönheit des Tages zu verlieren. Angela blickte auf die *Miss Louise* an der Landzunge, die sanft auf den Wellen schaukelte. Mr Gibbs und Bill waren an Deck beschäftigt, und sie bewunderte ihre Umtriebigkeit, ohne den Wunsch zu verspüren, es ihnen gleichzutun. Im

Gegenteil, sie hatte eher das Gefühl, dass ein Nickerchen jetzt genau das Richtige wäre. Mühsam richtete sie sich auf und betrachtete die Essensreste. Es waren weniger, als sie erwartet hatte.

„Vielleicht hatte die Köchin doch recht", sagte sie. „Mein Hunger war offenbar größer, als ich dachte."

„Ja, wir haben ziemlich viel gegessen, nicht wahr?", bestätigte Simpson, der sich träge an einen Baumstamm lehnte. „Ihre Köchin hat offensichtlich viel Erfahrung mit der Verpflegung von Schiffsgesellschaften. Es muss an der Seeluft liegen, dass man am Meer einen derart gewaltigen Appetit entwickelt."

„Es ist noch viel vom Kuchen übrig", sagte Angela. „Barbara wird sich freuen. Wie die meisten Schulmädchen hat sie eine Vorliebe für alles Süße. Oder vielleicht kann ich Mr Gibbs und Bill etwas davon anbieten."

„Ich hätte auch gerne noch ein Stück, aber ich fürchte, ich habe einfach keinen Platz mehr dafür", sagte Mr Simpson bedauernd. Er setzte sich auf. „Ich habe das Gefühl, dass ich gleich einschlafe, was furchtbar unhöflich wäre. Sie müssen mit mir reden, Mrs Marchmont, und mich wach halten."

Angela lachte.

„Es gibt tatsächlich einige Dinge, die ich besprechen möchte. Barbara hat mir eingeschärft, dass ich heute mit Ihnen reden muss."

„Ach ja?"

„Ja. Die vergangene Nacht war recht abenteuerlich für sie."

Angela berichtete, was Barbara erlebt hatte, und Mr Simpson spitzte die Lippen zu einem Pfiff.

„Der Neffe und die Dorseys stecken also unter einer Decke?" Er hielt einige Augenblicke inne und dachte nach. „Das gibt dem Fall eine interessante Wendung", sagte er.

„Das kann man wohl sagen", bemerkte Angela, „und es wirft neue Fragen bezüglich der wahren Identität von Edgar Valencourt auf."

Simpson war sofort hellwach.

„Oh? Warum das?", fragte er.

„Es war etwas, was Barbara gesagt hat", antwortete sie. „Wir haben uns gefragt, warum Clifford die Dorseys gebeten hat, ihm bei seiner Suche zu helfen, und sind zu dem Schluss gekommen, dass das Import- und Exportgeschäft von Mr Dorsey die ideale Tarnung für den Verkauf von Diebesgut darstellt."

„So ist es", sagte Simpson. „Wir müssen ihn genauer unter die Lupe nehmen."

„Ja, aber ich hatte Lionel Dorsey für Edgar Valencourt gehalten, nicht nur für ,irgendein kleines Licht, das mit gestohlenen Waren handelt', wie Barbara es ausdrückte."

„Meinen Sie nicht, er könnte beides sein?"

„Vielleicht. Aber alles, was ich über Valencourt weiß, habe ich von Ihnen, und der Eindruck, den Sie mir vermittelt haben, passt nicht zu dem, was ich bis jetzt bei Mr Dorsey beobachtet habe."

„Inwiefern?"

Angela zögerte.

„Ich würde sagen, dass Mr Dorsey ein ziemlich kleinkarierter, nicht allzu gewiefter Bursche ist, der vielleicht schlau genug ist, um zweifelhafte Geschäfte abzuwickeln, aber mehr auch nicht. Ich kann ihn mir jedenfalls nicht als Drahtzieher einer Reihe von kühnen und raffiniert geplanten Diebstählen in ganz Europa vorstellen. Sie schildern Valencourt als einen Mann, der es genießt, Risiken einzugehen - er zögert nicht, sich direkt in die Höhle des Löwen zu begeben und sein Ziel durch die bloße Kraft seiner Persönlichkeit zu erreichen. Denken Sie an all die reichen Frauen, die er dazu gebracht hat, ihre wertvollsten

Besitztümer herauszugeben! Ich kann mir Lionel Dorsey nicht in einer solchen Rolle vorstellen. Er hat einfach nicht den nötigen Charme."

„Sie vergessen, dass Valencourt ein brillanter Schauspieler ist", wandte Simpson ein. „Vielleicht spielt er jetzt die Rolle des Lionel Dorsey."

„Das ist natürlich möglich", räumte Angela ein, „aber mir fällt da jemand anderes ein."

„Ach? Wer denn?"

„Clifford Maynard."

Kapitel Vierundzwanzig

Nachdem Angela gegangen war, um sich mit Mr Simpson zu treffen, setzte sich Barbara mit der Katze auf dem Schoß in den Garten und dachte angestrengt über ihre Unterhaltung am Frühstückstisch nach. Anders als Angela war sie nicht überzeugt, dass Clifford für Miss Trout keine Gefahr darstellte. Sie hatte vielmehr den Eindruck, als hätte er einen guten Grund, seine Tante aus dem Weg zu räumen. Es war fast Ende Juli, und am 5. August würden sie Poldarrow Point verlassen müssen, egal ob die Halskette nun auftauchte oder nicht. Die Zeit drängte und Clifford wurde inzwischen vermutlich nervös. Miss Trout hatte den ungeschickten Versuchen der Dorseys, sie zum Verlassen des Hauses zu bewegen, hartnäckig widerstanden, und war nun das einzige Hindernis, das zwischen den dreien und dem Schatz stand. Es lag auf der Hand, dass Clifford bald einen weiteren, entschlosseneren Versuch unternehmen würde, sie loszuwerden - und dabei vielleicht vor Gewalt nicht zurückschreckte.

Barbara schwor sich, dass sie das verhindern würde, selbst wenn sie ihn eine ganze Woche oder noch länger

Tag und Nacht im Auge behalten musste. Miss Trout musste vor ihrem hinterhältigen Neffen beschützt werden - und Barbara beschloss, dass sie diese Aufgabe selbst in die Hand nehmen würde.

Sie schob die Katze von ihren Knien und ging in die Küche, wo sie der Köchin ein Picknick abbettelte. Die gute Frau hatte Gefallen an ihr gefunden und war nur zu gern bereit, ihr zu helfen. Dann suchte sie alles zusammen, was sie auf ihrer Expedition brauchen würde, und packte es zu dem Essen in den Rucksack. Da sie durch den Tunnel ins Haus gehen wollte, brauchte sie eine Taschenlampe - nein, besser zwei Taschenlampen, um nicht wie beim letzten Mal im Dunkeln zu stehen. Außerdem nahm sie einen Feldstecher mit, ein Stück Schnur und für alle Fälle auch ein Taschenmesser. Im letzten Moment erinnerte sie sich daran, wie kühl es im Tunnel gewesen war, und legte noch einen alten Pullover dazu. Sie tastete in ihrem Haar nach der Haarnadel, dann verließ sie das Haus durch die Terrassentür und ging den unteren Klippenweg hinunter zum Strand.

Die Wasser stand sehr niedrig, und als Barbara aufs Meer hinausschaute, rechnete sie damit, Helen Walters bei ihrem täglichen Bad zu sehen, aber soweit sie es beurteilen konnte, war außer ihr niemand da. Sie zog die Schuhe aus und ging über den Sand in Richtung der Landzunge von Poldarrow Point. Als sie sich jedoch zufällig umwandte, sah sie zu ihrer Überraschung Helen, die am Fuß der Klippe entlang auf den Pfad zuging. Sie schien Barbara nicht bemerkt zu haben. Wo war sie gewesen? Sie kam aus der Richtung der Höhle, die Barbara neulich bei der Suche nach dem Geheimgang gefunden hatte. Hatte sie sich darin versteckt? Wenn ja, warum?

Ein plötzlicher Verdacht keimte in ihr auf. Kurz entschlossen ging Barbara auf den Felsvorsprung zu, hinter dem der Höhleneingang lag. Sie hatte ihn fast erreicht, als ein Mann aus der kleinen Nische trat. Auf dem Kopf hatte er einen Hut mit einer Feder und sein Rucksack schepperte und klirrte. Er zuckte erschrocken zusammen, als er Barbara sah.

Aha!, dachte Barbara triumphierend. „Hallo, Mr Donati!", sagte sie laut. „Betreiben Sie wieder Höhlenforschung?"

„Ja", antwortete Donati. Leicht errötend fuhr er fort: „Sie sind sehr interessant, diese englischen Felsformationen."

Barbara lächelte engelsgleich.

„Wie ich sehe, findet Miss Walters sie auch sehr interessant", stellte sie fest. „Sie war es doch, die ich gerade gesehen habe, als ich den Weg hinaufging?"

„Ah, ja", sagte er. „Ich war sehr überrascht, sie hier anzutreffen."

„Aber sie kommt doch jeden Tag zum Schwimmen an diesen Strand", sagte Barbara. „Ich dachte, das sei allgemein bekannt."

Donatis englischer Wortschatz reichte offensichtlich nicht für eine ausführliche und wohlgesetzte Erklärung, und während er noch nach Worten suchte, kam Barbara ein Gedanke, der so brillant und zugleich so naheliegend war, dass sie sich fragte, warum sie nicht schon früher darauf gekommen war.

„Wie auch immer", sagte sie impulsiv, „das ist jetzt egal. Ich weiß, warum Sie wirklich hier sind, Mr Valencourt."

Die Wirkung ihrer Worte war verblüffend. Donati zuckte zusammen und warf ihr einen durchdringenden Blick zu. Dann straffte er die Schultern und machte einen Schritt auf sie zu. Aus dem exzentrischen und unfreiwillig komischen Wissenschaftler war plötzlich ein entschlossener und furchterregender Mann geworden. Barbara wich zurück.

„Was weißt du über Valencourt?", fragte er. In seiner Stimme lag etwas Drohendes, das in seltsamem Kontrast zu seiner äußeren Erscheinung stand.

„Ich weiß, dass er hier ist und versucht, das Collier der Königin zu stehlen", antwortete Barbara kühn. Sie schaute sich verstohlen um. Der Strand, an dem sie standen, war weithin sichtbar und sie schätzte - oder hoffte -, dass sie nicht in Gefahr war. „Aber er wird es nicht bekommen. Selbst wenn er es schafft, ins Haus einzudringen, kriegt er es mit mir zu tun. Es hat keinen Sinn zu leugnen, wissen Sie", fuhr sie im Plauderton fort. „Ich habe Sie gestern Abend gesehen, als Sie sich im Garten von Poldarrow Point in den Büschen versteckt haben."

„Ach ja, wirklich? Und was hast du dort zu nachtschlafender Zeit gemacht, wenn ich fragen darf?"

„Ich habe das Haus beobachtet", erklärte sie. „Es gibt Leute, die Miss Trout schaden und ihr Eigentum stehlen wollen – und dazu gehören Sie. Ich will nur dafür sorgen, dass sie bekommt, was ihr von Rechts wegen zusteht."

„Und du denkst, ich sei Valencourt, weil ich gestern Abend dort war?"

„Natürlich. Wer sonst sollte sich mitten in der Nacht im Garten von Poldarrow Point herumtreiben?"

Er legte den Kopf schief, musterte sie eindringlich, überlegte einen Moment, dann nickte er.

„Nun gut, Miss Barbara", sagte er. „Ich verspreche dir, dass ich dir nichts tun werde, wenn du brav nach Hause gehst und dich nicht in Angelegenheiten einmischst, die dich nichts angehen."

„Aber -"

„Hör zu", sagte er und Barbara fiel auf, dass er plötzlich fließend Englisch sprach und nur noch ein Hauch von einem ausländischen Akzent wahrzunehmen war. „Du weißt nicht, wovon du redest. Du hast es mit zu allem entschlossenen Menschen zu tun, die vor nichts zurückschrecken, um das zu bekommen, wonach sie suchen. Ein kleines Mädchen stellt für sie ganz sicher kein Hindernis dar.“

„Ich bin kein kleines Mädchen“, sagte Barbara wütend. „Ich werde im September dreizehn.“

Donatis Lippen zuckten unter seinem Schnurrbart.

„Ein großes Mädchen also“, korrigierte er sich. Er seufzte und sah plötzlich wieder aus wie der zerstreute Wissenschaftler, als den sie ihn kennengelernt hatte. „Du bist sehr mutig und loyal, Miss Barbara, aber du musst dich in Acht nehmen, denn die Dinge sind nicht immer so, wie sie scheinen.“

Barbara hatte keine Ahnung, was er damit meinte. Vermutlich sprach er wie die meisten Erwachsenen gerne in Rätseln.

„Weiß Helen, wer Sie wirklich sind?“, fragte sie neugierig.

Er errötete erneut.

„Ja“, antwortete er. „Ich habe ihr alles gesagt.“

„Und das stört sie nicht?“, fragte Barbara. Das war unfassbar.

„Nein, ich glaube nicht.“ Er warf ihr einen seltsamen Blick zu und klopfte ihr dann begütigend auf die Schulter. „Es ist nicht der richtige Moment, sonst würde ich es dir erklären, nur vergiss nicht: Misch dich nicht in Dinge ein, die dich nichts angehen.“

„Aber es geht mich etwas an. Ich habe etwas versprochen und das werde ich halten.“

„Sei vorsichtig“, war alles, was er sagte, bevor er davoneilte.

Sie sah ihm verwirrt nach. Sie war immer noch davon

überzeugt, Valencourts Identität aufgedeckt zu haben, aber für einen berüchtigten Dieb mutete sein Verhalten ungewöhnlich an. Er schien sich eher über ihre Sicherheit Gedanken zu machen als über sein eigenes Schicksal. Vermutlich störte sie ihn und er wollte sie loswerden, und das ging am einfachsten, indem er vorgab, sich um sie zu sorgen. Sie stand eine Sekunde lang da und kaute an einem Fingernagel. Obwohl sie es nur ungern zugab, hatte Donati in ihr den Keim des Zweifels gesät. Plötzlich war sie sich nicht mehr sicher, ob sie das Richtige tat. Vielleicht hatte er recht, wenn er sagte, sie solle sich nicht einmischen. Was konnte sie schon ausrichten? Dann dachte sie an die arme Miss Trout, die niemanden hatte, der ihr half, während ihr eigen Fleisch und Blut sich gegen sie verschworen hatte. Barbara machte sich entschlossen auf den Weg zu dem großen flachen Stein, der den Eingang zum Tunnel verbarg.

Eigentlich wollte sie sich sofort auf den Weg machen, aber ihr Magen knurrte und erinnerte sie an den Inhalt ihres Rucksacks. In der Bucht war immer noch Niedrigwasser und sie rechnete sich aus, dass sie genug Zeit zum Essen hatte. Außerdem sollte man sich vor jeder ernstzunehmenden Arbeit eine ordentliche Stärkung gönnen. Sie kletterte auf den flachen Felsen, aß ihre Sandwiches und dachte angestrengt nach. Ihr war plötzlich eingefallen, dass sie sich überhaupt keinen Plan zurechtgelegt hatte. Clifford und seine Kumpane auszuspionieren, war gut und schön, aber wie genau sollte sie das anstellen? Tagsüber war es nicht so einfach, unbemerkt durchs Haus zu schleichen. Barbara überlegte hin und her, ohne zu einem Ergebnis zu kommen. Schließlich beschloss sie, sich auf den Weg zu machen und vor Ort zu sehen, was sich ergab. Vielleicht fand sich ein geeignetes Versteck, von dem aus sie das Geschehen im Haus im Auge behalten konnte.

Sie packte ihre Sachen zusammen, kletterte vom Felsen und zog ihre Schuhe an. Der Eingang war genau so, wie sie ihn in Erinnerung hatte. Sie duckte sich durch die Öffnung und lief zum hinteren Teil der Höhle. Dort schaltete sie ihre Taschenlampe ein, atmete tief durch und betrat den Tunnel, wobei sie sich mit einer Hand an der Wand abstützte, als wollte sie sich beruhigen. Nach einer gefühlten Ewigkeit erreichte sie die Fasskammer. Wie bei ihrem ersten Besuch spürte sie einen kühlen Luftzug und konnte in der Dunkelheit vage Umrisse ausmachen, sie war also auf dem richtigen Weg. Sie blieb nicht stehen, sondern eilte weiter zum nächsten Tunnelabschnitt, der steil nach oben führte. Der Aufstieg war mühsam, doch bald kam sie zu der Gabelung und gelangte schließlich zu den eisernen Sprossen, über die sie zu der Falltür gelangte.

Barbara warf sich den Rucksack über die Schultern, steckte ihre Taschenlampe in den Ärmel und kletterte die Leiter hoch. Zu ihrer Erleichterung war die Falltür immer noch unverschlossen; offensichtlich kam nur selten jemand in den Keller, sonst wäre es längst aufgefallen, dass sie nicht verriegelt war. Diesmal schaffte sie es, sie leise zu öffnen. Sie kletterte durch die Öffnung in den Keller, wobei sie darauf achtete, weiterhin keinen Lärm zu machen.

Sie schloss die Falltür und ging durch den nächsten Kellerraum zur Treppe. Oben angekommen, horchte sie an der Tür. Aus der Eingangshalle drang kein Geräusch an ihr Ohr. Sie zog die Haarnadel aus dem Haar und führte sie in das Schlüsselloch. Nach einigen erfolglosen Versuchen ließ sich der Schlüssel herausschieben und fiel klirrend zu Boden. Schnell zwängte Barbara die Hand unter dem Türspalt durch und zog ihn zu sich heran.

Als sie die verlassene Eingangshalle betrat, blieb sie stehen und überlegte, was sie als Nächstes tun sollte. Kein Geräusch deutete darauf hin, dass Miss Trout oder ihr

Neffe zu Hause waren. Vielleicht machten sie einen Spaziergang. Auf jeden Fall musste sie damit rechnen, dass sie bald zurückkehrten. Barbara beschloss, sich irgendwo im Flur zu verstecken, von wo aus sie sie bei ihrer Rückkehr sehen, und das Kommen und Gehen im Haus im Auge behalten konnte. Wenn dann die Nacht hereinbrach und alle im Bett waren - oder es zumindest sein sollten -, konnte sie sich ungehindert bewegen. Barbara sah sich nach einem geeigneten Versteck um. Das Einzige, das infrage kam, war ein großer, mit kunstvollen Schnitzereien verzierter Schrank aus dunklem Eichenholz, der zwischen den Türen zum Salon und zum Esszimmer stand. Sie öffnete vorsichtig die Schranktür. Wie erwartet verbargen sich dahinter lauter Mäntel, Stiefel und dergleichen, aber wenn sie sich ganz klein machte, war gerade noch genug Platz für sie.

Sie schob einen Regenschirm beiseite, schlängelte sich zwischen den Kleiderbügeln hindurch in eine Ecke und zog die Tür bis auf einen schmalen Spalt zu, sodass sie die Eingangshalle überblicken konnte. Dann richtete sie sich auf eine lange Wartezeit ein. Nach ein paar Minuten beschloss sie, sich zu setzen - schließlich musste sie möglicherweise stundenlang hier ausharren.

Unter einem Haufen Schuhe lag ein altes Kissen, das sie so leise wie möglich hervorholte. Sie setzte sich darauf, lehnte sich mit dem Rücken an einen alten Regenmantel und gähnte. Im Schrank war es warm und gemütlich und nach dem reichhaltigen Picknick war sie müde – kein Wunder, dachte sie, nachdem sie die halbe Nacht hinter den Dorseys hergejagt war. Die Detektivarbeit war anstrengend.

„Ich darf nicht einnicken", ermahnte sie sich und schlief auf der Stelle ein.

Kapitel Fünfundzwanzig

Mr Simpson hob die Augenbrauen.

„Clifford Maynard?“, wiederholte er zweifelnd.

„Ja. Finden Sie nicht, dass er viel besser zu der Rolle passt?“, sagte Angela. „Ich würde sagen, er ist cleverer als Dorsey und außerdem war er früher Schauspieler - Barbara und ich haben ihn sogar gewissermaßen bei der Arbeit gesehen.“

Sie erklärte ihm ihre Theorie, dass Clifford nicht nur die Geschichte von dem nächtlichen Überfall erfunden, sondern auch bei den angeblichen Wunden nachgeholfen hatte. Simpson war überrascht. Er strich sich nachdenklich über das Kinn.

„Ja, das passt sicherlich besser zu Valencourts Charakter“, räumte er schließlich ein, „wenn der Überfall tatsächlich fingiert war. Ich nehme an, Sie haben keinerlei Beweise?“

„Nein, nur einen starken Verdacht. Aber ich könnte mir vorstellen, dass wir einen Koffer voller Theaterschminke finden würden, wenn wir seine Sachen durchsuchen würden.“

„Und Miss Trout? Nimmt sie ihrem Neffen die Geschichte ab?“

„Ich frage mich, ob er wirklich ihr Neffe ist. Bei unserem ersten Besuch in Poldarrow Point erzählte uns Miss Trout, sie habe Clifford seit seiner Kindheit nicht mehr gesehen. Vor ein paar Wochen sei er unangekündigt aufgetaucht. Nun verändern Menschen ihr Äußeres im Laufe der Jahre bisweilen so sehr, dass man sie kaum wiedererkennt. Wie kann Miss Trout so sicher sein, dass er der ist, der er vorgibt zu sein? Was, wenn der Mann, der plötzlich in Poldarrow Point aufgekreuzt ist und behauptet, ihr Neffe zu sein, gar nicht Clifford Maynard ist, sondern Edgar Valencourt?“ Sie erwärmte sich allmählich für ihre Theorie. „Für einen Dieb, der es auf den Familienschatz abgesehen hat, wäre es die perfekte Möglichkeit, an das Schmuckstück heranzukommen. Er gibt sich Miss Trout gegenüber als ihr Neffe aus, nistet sich im Haus ein und kann mit seinen Komplizen Nacht für Nacht alle Räume durchsuchen, während sie schläft. Sobald er ihn gefunden hat, verschwindet er von der Bildfläche. Wenn Miss Trout zur Polizei geht, wird diese den echten Clifford Maynard aufspüren, der natürlich beweisen kann, dass er nicht einmal in der Nähe von Poldarrow Point war. Und Valencourt und die Dorseys sind längst über alle Berge.“

Simpson nickte zustimmend. „Das hört sich tatsächlich eher nach Valencourts Arbeitsweise an. An dem, was Sie sagen, ist etwas dran, Mrs Marchmont. Ich werde mir Maynard genau ansehen müssen - und auch die Dorseys.“

Er holte ein Notizbuch und einen Stift hervor und kritzelte etwas auf eine leere Seite. „Sobald wir wieder in Tregarrion sind, alarmiere ich Scotland Yard und setze ein paar Männer auf den Fall an. Wenn sie den echten Clifford Maynard ausfindig machen, hindert mich nichts daran, den falschen zu verhaften, weil er im Verdacht steht, Edgar Valencourt zu sein."

„Die arme Miss Trout", seufzte Angela. „Es wird ein furchtbarer Schock für sie sein, wenn sich herausstellt, dass ihr Neffe ein Hochstapler ist. Aber es ist besser, seine Intrige jetzt aufzudecken, als abzuwarten, bis Valencourt die Halskette findet und sie an sich nimmt." Dann fiel ihr etwas ein. „Das löst leider nicht das Problem mit der Pacht", fügte sie hinzu.

„Hat Miss Trout vor, die Kette zu veräußern, um das Haus zurückzukaufen?", fragte Simpson.

„Ich glaube schon", antwortete Angela, „aber selbst dann könnte es zu spät sein. Ich weiß nicht, wie lange solche Vorgänge dauern, aber ein paar Wochen könnten ins Land gehen, bis alle Formalitäten erledigt sind. Vielleicht verschafft ihr das Wiederauftauchen der Halskette einen Aufschub - vorausgesetzt, der Eigentümer des Anwesens ist bereit, es ihr zu verkaufen."

„Von dem Auffinden dieses Colliers scheint viel abzuhängen", bemerkte Simpson.

„Ja, das stimmt. Und trotzdem können wir nicht sicher sein, dass es überhaupt existiert. Der einzige Beweis könnte in einem alten Buch stehen und die entscheidende Seite fehlt -" Sie verstummte plötzlich und Simpson sah sie aufmerksam an.

„Sie meinen also, dass die fehlende Seite einen Hinweis auf das Versteck enthält?", fragte er.

„Warum wurde die Seite herausgerissen?", sagte Angela nachdenklich. „Das ist vor Kurzem passiert. Wer hat das getan, und warum?"

„Ich nehme an, dass derjenige, der sie herausgerissen hat, sie in aller Ruhe nach möglichen Hinweisen untersucht", sagte Simpson. „Oder er wollte sichergehen, dass niemand sonst das Versteck findet. Vermutlich enthält die

Seite zumindest die Bestätigung, dass sich die Halskette tatsächlich im Haus befindet."

Angela starrte ihn an, als ginge ihr gerade eine weitere Idee durch den Kopf.

„Das ist ja sehr interessant", sagte sie.

„Was ist sehr interessant?"

Angela schien ihn nicht zu hören. Sie starrte gedankenverloren aufs Meer hinaus, sammelte sich aber sogleich wieder und meinte: „Wir sollten uns lieber auf den Rückweg machen. Lassen Sie uns die Sachen einpacken."

Auf dem Weg zum Boot trug Simpson den Picknickkorb, der jetzt viel leichter war als auf der Hinfahrt. Gibbs begrüßte die beiden freundlich.

„Wohin jetzt?", fragte er.

„Zurück nach Tregarrion", sagte Simpson.

„Wird gemacht." Gibbs warf den Motor an und steuerte die *Miss Louise* vorsichtig durch die Mündung der Bucht hinaus auf die offene See. In der Zwischenzeit war der Wind stärker geworden, das Meer war jetzt viel kabbeliger als auf der Hinfahrt.

„Können wir das Segel setzen?", fragte Angela, drehte sich um und sah, dass Bill bereits an den Tauen zog.

„Eine Brise wie diese sollte man nicht ungenutzt lassen", sagte Gibbs, nahm seine Pfeife zur Hand und ließ sich gemütlich nieder.

Das Segel flatterte wie ein gigantischer Seevogel, als Bill es hochzog, dann blähte es sich auf und trieb das Boot schnell voran. Diesmal fuhren sie weiter hinaus aufs Meer und Angela musste erneut ihren Hut abnehmen, damit er nicht wegwehte. Zu spüren, wie der Wind an ihren Kleidern zerrte und ihr Haar umherpeitschte, war herrlich.

Über den Lärm hinweg konnten sie sich kaum unterhalten und so sagten sie nur wenig, bis sie die Landzunge von Poldarrow Point passiert hatten und die *Miss Louise* schließlich auf den Strand zuhielt. Im Schutz der Bucht ließ der Wind nach, Bill holte das Segel ein und sie tuckerten gemächlich Richtung Hafen.

Am Pier gingen sie von Bord, bedankten sich bei Mr Gibbs und Bill und verabschiedeten sich. Mr Simpson begleitete Angela nach Kittiwake Cottage.

„Vielen Dank für den schönen Nachmittag", sagte Angela. „Ich muss mich jetzt um meine Frisur kümmern - obwohl ich fürchte, dass meine Haarbürste damit überfordert sein wird."

Simpson lachte. „An Ihrer Frisur ist nichts auszusetzen. Mehr sage ich nicht, denn ich vermute, dass Sie nicht zu den Frauen gehören, die sich über Komplimente freuen."

„Ja, Sie haben recht", stimmte Angela zu, „Rufen Sie jetzt Scotland Yard an?"

„Ja, je eher meine Leute herausfinden, ob der Clifford Maynard, den wir kennen, tatsächlich der Neffe von Miss Trout ist oder nicht, desto besser."

„Und werden Sie mir das Ergebnis Ihrer Ermittlungen mitteilen?"

„Selbstverständlich", versprach er, lüpfte seinen Hut und ging davon.

Barbara war nicht da und Angela hatte Marthe den Nachmittag freigegeben, sodass das Haus leer und verlassen wirkte. Sie hatte gerade mit Bedauern festgestellt, dass es für einen Cocktail noch zu früh war, und suchte nach ihrem Buch, als es an der Tür klopfte. In der Annahme, es sei Barbara, öffnete sie und sah sich zu ihrer Überraschung Harriet Dorsey gegenüber.

„Hallo", sagte Mrs Dorsey und fügte mit etwas Verspätung ein Lächeln hinzu. „Darf ich reinkommen?"

„Natürlich", antwortete Angela ausgesucht höflich. Sie

ließ Harriet eintreten und führte sie ins Wohnzimmer. Harriet sah sich um, wählte den bequemsten Sessel und setzte sich.

„Lionel weiß, dass ich hier bin", begann sie abrupt. „Es war sogar seine Idee."

„Verstehe", log Angela, die keine Ahnung hatte, was ihre Besucherin meinte.

Harriet schien es nicht eilig zu haben, zur Sache zu kommen.

„Das ist ein hübsches Häuschen. Ich nehme an, sie hat es für Sie ausfindig gemacht?"

„Verzeihung, wen meinen Sie?"

„Miss Trout natürlich."

„Nein", sagte Angela, die allmählich überhaupt nichts mehr begriff. „Ich habe es von einer Dame in London gemietet."

Harriet sah sie überrascht an.

„Oh? Ich dachte, sie hätte alles arrangiert."

„Nein, ganz und gar nicht", erklärte Angela. „Ich war Miss Trout noch nie begegnet, bevor ich nach Tregarrion kam."

Harriet verzog das Gesicht und zuckte mit den Schultern.

„Na ja", sagte sie, „von mir aus können Sie bei der Geschichte bleiben."

„Wie meinen Sie das?"

„Das spielt doch keine Rolle", gab Harriet zurück. „Ich möchte Ihnen einen Vorschlag machen."

„Einen Vorschlag?"

„Ja. Es war nicht meine Idee", fuhr Harriet nach kurzem Schweigen fort. Sie verstummte erneut und Angela fragte sich, ob sie jemals den Grund ihres Besuchs erfahren würde.

„Was ist das für ein Vorschlag?", fragte sie.

„Sie haben in Poldarrow Point nach etwas gesucht“, sagte Harriet plötzlich. „Wir wissen von dieser Suche und wir wissen, was Sie suchen. Nun, wir suchen ebenfalls nach diesem Etwas, auf das Sie so erpicht sind. Wir haben schon vor Ihrem Auftauchen damit angefangen und haben es genauso wenig gefunden wie Sie. Der alte Mann weiß nichts, also müssen wir das Haus auseinandernehmen, bis wir es finden.“

Es hatte keinen Sinn, so zu tun, als wüsste sie nicht, wovon Harriet sprach, also sparte sich Angela die Mühe.

„Was schlagen Sie vor?“, fragte sie.

Harriet betrachtete ihre Fingernägel.

„Das Haus bei Nacht zu durchsuchen, ist schwierig, wegen des Lärms“, sagte sie. „Wir brauchen Zeit für eine ungestörte Suche.“

„Ja, das ist ein Problem“, sagte Angela.

„Welchen Anteil hat Ihnen die Trout angeboten, wenn Sie es finden?“, fragte Harriet plötzlich.

Endlich verstand Angela. Sie zögerte, dann schaute sie ihre Besucherin eindringlich an.

„An welchen Anteil haben *Sie* denn gedacht?“, lautete ihre Gegenfrage.

„Wir können Ihnen zehn Prozent anbieten“, sagte Harriet.

Angela tat so, als würde sie überlegen.

„Das ist ein beträchtlicher Anteil, aber nicht ganz so viel, wie ich mir erhofft hatte.“ Sie hielt den Atem an.

„Ich habe Lionel gesagt, dass Sie mehr wollen.“ Harriet nickte. „Es geht also nicht, oder?“

„Das habe ich nicht gesagt“, sagte Angela. „Ich muss eine Weile darüber nachdenken.“

Harriet erhob sich.

„In Ordnung“, sagte sie. „Machen Sie das. Aber

denken Sie nicht zu lange nach. Miss Trout muss das Haus bald räumen und dann ist Schluss mit der Suche."

„Also gut …" Angela begleitete Harriet zur Tür. „Ich werde Ihnen meine Entscheidung in Kürze mitteilen - aber in der Zwischenzeit schlage ich vor, Sie sprechen mit Ihrem Mann und bitten ihn, sein Angebot zu erhöhen. Ich habe allerlei Kosten zu bestreiten."

„Das glaube ich Ihnen gern", erwiderte Harriet und betrachtete Angelas maßgeschneidertes Segeloutfit mit einem Blick, in dem mehr als eine Spur von Neid lag. Ohne ein weiteres Wort verließ sie das Haus.

Angela schloss die Tür und lehnte sich mit dem Rücken dagegen, als wollte sie um jeden Preis verhindern, dass jemand hereinkam. Sie holte tief Luft.

„Was für eine Überraschung!", sagte sie.

Die Dorseys glaubten also, Miss Trout habe sie für die Suche nach dem Collier angeheuert. Sie waren tatsächlich überzeugt, dass Miss Trout sie aus London hergebeten und sie zu diesem Zweck in Kittiwake Cottage untergebracht hatte. Und jetzt wollten sie Angela offenbar bestechen, ihnen das kostbare Schmuckstück zu übergeben, wenn sie es fand! Es war unglaublich. Wusste Clifford Maynard davon? Harriet hatte erwähnt, der alte Mann wisse nichts - hatte sie Maynard damit gemeint? Man stelle sich vor, dass Clifford seiner Tante die Kette stehlen wollte, während die Dorseys planten, sie Clifford zu stehlen!

Angelas erster Gedanke war, Mr Simpson von der neuesten Entwicklung zu berichten, aber im Cottage gab es kein Telefon, sodass sie ihn im Hotel aufsuchen musste, wenn sie ihn sprechen wollte. Nach reiflicher Überlegung beschloss sie, die Sache auf den nächsten Tag zu verschieben: Er hatte gesagt, er würde noch heute Scotland Yard informieren, und bei Harriets seltsamem Angebot handelte es sich um keine allzu dringende Angelegenheit. Damit konnte sie gut bis morgen warten. Außerdem wollte sie nicht den Anschein erwecken, als liefe sie ihm hinterher. Sie würde es ihm morgen sagen und ihn fragen, wie sie sich verhalten sollte: Schließlich hatte sie Harriet mehr oder weniger signalisiert, dass sie sich auf ihren Vorschlag einlassen würde, aber sie konnte die Dorseys nicht lange mit einem Versprechen hinhalten.

Eine halbe Stunde später hörte Angela Marthe, die von ihrem freien Nachmittag zurückkehrte.

„Ah, *vous êtes de retour, madame*", sagte sie. „Hatten Sie ein schönes Picknick mit Ihrem klugen Freund?"

„Ja, danke, Marthe, es war sehr angenehm", erwiderte Angela.

„Er ist elegant, dieser Mann", sagte Marthe. „*Très charmant*. Er spricht wunderbar Französisch mit mir, wozu die meisten Engländer zu dumm sind. Sind Sie gerade erst zurückgekommen?"

„Nein, ich bin seit etwa einer Stunde wieder da", antwortete Angela, „und hatte kurz darauf einen merkwürdigen Besuch von einer Bekannten, nach dem ich mich irgendwie schmutzig fühle."

„*Madame?*"

„Es ist nicht wichtig", sagte Angela, „aber Sie könnten mir ein Bad einlassen. Vielleicht hilft das."

Während sie sich im warmen Wasser entspannte, dachte sie über die jüngsten Ereignisse nach. Es war ein Tag voller Überraschungen gewesen, angefangen von Barbaras nächtlichem Abenteuer bis hin zu dem höchst erstaunlichen Auftauchen von Harriet Dorsey. Obwohl sie sich nicht erklären konnte, warum, hatte Angela das Gefühl, den Schlüssel zu dem Geheimnis in Händen zu halten. Es war eine Frage der Perspektive: Aus dem richtigen Blickwinkel betrachtet, würde sich alles im Nu aufklären. Gesprächsfetzen gingen ihr durch den Kopf, wirbelten scheinbar zufällig umher und vermischten sich mit ihren eigenen Gedanken zu einem immer hektischeren Tanz. Sie lehnte sich zurück und versuchte, ihren Verstand ohne bewusste Einmischung arbeiten zu lassen. Die Erfahrung hatte sie gelehrt, dass Ideen dazu neigten, sich in Nichts aufzulösen, wenn man ihnen zu eifrig nachjagte.

Einige Zeit später setzte sich Angela seufzend auf. Das Wasser wurde allmählich kalt und sie war der Lösung keinen Schritt nähergekommen. Vielleicht fehlte ihr noch ein Puzzleteil. Oder vielleicht hinderte sie das heiße Wetter - oder etwas anderes – daran, klar zu denken. Nun, es hatte keinen Sinn. Sie würde die Antwort schon finden.

Sie hüllte sich in einen seidenen Morgenmantel und ging in ihr Schlafzimmer, wo Marthe damit beschäftigt war, ihre Sachen auszubürsten.

„Ich weiß, Sie werden schimpfen", sagte Angela, „aber ich habe heute irgendwie einen Ölfleck auf meinen Segelanzug bekommen. Meinen Sie, Sie kriegen ihn raus?"

Marthe schürzte die Lippen.

„Ich glaube schon, dass ich das kann, *Madame*", sagte sie, „aber morgen werden Sie ihn nicht anziehen können."

„Ach, das macht nichts. Ich ziehe das grüne Kleid an."

„Sie gehen also nicht wieder auf das Schiff?"

„Nein", antwortete Angela. „Ich hatte eigentlich daran gedacht, nach Penzance zu fahren. Ich würde mir gerne die Bibliothek ansehen."

„Ah." Marthe kannte Angelas Art nur zu gut und sagte nichts weiter.

„Haben Sie Barbara heute schon gesehen?", fragte Angela.

„Nein, sie ist kurz nach Ihnen ausgegangen, aber ich weiß nicht, wohin."

„Nicht, dass das unselige Kind wirklich nach Land's

End gelaufen ist", sagte Angela kopfschüttelnd. „Ich würde es ihr allerdings durchaus zutrauen."

„Es ist bald Zeit für das Abendessen", sagte Marthe. „Bestimmt kommt sie rechtzeitig zurück."

Aber Barbara erschien nicht.

Kapitel Sechsundzwanzig

Barbara fuhr erschrocken hoch und wusste im ersten Moment nicht, wo sie war. Dann erinnerte sie sich: Sie war in der Eingangshalle in Poldarrow Point. Sie ärgerte sich, weil sie eingeschlafen war. So etwas durfte einem Detektiv nicht passieren.

Was hatte sie geweckt? Waren Clifford und seine Tante zurückgekehrt? Sie spähte vorsichtig durch den Spalt, konnte aber nichts sehen. Der Schrank war vielleicht doch kein so gutes Versteck, wie sie ursprünglich gedacht hatte.

„Es hat keinen Sinn, dass ich hierbleibe", murmelte sie. „Wenn ich in einem Schrank festsitze, kann ich nicht sehen, was im Haus vor sich geht. Schon gar nicht, wenn ich dabei einschlafe!"

Sie stand mühsam auf, öffnete die Tür etwas weiter und sah sich in der Eingangshalle um. Es war niemand zu sehen. Leise trat sie aus dem Schrank und wäre beinahe vor Schreck gestorben, als plötzlich lautes Klicken und Surren ertönte. Barbara pochte das Herz bis zum Hals und sie war kurz davor, sich wieder in den Schrank zu flüchten, als das Surren verstummte und eine Uhr fünfmal schlug. Barbara atmete erleichtert auf.

Dann herrschte wieder Stille. Barbara spitzte die Ohren, hörte aber immer noch kein Lebenszeichen. Sie schlich zum Salon, dessen Tür einen Spalt breit offen stand. Als sie sie langsam aufschob, ertönte lautes Quietschen und Barbara biss sich wütend auf die Unterlippe. Wie dumm von ihr! Sie hätte daran denken müssen, dass die Scharniere geölt werden mussten - schließlich hatte Clifford am Morgen nach seinem angeblichen Überfall selbst davon gesprochen.

Sie rührte sich nicht vom Fleck, aber weiterhin war kein Geräusch zu hören. Sie nahm all ihren Mut zusammen und stieß die Tür weit auf. Wie sie vermutet hatte, war niemand im Raum. Sie warf einen kurzen Blick in alle anderen Zimmer im Erdgeschoss, fand jedoch auch dort niemanden vor. Die Bewohner von Poldarrow Point waren also noch unterwegs.

Sie kehrte in die Eingangshalle zurück und überlegte, was sie als Nächstes tun sollte. Es hatte keinen Sinn, in dem menschenleeren Haus die Zeit totzuschlagen. Aber - war es wirklich menschenleer? Was war das plötzlich für ein Geräusch? Sie hob den Kopf und ein Schauer durchfuhr sie, als sie das vertraute Wehklagen erkannte. Das war es wieder! Dasselbe Stöhnen und Wimmern, das sie vor einigen Tagen gehört hatte, als eine geisterhafte Gestalt im obersten Stockwerk erschienen war! Wie erstarrt stand sie da, wagte kaum zu atmen und erwog kurz, zur Haustür zu rennen und so schnell wie möglich zu verschwinden. Dann schnitt sie eine Grimasse und schüttelte sich.

Du solltest dich schämen, Barbara Wells, dachte sie. Was bist du doch für ein Feigling! Du weißt ganz genau, dass es keine Geister gibt. Das letzte Mal hast du dich ins Bockshorn jagen lassen, aber das passiert dir nur einmal.

Sie ging zum Fuß der Treppe und lauschte und dieses Mal hörte sie noch etwas ganz anderes. Es war eine Stimme, die sie wiedererkannte: eine Stimme, die normalerweise sanft und höflich klang. Jetzt war sie härter, wütender – und drohend und gefährlich. Sie schien jemandem Vorhaltungen zu machen.

„Aber das ist doch Clifford", murmelte Barbara. „Schikaniert er seine Tante? In dem Fall wäre ich wohl gezwungen, ihm eins auf den Kopf zu hauen."

Nun war wieder das Wimmern zu hören. Barbara eilte die Treppe hinauf. Offenbar kam sie gerade noch rechtzeitig, um Miss Trout vor dem schrecklichen Schicksal zu bewahren, das der heimtückische Clifford für sie vorgesehen hatte. Auf dem Treppenabsatz blieb sie stehen, um erneut zu lauschen, dann setzte sie den Fuß auf die unterste Stufe der nächsten Treppe.

„Nein, nein, nein", flehte eine Stimme, die ihr ebenfalls bekannt vorkam. Sie gehörte zu der gespenstischen Gestalt, die sie bei ihrem ersten heimlichen Besuch in Poldarrow Point gesehen hatte.

„Du alter Trottel", sagte Clifford. „Du meinst wohl, ich wüsste nicht, was du vorhast. Du kannst dich verstellen, wie du willst, aber mich kannst du nicht täuschen. Du weißt ganz genau, wo es ist - ich begreife nicht, warum du versuchst, es zu leugnen.

„Nein, nein, nein", wiederholte die Stimme.

Mit angehaltenem Atem schlich Barbara die nächste Treppe hinauf und spähte in alle Richtungen, immer bereit, notfalls um ihr Leben zu rennen. Ihre Augen weiteten sich bei dem Anblick, der sich ihr bot, denn dort stand genau die Gestalt, die sie neulich gesehen hatte. Nun erkannte sie, dass es keineswegs ein Gespenst war, sondern ein alter Mann in einem schäbigen Nachthemd. Er unternahm schwache Versuche, sich aus Cliffords Griff zu befreien, der ihn am Arm festhielt und zu einer offenen Tür am Ende des Ganges zerrte.

Irgendwie gelang es dem alten Mann, sich loszureißen. Er drehte sich um, als wolle er versuchen zu entkommen, doch Clifford packte ihn mit einer Hand und hob die andere, als wollte er zuschlagen. Der Mann wich wimmernd vor Angst zurück. Daraufhin ließ Clifford seine Hand langsam sinken und schnaubte verächtlich.

„Wenn du noch einmal einen so miesen Trick versuchst, werde ich dir zeigen, dass ich es ernst meine", drohte er.

„Bitte, Sir", flehte der alte Mann, „ich weiß nichts. Bitte bringen Sie mich wieder nach Hause. Ich möchte nach Hause."

„Das ist dein Zuhause, du alter Schurke", schnauzte Clifford. „Erinnerst du dich nicht? Nein, natürlich nicht. Jedenfalls behauptest du, du würdest dich nicht erinnern. Du hast den Verstand verloren und alles vergessen, nicht wahr? Als wüsste ich nicht, dass du dich verstellst. Eines Tages wirst du dich verplappern und dann krieg ich dich, das verspreche ich dir. Und jetzt geh zurück in dein Zimmer. Ich habe dir schon einmal gesagt, dass du nicht hier oben herumtreiben sollst."

Clifford zeigte keine Spur mehr von dem höflichen und freundlichen Mr Maynard, mit dem sie Tee getrunken hatten. In diesem Moment bekam Barbara Angst. Zum ersten Mal wurde ihr klar, dass die ganze Sache eine Nummer zu groß war für ein junges Mädchen wie sie.

Sie hatte sich mit Begeisterung in die Schatzsuche gestürzt – gab es ein harmloseres Vergnügen, als nach einer verschwundenen Halskette zu suchen und einer netten alten Dame zu helfen? Aber jetzt war es kein harmloses Vergnügen mehr – es war etwas, das sie nicht ganz verstand. Dass Clifford Maynard nichts Gutes im Schilde führte, stand fest, aber wer war dieser alte Mann? Und warum wurde er hier im Haus festgehalten, vermutlich gegen seinen Willen? Wusste er, wo die Halskette war? Clifford schien das zu glauben.

Barbara sah zu, wie er seinen Gefangenen den Gang entlang zu einer offenen Tür zog. Sie erwartete, dass er den alten Mann in das Zimmer stoßen und dann sofort wieder herauskommen und nach unten gehen würde, und bereitete sich auf ihre Flucht vor, aber zu ihrer Überraschung vergingen mehrere Minuten, ohne dass Clifford auftauchte. Sie wartete noch eine Weile, dann nahm sie ihren Mut zusammen, trat hinter dem Geländerpfosten hervor und lief lautlos bis zum Ende des Flurs. Die Tür stand weiterhin offen und sie warf einen vorsichtigen Blick hinein.

Da es sich vermutlich um die alten Dienstbotenzimmer handelte, hatte sie sich ein karges Zimmer mit einem Bett und einem Nachttopf vorgestellt. Stattdessen stand sie in einem weiteren schmalen Gang, etwa drei Meter lang, mit einem winzigen Fenster am Ende. In der linken Wand, neben dem Fenster, befand sich eine weitere Tür, die ebenfalls offen stand.

Verwundert lief Barbara zu dieser zweiten Tür und sah, dass sie zu einer steilen, schmalen Treppe führte, die parallel zum Flur im zweiten Stock verlief und im Dunkel endete.

Sie glaubte, Cliffords Stimme zu hören, der seine Schimpfkanonade irgendwo da vorne fortsetzte. Sie zögerte. Sollte sie ihm folgen? Was, wenn Clifford in diese Richtung zurückkam? Hier gab es nirgendwo ein Versteck, er würde sie unweigerlich erwischen.

In diesem Moment verließ sie fast der Mut, und beinahe hätte sie sich umgedreht und wäre aus dem Haus gerannt, doch dann dachte sie an die Furcht im Gesicht des alten Mannes, als Clifford die Hand gegen ihn erhoben hatte, und sie biss entschlossen die Zähne zusammen.

Auf meinem Grabstein soll jedenfalls nicht „Feigling" stehen, dachte sie, während sie mit einem mulmigen Gefühl in die Dunkelheit vordrang.

Sie tastete sich vorsichtig die schmale Treppe hinunter und ließ sich dabei von dem schwachen Licht leiten, das von irgendwoher kam. Sie wagte es nicht, ihre Taschenlampe einzuschalten, um Clifford nicht durch den Lichtstrahl auf sich aufmerksam zu machen. Die Treppe endete an einer weiteren offenen Tür. Dahinter sah Barbara eine winzige Kammer mit getäfelten Wänden, aber ohne Fenster, in der nur ein großer Sessel und ein Tisch standen.

Es war ein düsterer Raum, nur durch eine weitere Tür in der hinteren Wand drang ein wenig Licht herein. Sie war leicht angelehnt, sodass sie die Stimmen der beiden Männer deutlich hören konnte – Cliffords klang laut und herrisch, die des alten Mannes leise und ängstlich.

„Du meinst, du könntest uns hinhalten", donnerte Clifford, „aber das wird nicht funktionieren, hörst du?"

„Oh, lieber Gott, lieber Gott, vergib uns unsere Sünden, denn wir, die wir auf der Erde wandeln, sind nicht würdig, in das Himmelreich einzugehen", murmelte der Gefangene.

„Das reicht jetzt! Erzähl mir nicht, dass du auf deine alten Tage zum Glauben gefunden hast, denn das nehme ich dir nicht ab."

„Glückselig sind die Sanftmütigen, denn sie werden die Erde erben", wimmerte der alte Mann. „Selig sind die, die hungern und dürsten -"

„Schluss jetzt! Hör auf!"

In die nachfolgende Stille sprach Clifford in einem ruhigeren Tonfall.

„Jetzt hör mir zu", sagte er. „Sei vernünftig. Wir haben

nur noch ein paar Tage Zeit, bis wir das Haus verlassen müssen - wir alle, auch du. Und wenn wir erst einmal draußen sind, haben wir kaum eine Chance, wieder reinzukommen. Ich weiß, dass es hier ist, und ich weiß, dass du weißt, wo es ist. Du willst es mir nicht sagen, aber warum nicht, hm? Du hast es seit dreißig Jahren und was hat es dir je genützt? Gar nichts. Du hast dich die ganze Zeit hier unten vergraben und das Haus verkommen lassen, und wofür? Nur um deine eigene Familie um das zu betrügen, was ihr von Rechts wegen zusteht. Nun, du konntest dich nicht ewig verstecken und es war dein Pech, dass wir dich nach all der Zeit gefunden haben. Jetzt haben wir dich erwischt, also kannst du genauso gut die Wahrheit sagen, sonst ist es aus – für uns alle."

„Ich habe das Haus nicht verfallen lassen", murmelte der alte Mann. „Zumindest nicht, bis du mich eingesperrt hast. Ich habe den Garten gepflegt, wirklich."

„Oho, du kannst also vernünftig reden, wenn es dir passt", sagte Clifford. „Also, sagst du mir nun, wo es ist oder nicht?"

„Rosie hat es", erwiderte der alte Mann mit einem boshaften Kichern.

Clifford schnalzte ungeduldig mit der Zunge.

„Warum sagst du das immer wieder?", fragte er. „Du weißt genau, dass sie es nicht hat. Sie weiß auch nicht, wo es ist - da bin ich mir sicher."

Der alte Mann kicherte wieder und begann mit dünner, zittriger Stimme ein Kinderlied von Rosen und grünem Gras zu singen. Clifford gab angewidert auf.

„Es hat keinen Sinn, mit dir zu reden, nicht wahr? Ich gehe jetzt, und dieses Mal werde ich nicht vergessen, die Tür abzuschließen. Bilde dir also nicht ein, dass du entwischen kannst."

Rasche Schritte näherten sich. Blitzschnell duckte sich

Barbara hinter den Sessel, während ihr das Herz bis zum Hals klopfte, so groß war ihre Angst, entdeckt zu werden. Clifford durchquerte wütend das Zimmer, ohne einen Blick zur Seite zu werfen. Sie hörte ihn die schmale Treppe hochsteigen, dann schlug die Tür zu und ein Schlüssel drehte sich im Schloss.

Sie saß in der Falle.

Kapitel Siebenundzwanzig

Barbara kam vorsichtig hinter dem Sessel hervor und
überlegte, was sie als Nächstes tun sollte. Vermutlich hatte
sie zwei Möglichkeiten: Sie konnte sich in diesem Zimmer
hinter den Sessel kauern und warten, bis Clifford mit dem
Essen für den Gefangenen auftauchte, was vermutlich
früher oder später der Fall sein würde. Oder sie konnte ins
Nebenzimmer gehen und den alten Mann durch ihr plötz-
liches Auftauchen entweder zu Tode erschrecken oder
riskieren, dass er sie an Clifford verriet, wenn er zurückkehrte. Keine der beiden Alternativen erschien ihr besonders verlockend.

Tief in Gedanken versunken trommelte sie mit den
Fingern auf ihr Kinn, dann blickte sie auf und unter-
drückte einen Schrei, denn da stand der alte Mann in der
Tür und beobachtete sie neugierig. Als er sah, dass sie ihn
bemerkt hatte, trat er ganz in das Zimmer.

„Hat man Sie geschickt?", fragte er misstrauisch.

„Niemand hat mich geschickt", antwortete Barbara.
„Ich habe den Weg hierher selbst gefunden."

„Was willst du?"

„Um ganz ehrlich zu sein“, sagte Barbara, „habe ich Hunger. Es ist ewig her, dass ich zu Mittag gegessen habe, und das war alles an Proviant, was ich bei mir hatte. Ziemlich dumm von mir, wenn ich so darüber nachdenke.“

Der alte Mann grinste schelmisch und winkte ihr, ihm nach nebenan zu folgen.

„Du liebe Güte!“, rief sie aus. „Wo sind wir hier?“

Sie schaute sich um. Das Zimmer war mittelgroß und wirkte nicht ungemütlich mit einem Bett, zwei Sesseln, einem kleinen Tisch und einem Regal mit Büchern. Auf dem Boden lag ein abgenutzter Teppich und in der Ecke stand ein altmodischer Waschtisch. Ein kleines Fenster gab den Blick auf den Garten und die Klippen frei. Die Scheiben waren mit Fingerabdrücken übersät, als hätte jemand viel Zeit damit verbracht, die Hände dagegenzupressen und nach draußen zu schauen. Doch obwohl das Zimmer recht behaglich aussah, hatte es etwas Merkwürdiges an sich, das Barbara nur schwer definieren konnte. Sie sah sich einen Moment lang verwirrt um, dann begriff sie: Außer der Tür, durch die sie gerade gekommen war, gab es keinen Ein- oder Ausgang.

Das war seltsam: Sie war eine Treppe hinuntergestiegen, also befand sie sich jetzt im ersten Stock. Aber warum gab es dann keine Tür, die auf den Treppenabsatz hinausführte? Plötzlich erinnerte sie sich an etwas, was Angela gesagt hatte, als sie das Schlafzimmer von Prediger Dick durchsucht hatten: Ihr war aufgefallen, dass der Raum kleiner war, als man erwarten konnte, da die Tür zum nächsten Schlafzimmer am Ende des Ganges lag. War dies ein geheimes Zimmer, das zwischen zwei anderen Räumen lag?

„Keine Tür“, sagte der alte Mann, als hätte er ihre Gedanken erraten. Er deutet auf die Wand hinter dem

Bett, wie um zu zeigen, dass es keinen Weg nach draußen gab.

„Nein, keine Tür", stimmte Barbara zu. „Warum ist das so gebaut worden?"

Der Mann zuckte mit den Schultern. „Wer weiß?", sagte er. „Sie waren Schmuggler, sie brauchten ihre kleinen Verstecke, für den Fall, dass die Zollbeamten kamen. Hier."

Er ging zum Bücherregal, wo eine Schale mit Obst stand, das schon nicht mehr ganz frisch war, und reichte ihr einen Apfel.

„Danke", sagte Barbara höflich und biss zögernd hinein. „Ich bin Barbara Wells." Sie wusste nicht, was sie sonst sagen sollte.

„Barbara Wells, ja?", sagte der alte Mann. „Und was machst du hier?"

„Ich bin gekommen, weil ich Clifford, Mr Maynard, nicht traue", antwortete sie mutig. „Ich nehme an, dass er versucht, etwas zu stehlen, das ihm nicht gehört. Und nach dem, was ich gerade gehört habe, glaube ich, dass ich recht habe."

„Ach, wirklich?" Der Mann schaute sie listig an. „Und was könnte dieses ‚Etwas' sein, das er deiner Meinung nach stehlen will?"

„Ich glaube, Sie wissen sehr gut, was es ist", erwiderte Barbara.

„Manchmal weiß ich es", sagte der alte Mann traurig, „aber mein Verstand ist nicht mehr so, wie er mal war. Ich vergesse Dinge, weißt du. Ich bin nicht mehr jung und meine Gedanken schweifen ab."

„Das tut mir leid. Könnte es sein, dass sie besonders weit schweifen, wenn Clifford Sie anbrüllt?"

Der alte Mann warf ihr erneut einen Blick zu.

„Kann sein", kicherte er.

„Ich versuche, die Halskette zu finden, bevor Clifford es tut“, sagte Barbara. „Ich will nicht, dass er sie bekommt. Ich glaube, er ist ein schrecklicher Mensch.“

„Ah! Das Collier“, grinste er. „Rosie hat es.“

„Das haben Sie schon mal gesagt. Wer ist Rosie?“

Er hob die Hände zum Himmel.

„‚Jubeln werden die Wüste und das trockene Land, jauchzen wird die Steppe und blühen wie die Rose‘“, sagte er.

Barbara seufzte. Der Mann war offensichtlich hoffnungslos verkalkt, trotz gelegentlicher klarer Momente. Er wurde hier festgehalten, weil er wusste, wo sich die Halskette befand, und Clifford hoffte vermutlich, dass er sich eines Tages daran erinnern und ihm das Versteck verraten würde. Allerdings glaubte sie, dass es sinnlos war, ihn zu drängen: In seinen verwirrten Phasen konnte er es nicht sagen, und in seinen klaren Augenblicken wollte er es nicht sagen. Wenn sie sich mit ihm anfreundete, würde sie vielleicht Erfolg haben.

Sie setzte sich auf einen Sessel und biss von ihrem Apfel ab.

„Wie lange sind Sie schon hier?“, fragte sie im Plauderton.

„Hier? Oder hier?“, fragte er.

„Wie bitte?“

„Wenn Sie hier meinen, dann dreißig Jahre oder mehr. Aber wenn Sie hier meinen, dann ist das viel zu lange. Welchen Monat haben wir jetzt?“

„Juli“, sagte Barbara.

„Seit vielen Monaten“, sagte der alte Mann traurig. „Sie haben allen gesagt, ich sei tot. Und ich könnte genauso gut tot sein. Sieh dir doch nur an, was sie mit meinem Garten angestellt haben! Es bricht mir das Herz!“

Plötzlich begriff Barbara.

„Sie sind Jeremiah Trout!", rief sie überrascht.

„So hat man mich hier genannt", nickte Jeremiah. „Ich war glücklich, weißt du - glücklich mit meinem Haus und meinem Garten. Ich kam her und es war ein so schöner Ort, dass ich beschloss, mich hierher zurückzuziehen. Aber dann haben sie mich gefunden und wollten sich nehmen, was ihnen nicht gehört." Er verstummte, blickte dann verwirrt auf und fragte: „Wer sind Sie? Was machen Sie hier?"

„Ich bin Barbara Wells", sagte Barbara. „Ich mache hier Ferien. Ich wohne in Kittiwake Cottage. Kennen Sie es?"

„Kittiwake Cottage", wiederholte Jeremiah. „Ich kannte mal einen Ort in Cornwall, der hieß Kittiwake Cottage. Richtung Tregarrion. Kennen Sie ihn?"

„Ja", sagte Barbara geduldig. „Ich wohne dort mit meiner Patentante, Angela Marchmont. Sie ist eine berühmte Detektivin."

„Eine berühmte Detektivin, wie? Mein halbes Leben lang bin ich vor Detektiven weggelaufen. Was für Geschichten ich erzählen könnte!" Er sah sie verschmitzt an. „Es gibt eine Sache, die sie alle gerne finden würden, aber das werden sie nicht. Ich werde sie nicht lassen."

„Wenn man es finden würde, könnten Sie es verkaufen und für immer in diesem Haus wohnen bleiben", erklärte Barbara. „Der Pachtvertrag für Poldarrow Point läuft in ein paar Tagen aus, und dann müssen Sie ausziehen."

„Der Pachtvertrag?", sagte Jeremiah. Langsam ging ihm ein Licht auf. „Ich erinnere mich, dass sie mir etwas von einem Pachtvertrag erzählt haben. Das ist schon lange her, nicht wahr? Ich bin schon dreißig Jahre oder länger hier, wissen Sie."

„Ja, aber Sie werden nicht mehr lange hier sein, es sei denn, die Halskette wird gefunden."

„Dann nehmen sie sie mir weg und ich habe nichts mehr", rief er verzweifelt.

„Ich weiß", sagte Barbara. „Clifford und seine Kumpane suchen jede Nacht danach. Sie wollen Ihnen und Ihrer Schwester das Collier wegnehmen."

„Meine Schwester? Wer ist das?"

„Miss Trout - Emily."

Der alte Mann brach in schallendes Gelächter aus.

„Emily! Emily!", rief er. „Das ist ein guter Witz, ehrlich."

Barbara seufzte insgeheim. Sich mit Jeremiah Trout zu unterhalten, war ein mühsames Unterfangen.

„Aber Angela und ich haben auch danach gesucht", erklärte sie. „Wir haben das ganze Haus abgesucht. Langsam glaube ich, dass es gar nicht hier ist."

Sie sah ihn von der Seite an und er nickte.

„Du hast recht", sagte er. „Es ist nicht hier."

„Wo ist es dann?"

„Rosie hat es", antwortete er.

„Ja, aber wer ist Rosie?"

Er starrte sie ausdruckslos an und winkte dann mit einer Hand.

„Hier ist es schön, nicht wahr? Ich wohne schon dreißig Jahre oder länger hier."

„Ja", sagte Barbara. „Das habe ich inzwischen begriffen."

Sie stand auf und ging im Zimmer umher. Jeremiah Trout war also doch noch am Leben und er wurde in seinem eigenen Haus gefangen gehalten, bis er das Versteck der Halskette preisgab. Er musste sie vor Jahren gefunden und an einen sicheren Ort gebracht haben. Aber warum hatte er sie nicht sofort verkauft? Dann hätte er für den Rest seines Lebens bequem leben und sein hinterlistiger Neffe hätte ihm nichts anhaben können.

Cliffords Gerissenheit kannte offenbar keine Grenzen. Er hatte es irgendwie geschafft, Jeremiah monatelang vor Miss Trout zu verbergen. Die Arme - sie dachte, ihr Bruder sei tot. Was für ein grausames Spiel, das er mit einer wehrlosen alten Frau spielte! Und Jeremiah – angesichts von so viel Heimtücke verschlug es ihr die Sprache. Wie konnte ein Mann seinen senilen alten Onkel monatelang gefangen halten? Sie erinnerte sich an das Poltern, das sie ein- oder zweimal im Haus gehört hatten. Clifford hatte behauptet, es sei ein loser Fensterladen gewesen, aber es konnte niemand anderes als Jeremiah gewesen sein, der versuchte, Aufmerksamkeit zu erregen.

Es gab nur einen Ausweg: Sie musste den hilflosen Mann irgendwie aus seiner Gefangenschaft befreien, und zwar bald. Ihr gingen die verschiedenen Möglichkeiten durch den Kopf. Über ihre eigene Flucht machte sie sich keine Gedanken - das wäre ein Kinderspiel. Sie musste nur ihren ursprünglichen Plan in die Tat umsetzen, im anderen Zimmer zu warten, bis Clifford mit dem Essen kam, und dann leise die Treppe hinauf und aus dem Haus zu schleichen, während er mit Jeremiah beschäftigt war. Aber für sie beide funktionierte das nicht - Clifford würde sofort merken, dass Jeremiah verschwunden war, und die Verfolgung aufnehmen.

„Mr Trout", sagte sie plötzlich. „Wie sind Sie heute aus diesem Zimmer herausgekommen? Clifford hat Sie oben herumirren sehen. Wie haben Sie das geschafft?"

Jeremiah verzog mürrisch das Gesicht.

„Manchmal vergisst er, die Tür abzuschließen, also gehe ich spazieren. Aber nicht sehr oft. Heute wird das nicht noch einmal vorkommen."

Das hatte Barbara schon befürchtet. Sie überlegte eine Weile. Vielleicht wäre es besser, allein zu fliehen und dann mit Verstärkung zurückzukommen, um Jeremiah zu retten. Ja, das war wahrscheinlich der beste Plan.

Sie schlich sich in das kleine Vorzimmer und hockte sich hinter den Sessel, um auf Cliffords Ankunft zu warten. Jeremiah hatte das Interesse an ihr verloren und starrte aus dem Fenster auf seinen Garten. Er schien sie völlig vergessen zu haben und sah nicht einmal auf, als sie hinausging.

Eine Stunde verging, dann noch eine. Barbara gähnte und streckte sich ein wenig. Sie war furchtbar steif. Bestimmt muss bald jemand mit dem Essen kommen?

In diesem Moment kam Jeremiah herein und ging durch die andere Tür hinaus. Sie hörte ihn steifbeinig die Treppe hinaufstapfen. Was hatte er vor? War es ein weiterer Fluchtversuch? Dann kam er die Treppe wieder herunter. Sie hörte das Klappern von Tassen und Tellern und zu Barbaras Entsetzen erschien er mit einem Tablett mit Speisen und Getränken. Jemand muss es oben auf der Treppe abgestellt haben, ohne herunterzukommen. Jeremiah ging zurück in sein Schlafzimmer und Barbara richtete sich verärgert auf. War das die übliche Vorgehensweise? Ließen sie sein Essen immer oben auf der Treppe stehen? Barbara dämmerte, dass sie in diesem Fall tagelang hier eingesperrt sein würde, bevor ihr die Flucht gelang. Sie rannte die Treppe hinauf und rüttelte an der Tür. Sie war verschlossen. Clifford war verschwunden und sie hatte ihre Chance verpasst.

Ihr knurrte der Magen. Es war längst Abendbrotzeit und sie spielte kurz mit dem Gedanken, Jeremiah etwas von seiner Ration abzubetteln, entschied sich aber dagegen. Sie war sich jedoch sicher, dass er ihr ein weiteres Stück Obst nicht abschlagen würde. Sie schlenderte zurück ins Schlafzimmer, wo der alte Mann sich das Essen genüsslich mit dem Messer in den Mund schob.

„Hallo", sagte er. „Du bist wieder da."

„Ja. Hätten Sie etwas dagegen, wenn ich noch einen Apfel nähme?"

„Bedien dich." Er aß weiter.

Barbara verspeiste den Apfel. Das Loch in ihrem Magen zeigte sich davon wenig beeindruckt und sie blickte neidisch auf Jeremiahs Tablett.

„Ich bin hierhergekommen, um Sie zu retten", sagte sie. „Ich dachte, Sie würden gerne nach draußen gehen."

„Ja, es ist höchste Zeit", sagte Jeremiah. „Ich muss mich um den Garten kümmern."

„Aber der einzige Weg nach draußen führt über diese Treppe", fuhr sie fort, „und die Tür oben ist verschlossen. Wie oft kommt Clifford her?"

„Clifford?", fragte Jeremiah. „Den habe ich schon seit Wochen nicht mehr gesehen. Er lässt mich ganz allein."

„Nein, tut er nicht", widersprach Barbara. „Sie haben ihn vor ein paar Stunden gesehen. Kommt er denn jeden Tag hierher? Oder lässt er das Essen immer oben an der Treppe stehen?"

„Ich weiß es nicht, ich habe ihn seit Wochen nicht mehr gesehen", wiederholte Mr Trout.

Eine vernünftige Unterhaltung war mit ihm nicht möglich, also gab Barbara es auf. Sie ging zum Bücherregal, nahm ein Buch in die Hand und begann, darin zu blättern.

„Du irrst dich, das ist nicht der einzige Ausweg", sagte Jeremiah hinter ihr.

Barbara wirbelte herum.

„Wie meinen Sie das?"

„Es gibt noch eine andere Tür oder etwa nicht?"

„Wo?"

„Ich zeige sie dir, wenn ich fertig bin."

Sie wartete mit kaum verhohlener Ungeduld, bis er sich satt gegessen hatte.

„Komm mit“, sagte er schließlich, erhob sich mühsam und führte sie in das schummrige Vorzimmer. „Hier drin kann man nichts sehen.“

Barbara kramte in ihrem Rucksack.

„Ich habe eine Taschenlampe.“ Sie schaltete sie ein und der Lichtstrahl erhellte die getäfelten Wände. Sie ließ ihn hin- und hergleiten, auf der Suche nach einem Spalt oder irgendetwas, das auf eine Tür hindeutete.

„Halt das Ding still, ja?“, verlangte Jeremiah. „Leuchte hierhin.“

Er deutete auf eine Stelle hinter dem Sessel.

„Da“, sagte er.

Barbara beugte sich vor und betrachtete die Wand eingehend, aber sie sah nur ein Stück Vertäfelung, das sich durch nichts vom Rest der Wandverkleidung unterschied.

„Ich kann nichts erkennen.“

„Aha“, sagte Jeremiah. „Das liegt daran, dass es versteckt ist.“

Er legte die Hand auf einen kleinen geschnitzten Löwenkopf. Zu Barbaras Überraschung glitt das Ornament leicht zur Seite und darunter befand sich ein Schlüsselloch.

„Siehst du?“, sagte Jeremiahs triumphierend.

Kapitel Achtundzwanzig

Barbara starrte auf das Schlüsselloch.

„Wohin geht es hinter dieser Tür?", fragte sie.

„In den Keller, soweit ich gehört habe", sagte Jeremiah Trout.

„Sind Sie noch nie hindurchgegangen?"

„Natürlich nicht", sagte Jeremiah. „Ich habe ja keinen Schlüssel."

„Wer hat ihn denn?"

„Niemand. Er ist seit Jahren verschwunden, wenn ich richtig informiert bin."

Barbara hätte sich vor lauter Frustration die Haare ausreißen können. Wie sollten sie jemals wieder hier herauskommen? Sie ging zurück ins Schlafzimmer und starrte angestrengt aus dem Fenster. Natürlich - das Fenster! Sie befanden sich etwa zehn Meter über dem Boden, aber vielleicht gab es ein Regenrohr, an dem sie hinunterklettern konnte. Sie zog an dem Fensterriegel. Nichts geschah. Sie zerrte mit aller Kraft, aber es war zwecklos: Das Ding saß fest.

Sie stieß etwas aus, das man gut und gerne als Knurren hätte bezeichnen können, und schob mürrisch die Hände in die Taschen. Dabei berührte ihre rechte Hand etwas Hartes, das sie nicht identifizieren konnte. Sie holte es heraus und stellte fest, dass es der Schlüssel war, den sie neulich in dem Geheimfach im Esszimmer gefunden hatten. Sie hatte ihn sich von Angela geben lassen, um ihn sich genauer anzusehen, und danach musste sie ihn in die Tasche gesteckt haben, wo er nun seit Tagen gelegen hatte. Barbaras Herz machte einen Satz, aber sie zwang sich, ruhig zu bleiben. Es wäre ein zu großer Zufall, wenn dies ausgerechnet der Schlüssel wäre, den sie brauchten! Es konnte immerhin nicht schaden, es zu versuchen. Sie kehrte in das Vorzimmer zurück, wo sich Jeremiah mit leerem Blick umsah.

„Probieren wir den mal", sagte Barbara – und er passte perfekt. Sie hätte vor Freude Luftsprünge machen können, begnügte sich aber damit, begeistert in die Hände zu klatschen. Mit etwas Mühe ließ sich der Schlüssel drehen, die Tür schwang nach innen auf und gab den Blick auf eine weitere Treppe frei, die in unergründliches Dunkel führte.

„Na, das ist ja ein Ding", bemerkte Jeremiah.

Barbara wandte sich zu ihm um.

„Ich sehe nach, wohin die Treppe führt", erklärte sie, „und wenn man auf diese Weise aus dem Haus kommt, hole ich Sie. Sie bleiben erst einmal hier. Ich bin bald wieder da."

„In Ordnung", sagte Jeremiah und schlurfte in sein Schlafzimmer zurück.

Barbara schaltete ihre Taschenlampe ein und tastete sich Stufe für Stufe in die Tiefe. Die Treppe erschien ihr sehr lang, aber schließlich kam sie in einer Kammer an, die wie ein Keller aussah. Sie leuchtete mit der Taschenlampe an den Wänden entlang. Der Raum war in sich abgeschlossen und offenbar nicht mit den anderen Kellern verbunden. War die Treppe der einzige Weg aus diesem Verlies? Der Lichtstrahl der Taschenlampe suchte erst Wände und Decke und schließlich den Boden ab, wo er abrupt stoppte, als Barbara eine Falltür entdeckte, ähnlich wie die in dem anderen Keller. Sie war mit Staub bedeckt und offensichtlich seit vielen Jahren nicht mehr benutzt worden. War dies der Zugang zu einem weiteren Schmugglertunnel? Hoffentlich!

Barbara ließ sich auf die Knie fallen und zog an der Abdeckung, an der kein Ring befestigt war. Plötzlich gab sie nach und es kam ihr vor, als würde eine dicke Staubschicht in die Luft gewirbelt. Mit einem erstickten Aufschrei sprang sie zurück und hustete und nieste, bis ihr die Augen tränten.

Schließlich beruhigte sie sich, klopfte sich den Staub ab, so gut es ging, und wischte sich die Augen trocken. Sie richtete den Strahl der Taschenlampe in das Loch und erkannte eiserne Sprossen, die genau so in den Fels eingelassen waren wie in dem anderen Tunnel. Mit vor Aufregung klopfendem Herzen schob sie die Taschenlampe in den Ärmel und ließ sich langsam in das Loch hinab, wobei sie mit den Füßen nach der obersten Sprosse tastete.

Sie stieg etwa drei Meter hinunter und fand sich in einem Tunnel wieder, der dem anderen nicht unähnlich war. Auch er fiel steil ab, und als sie ihm folgte, gelangte sie nach einigen Wegbiegungen plötzlich an ein unüberwindliches Hindernis – der Gang vor ihr war nach einem Felssturz versperrt. Ihre Enttäuschung war groß. Wie ärgerlich! Nun war sie so weit gekommen und musste unverrichteter Dinge umkehren!

Sie betrachete den Geröllhaufen genauer. Er sah gar nicht so schlimm aus wie sie im ersten Moment gedacht hatte. Vor allem die oben liegenden Steine ließen sich mit wenig Mühe abtragen. Sie machte sich seufzend an die Arbeit und entfernte einen Stein nach dem anderen, wobei sie darauf achtete, dass nicht alles über ihr zusammenbrach.

Nach etwa einer Stunde trat sie zurück, um ihr Werk zu begutachten, und stellte fest, dass sie gut vorangekommen war. Fünf Minuten später atmete sie erleichtert auf, als sie einen besonders dicken Brocken herauszog und sah, dass der Durchbruch geschafft war. Sie konnte mit der Taschenlampe auf die andere Seite des Hindernisses leuchten.

Mit neuer Energie machte sie sich daran, weitere Steine wegzuräumen, und nach einer halben Stunde war das Loch groß genug, als dass ein Mann sich hindurchschieben konnte. Sie kletterte auf die andere Seite und erkannte sofort, wo sie war. Der Gang, in dem sie sich befand, führte zu der Weggabelung, von der der Schmugglertunnel abzweigte. Dorthin führte also der Weg jenseits des Gerölls - in den verborgenen Keller und in das geheime Zimmer!

Jetzt musste sie nur noch zurückgehen und Jeremiah holen, dann waren sie bald frei. Barbara setzte sich auf einen Brocken, um sich eine Weile auszuruhen, und kletterte dann in den Geheimraum zurück. An der Tür in der Wandtäfelung, die in das Vorzimmer führte, blieb sie stehen und lauschte, aber es war nichts zu hören. Sie klopfte vorsichtig an die Schlafzimmertür.

Jeremiah Trout saß auf einem Sessel, ein aufgeschlagenes Buch auf dem Schoß, und döste vor sich hin.

„Mr Trout", sagte sie, „ich bin gekommen, um Sie zu holen."

Seine Augen öffneten sich langsam, und er betrachtete sie ohne Begeisterung.

„Ich kenne Sie doch, nicht wahr?"

„Ja, ich bin Barbara", sagte Barbara. „Ich habe einen Weg aus dem Haus gefunden. Wollen Sie nicht nach draußen?"

„Du bist ganz schmutzig."

Barbara sah an sich hinunter. Er hatte recht: Ihre Hände und ihre Kleider waren fast schwarz vor Dreck und vermutlich sah ihr Gesicht nicht viel anders aus.

„Ja, das lässt sich nicht ändern. Wollen Sie aus dem Haus fliehen? Heute Abend noch?"

„Fliehen? Aus dem Haus?"

„Ja!", sagte sie ungeduldig. „Ich habe einen weiteren Zugang zum Schmugglertunnel gefunden und wir können heute Nacht entkommen, aber wir müssen ein oder zwei Stunden warten, bis Ebbe ist."

„Ich möchte gerne in meinen Garten", sagte er wehmütig.

„Dann müssen Sie mit mir kommen." Sie zögerte. „Äh - Mr Trout, haben Sie etwas Anständiges anzuziehen?"

„Etwas Anständiges?"

„Ja. Im Nachthemd durch Tregarrion zu spazieren, ist keine gute Idee und wir müssen uns eine Weile verstecken, bis ich die Polizei erwische."

„Die Polizei?", fragte er besorgt. „Das ist nicht nötig, die Polizei zu rufen. Wozu brauchen Sie die Polizei?"

„Um Ihren Neffen zu verhaften. Auch wenn er Ihnen bisher nichts gestohlen hat, bin ich mir ziemlich sicher, dass es nicht erlaubt ist, Leute monatelang gefangen zu halten."

„Die Polizei! Holt die Polizei!", rief er. „Du kommst jetzt mit, Bürschchen. Da, wo du hinwanderst, kannst du keine krummen Dinger mehr drehen."

„Genau", sagte Barbara. „Das werden sie zu ihm sagen. Und was ist mit Ihren Kleidern?"

Nach einigem Zureden kramte er schließlich grummelnd unter dem Bett und holte eine kleine Truhe hervor, in der sich alle möglichen, bunt durcheinandergewürfelten Kleidungsstücke befanden. Barbara ging ins Nebenzimmer, während er sich anzog, und betrachtete ihn zweifelnd, als sie wieder hereinkam. In seinen schäbigen alten Sachen sah er eher wie ein Landstreicher aus, obwohl sie natürlich viel zu höflich war, ihn das wissen zu lassen.

„Nun, das muss reichen", sagte sie. „Jetzt müssen wir noch eine Weile warten. Der Tunneleingang ist nur bei Ebbe zugänglich, und das ist erst gegen ein Uhr. Wenn wir also um Mitternacht losgehen, müssten wir genau zur richtigen Zeit ankommen."

„Aber ich muss jetzt ins Bett", nörgelte Jeremiah. „Ich bin müde."

„Wollen Sie Clifford nicht entwischen?"

„Clifford? Ist Clifford hier? Ich habe ihn nie gemocht. Ich habe immer gesagt, er würde uns übers Ohr hauen."

„Ja, deshalb verschwinden wir. Machen Sie sich seinetwegen keine Sorgen. Ich sage Ihnen Bescheid, wenn es Zeit ist zu gehen."

Sie setzte sich hin und wartete, das Kinn in die Hand gestützt. Nach etwa einer Stunde schätzte sie, dass es Zeit war, und rüttelte Jeremiah wach, der auf seinem Sessel eingeschlafen war. Es bedurfte einiger Anstrengung, aber das Versprechen, seinen Garten wiedersehen zu dürfen, spornte ihn schließlich zur Tat an, und er erklärte sich zur Flucht bereit.

Gemeinsam stiegen sie die Treppe in den Keller hinunter und Barbara zeigte Jeremiah die Falltür, die zum zweiten Schmugglertunnel führte. Er sträubte sich anfangs, aber sie überredete ihn schließlich, indem sie ihn immer wieder an seinen Garten erinnerte, und mit etwas Hilfe schaffte er schließlich den Abstieg. Ihn durch das Loch in der Geröllhalde zu bekommen, war noch schwieriger, doch nachdem Barbara weitere Steine aus dem Weg geräumt hatte, bugsierte sie ihn irgendwie durch die Öffnung, obwohl er ununterbrochen murrte und mehr als einmal drohte, in sein Zimmer zurückzugehen.

Danach kamen sie leichter voran. Sie durchquerten die Fasskammer und den unteren Teil des Tunnels und kamen schließlich in der Höhle am Strand aus. Jeremiah war endlich still und Barbara hielt einen Moment inne, um sich die nächsten Schritte zu überlegen. Sie war inzwischen sehr müde und wünschte sich nichts sehnlicher, als ins Bett zu fallen. Aber das war keine gute Idee, denn Clifford würde sicher die Verfolgung aufnehmen, vielleicht mit Lionel Dorsey im Schlepptau. In Kittiwake Cottage würde er sie sofort aufspüren, und was konnten drei Frauen und ein gebrechlicher alter Mann gegen zwei entschlossene Verbrecher ausrichten, die möglicherweise bewaffnet waren?

Außerdem wusste Jeremiah, wo das Collier war. Wenn Valencourt - oder Donati oder wie auch immer er heißen mochte - davon Wind bekam, wäre der alte Mann zweifellos in größter Gefahr. Nein, das war eine Aufgabe für die Polizei, für Scotland Yard, um genau zu sein. Also mussten sie irgendwie zum Hotel gelangen und Mr Simpson suchen.

„Hier entlang", sagte sie und duckte sich unter dem Höhleneingang hindurch.

„Wohin gehen wir?", fragte Jeremiah. „Ich will ins Bett."

„Sie können gleich ins Bett", versprach Barbara, „aber Sie müssen erst mitkommen. Es ist nicht weit."

Sie packte ihn am Arm und zog ihn über den Strand zur Klippe. Er murmelte mürrisch vor sich hin, leistete aber keinen Widerstand, als sie sich den steilen Pfad hinaufmühten, der an den Kittiwake Cottage und Shear-water Cottage vorbeiführte.

„Einen Augenblick", sagte Barbara und blieb stehen. Falls sich Angela Sorgen machte, wollte sie ihr kurz mitteilen, dass sie in Sicherheit war. Aus ihrem Rucksack holte sie ein zerknittertes Stück Papier und einen Bleistiftstummel hervor, kritzelte eine Nachricht, lief den Gartenweg entlang und schob den Zettel unter der Tür durch. Im Obergeschoss brannte noch Licht, und sie fragte sich, ob es bei Angela war, die auf ihre Rückkehr wartete. Aber die Zeit drängte: Sie mussten so schnell wie möglich zu Mr Simpson.

„Warten Sie hier", sagte Barbara zu Jeremiah, als sie kurz vor dem Hotel angelangt waren. In Anbetracht seines seltsamen Aufzugs war es besser, wenn er sich abseits hielt, während sie sich auf die Suche nach Simpson machte.

„Wo sind wir?", fragte er. „Ich will ins Bett."

„Bald", versprach sie.

Sie rannte in die Lobby. Es war fast zwei Uhr morgens und alles war still. Der schläfrige Mann an der Rezeption beäugte sie misstrauisch, als sie sich schmutzig und zerzaust wie sie war vor ihm aufbaute und ihn aufforderte, Mr Simpson zu holen.

„Ha! Das ist ein guter Witz!", sagte er mit einem humorlosen Lachen. „Hältst du mich für einen Idioten? Jetzt verschwinde, und zwar ein bisschen plötzlich!"

„Aber es ist furchtbar wichtig", bettelte Barbara. „Ich muss ein schreckliches Verbrechen melden."

„Warum suchst du dir nicht einen Polizisten, statt unsere Gäste zu belästigen? Das passt dir nicht, wie? Ich kenne Leute wie dich. Ihr geht nicht zur Polizei, wenn ihr es verhindern könnt."

„Aber Mr Simpson ist ein -" Barbara verstummte gerade noch rechtzeitig. Niemand durfte erfahren, dass Mr

Simpson als verdeckter Ermittler im Dienst von Scotland Yard hier war.

„Los, verschwinde!" Der Mann trat mit drohendem Blick und einem Besen in der Hand hinter seinem Tresen hervor.

Barbara machte sich schleunigst aus dem Staub. Es dauerte ein paar Minuten, bis sie Jeremiah fand, der weitergewandert war und interessiert zu den Hotelfenstern hinaufschaute.

„Ich habe dieses Haus schon einmal gesehen", sagte er.

„Ja, das ist das Hotel Splendide", erklärte Barbara.

„Hier gibt es viele Leute mit viel Geld", sagte der alte Mann. „Ich wette, die wären eine fette Beute."

Barbara hörte nicht zu, denn sie hatte gerade ihren Freund Ginger erspäht, der die Terrasse vor dem Ballsaal fegen musste.

„Hallo", grüßte er, als er sie sah. „Was machst du um diese Zeit draußen? Solltest du nicht im Bett sein?"

„Ich wollte mit Mr Simpson sprechen", sagte Barbara, „aber der Mann an der Rezeption hat mich hinausgeworfen."

„Mr Simpson? Wieso willst du ihn sprechen?", fragte Ginger.

„Das ist eine ziemlich lange Geschichte." Barbara deutete auf Jeremiah. „Das ist mein Großvater", flüsterte sie. „Er hat vor ein paar Jahren einen Kricketball an den Kopf bekommen und kann sich an nichts mehr erinnern, also steckte ihn meine Tante in ein fürchterliches Pflegeheim, wo sie ihn schrecklich grausam behandelt und ihm tagelang nichts zu essen und zu trinken gegeben haben. Jetzt ist er geflohen, aber ich will nicht, dass meine Tante es erfährt, denn sie schickt ihn zurück und ich habe solche Angst, dass sie ihn im Heim verhungern lassen. Sieh doch nur, wie er aussieht!"

Der gutherzige Ginger betrachtete den alten Mann mitfühlend. Er bot in der Tat einen traurigen Anblick, nicht zuletzt, weil er auf der abenteuerlichen Flucht durch Tunnel und Höhlen sehr schmutzig geworden war.

„Armer Kerl", sagte Ginger. „Was hast du mit ihm vor?"

„Ich bin mir nicht sicher - deshalb wollte ich mit Mr Simpson sprechen. Er ist mein Onkel, weißt du. Er weiß sicher, was zu tun ist."

„Ist ja die reinste Familienfeier", bemerkte Ginger. „Deine Tante scheint ein richtiges Sonnenscheinchen zu sein. Warum macht ihr das alle mit?"

„Weil sie furchtbar reich ist und wir arm sind, und sie könnte uns auf die Straße setzen, wenn sie wollte."

„Ah", sagte Ginger und nickte weise. „Wenn Geld im Spiel ist … Ich bin froh, dass ich keins habe. Dann soll ich wohl Mr Simpson holen."

„Ja, bitte", sagte Barbara.

Ginger seufzte und ging ins Hotel. Kurze Zeit später kam er kopfschüttelnd zurück.

„Es macht niemand auf", meinte er. „Entweder ist er nicht da oder er schläft so fest, dass ich ihn nicht wach kriege. Ich habe bestimmt fünf Minuten lang geklopft."

Barbara rieb sich besorgt das Kinn. Es sah so aus, als müsste sie Jeremiah nun doch nach Kittiwake Cottage bringen. Aber Jeremiah hatte offensichtlich andere Vorstellungen. Er ließ sich auf einem Stuhl nieder und weigerte sich, noch einen einzigen Fuß vor den anderen zu setzen, obwohl Barbara mit Engelszungen auf ihn einredete.

„Nein", sagte er trotzig. „Es ist schon längst Schlafenszeit. Du hast gesagt, ich kann ins Bett gehen."

Vergeblich erklärte Barbara ihm, dass es vom Hotel zum Cottage nicht weit war. Jeremiah rührte sich nicht vom Fleck. Barbara war fast mit ihrem Latein am Ende, als sie eine Idee hatte.

„Ginger, würdest du mir einen großen Gefallen tun?", sagte Barbara. „Gibt es hier ein freies Zimmer, in dem wir bis morgen bleiben können? Mein Großvater ist so schrecklich müde und will nur noch ins Bett."

Jeremiahs Miene hellte sich sofort auf.

„Ja, es ist Zeit, zu Bett zu gehen", sagte er. „Ich bin gerade geflohen, weißt du, und wenn Clifford weg ist, kümmere ich mich um den Garten."

„Siehst du?", flüsterte Barbara Ginger zu und tippte sich an die Stirn. „Er ist völlig plemplem."

Ginger kratzte sich am Kopf.

„Na ja, da ist Zimmer 402. Es ist ein bisschen klein und schäbig, deshalb wird es nur zu den Stoßzeiten benutzt ... und im Moment steht es leer. Aber nur für heute Nacht, kapiert?"

„Oh, vielen Dank", sagte Barbara erleichtert. „Morgen früh verschwinden wir unauffällig."

Ginger seufzte.

„Hier entlang, und seid um Himmels willen leise!"

Er führte sie durch eine Seitentür in den obersten Stock, nachdem er einen großen Schlüsselbund aus dem Schrank der Hauswirtschafterin geholt hatte.

„Bitte sehr", sagte er und öffnete eine Tür am Ende des Ganges. Das Zimmer war eng und winzig und enthielt nichts außer einem Bett und einem Sessel. Jeremiah strahlte, legte sich mit den Schuhen ins Bett und schlief sofort ein.

„Hier ist der Schlüssel", sagte Ginger. „Leg ihn zurück, wenn du gehst. Und pass bloß auf, dass euch niemand erwischt."

„Das werde ich", versprach Barbara, „und vielen Dank."

Er nickte und verschwand. Barbara gähnte. Da Jeremiah das einzige Bett für sich beanspruchte, stand ihr wohl eine ungemütliche Nacht bevor. Sie betrachtete den Sessel mit Missfallen, rollte sich dann so gut es ging darauf zusammen und schlief ebenfalls ein.

Kapitel Neunundzwanzig

ANGELA BLIEB SO LANGE wie möglich auf und wartete auf Barbara. Immer wieder überlegte sie, wo das Mädchen sein mochte, und fragte sich, ob sie Alarm schlagen sollte. Gegen ein Uhr beschloss sie, dass sie genauso gut im Bett lesen könnte, während sie wartete, und stieg die Treppe hinauf. Sie hatte sich gerade die Haare gebürstet, als sie ein Rascheln im Flur hörte. Sie dachte, es sei Barbara, und ging hinunter, doch da war niemand. Ihr Blick fiel auf ein zerknülltes Stück Papier, das vermutlich unter der Tür hindurchgeschoben worden war.

Angela hob den Zettel auf und starrte verwundert darauf.

„Keine Sorge, wir sind in Sicherheit. Sind ins Hotel gegangen. Ich erkläre es dir morgen", las sie. Das war alles. „Du liebe Zeit", sagte sie. „Was hat das Kind jetzt schon wieder ausgeheckt? Wer ist in Sicherheit? Und warum sind sie im Hotel?"

Nach einigem Hin und Her beschloss sie, zu Bett zu gehen. Barbara hatte offensichtlich ihre Anweisungen missachtet, sich von Poldarrow Point fernzuhalten. Vermutlich hatte sie Miss Trout davon überzeugen können, dass ihr Neffe nichts Gutes im Schilde führte, und nun waren beide im Hotel in Sicherheit.

Auf jeden Fall teilte Barbara ihr mit, dass es keinen Grund zur Sorge gebe, sodass Angela nichts zu unternehmen brauchte. Sie war erleichtert, denn ehrlich gesagt hatte sie keine Lust, mitten in der Nacht durch die Gegend zu laufen und Barbara zu suchen. Sie würde morgen früh ins Hotel gehen und in Erfahrung bringen, was los war.

Als Angela sich am nächsten Morgen im Hotel Splendide erkundigte, ob eine Miss Wells und eine Miss Trout dort abgestiegen seien, sprach sie mit einem jungen Mann an der Rezeption – es war nicht derselbe, der Barbara in der Nacht davongejagt hatte.

„Ich fürchte, wir haben keine Gäste mit diesen Namen", sagte er kopfschüttelnd.

Angela war überrascht. Hatten sie sich vielleicht unter falschem Namen angemeldet? Das würde zu Barbara passen.

„Vielleicht habe ich mich mit den Namen geirrt, aber ich glaube, sie müssen gestern Abend sehr spät angekommen sein - nach Mitternacht."

Der junge Mann konsultierte erneut die Anmeldeliste.

„Nein", sagte er. „Die letzten Gäste waren Mr und Mrs Jarvis, die sich um halb vier am Nachmittag eingetragen haben."

Angela bedankte sich bei ihm und ging langsam davon. Dabei fiel ihr in der Nähe ein Jungen mit feuerrotem Haar auf, der sie mit finsterer Miene zu mustern schien. Er wandte den Blick ab, als er merkte, dass sie ihn gesehen hatte, und sie vermutete, dass er sie mit jemandem verwechselt hatte.

Als sie auf dem Weg nach draußen an ihm vorbeikam, meinte sie, ihn etwas murmeln zu hören, das sich anhörte wie: „Du solltest dich was schämen!" Sie sah den Jungen verwundert an, aber er starrte angestrengt an die Decke, als hätte er dort oben einen Schmutzfleck entdeckt. Sie ging weiter, in der Annahme, dass er sich mit jemand anderem unterhalten hatte. Oder vielleicht hatte sie sich verhört. Auf jeden Fall war Barbara nicht im Hotel, aber es blieb keine Zeit zu warten, bis sie auftauchte, denn Angela musste sich beeilen, wenn sie ihren Zug erwischen wollte.

Der kleine Zug schnaufte bereits ungeduldig, als sie am Bahnhof ankam. Sie kaufte schnell ihre Fahrkarte und stieg ein, und schon ging die Reise los. Sie machte es sich im Erste-Klasse-Abteil bequem, während der Zug gemütlich an der Steilküste entlang in Richtung Penzance zockelte. Sie wollte sich entspannen und die Fahrt genießen, aber letztendlich bekam sie kaum etwas von der Landschaft mit, so sehr kreisten ihre Gedanken um das Geheimnis von Poldarrow Point und das Ziel ihrer heutigen Reise.

Der Zug fuhr schließlich mit einem großen Zischen in den Bahnhof von Penzance ein, Angela stieg aus und suchte sich ein Taxi.

„Zur Bibliothek, bitte", sagte sie.

Die Bibliothek war in einem ansehnlichen weißen Gebäude auf einem Hügel untergebracht, umgeben von einem schönen Park und mit herrlichem Blick auf das Meer. Angela trat ein und wandte sich an den Bibliothekar, einen älteren Herrn, der ihr freundlich entgegensah.

„Ich interessiere mich für französische Geschichte", erklärte Angela, „vor allem für Königin Marie Antoinette und den Skandal um das Diamantencollier. Haben Sie etwas zu diesem Thema?"

Der Bibliothekar strahlte. „Aber sicher", sagte er. Er verschwand zwischen den Regalen und kam kurz darauf mit mehreren dicken Bänden zurück. „Hier werden Sie finden, was Sie suchen.“

Angela bedankte sich bei ihm und setzte sich an einen Tisch, um zu lesen. Nach etwa einer halben Stunde schloss sie das letzte Buch und legte es beiseite. Es schien alles klar, obwohl damit nichts bewiesen war. Sie gab dem Bibliothekar die Bücher zurück.

„Vielen Dank. Wissen Sie - ich interessiere mich auch für die Geschichte eines alten Hauses nicht weit von hier. Der Name ist Poldarrow Point. Haben Sie schon mal davon gehört?“

„Aber ja“, sagte der Mann. „Poldarrow Point ist in der Gegend sehr bekannt. Vor vielen Jahren lebte dort ein berühmter Schmuggler namens Prediger Dick Warrener, und ich glaube, das Haus ist heute noch im Besitz seiner Nachkommen.“

„Ich habe gehört, dass es einen Pachtvertrag für das Anwesen gibt“, sagte Angela. „Er wurde vor fünfzig oder sechzig Jahren geschlossen. Ich nehme nicht an, dass Sie hier Kopien von solchen Verträgen aufbewahren?“

„Oh doch, das tun wir“, antwortete der Bibliothekar. „Wir bewahren Kopien von fast allen Urkunden und Pachtverträgen auf, die sich auf bemerkenswerte historische Gebäude in der Region beziehen. Wenn der fragliche Pachtvertrag allerdings vor weniger als fünfzig Jahren abgeschlossen wurde, kann es sein, dass wir ihn nicht haben. Ich gehe gerne nachsehen.“

Er schlurfte davon und blieb einige Zeit verschwunden. Angela wartete.

„Es tut mir leid“, entschuldigte er sich, als er zurückkam. „Wir scheinen keine Kopie des Pachtvertrags zu haben, nach dem Sie gefragt haben. Vielleicht haben Sie sich bezüglich des Datums geirrt und er ist jünger, als Sie dachten.“

„Das ist durchaus möglich“, sagte Angela. „Wie könnte man das herausfinden?“

„Sie müssten den Pächter oder, was wahrscheinlicher ist, seinen Anwalt um eine Kopie bitten.“

„Aha“, sagte Angela nachdenklich.

„Wir haben jedoch eine wunderbare Kopie des Pachtvertrags für Raikes Castle, gleich auf der anderen Seite von Penzance, wenn Sie sie sehen möchten“, raunte der Bibliothekar, als würde er seinem Lieblingsenkel eine verbotene Leckerei anbieten. „Es enthält eine faszinierende Klausel, die dem Pächter erlaubt, jeden Eindringling zu erschießen, der an einem Sonntag etwas anderes als schwarze Hosen trägt.“

„Ein anderes Mal, danke“, wehrte Angela höflich ab. „Sie waren äußerst hilfreich und ich würde am liebsten den ganzen Tag bleiben, aber ich fürchte, ich muss los. Ich habe nur noch eine letzte Frage: Kennen Sie hier in der Nähe einen Anwalt namens Penhaligon?“

„Ja, natürlich“, sagte der Bibliothekar. „Sie finden ihn in der Chapel Street. Es ist nicht weit.“

Angela bedankte und verabschiedete sich, dann machte sie sich in den malerischen Gassen der Stadt auf die Suche nach Mr Penhaligon. Die Chapel Street war, wie der Bibliothekar ihr versichert hatte, ganz in der Nähe, und sie fand die Kanzlei, ein graues Steingebäude neben der Kapelle, ohne allzu große Schwierigkeiten. Sie ging hinein und fragte, ob sie mit Mr Penhaligon sprechen könne. An diesem Morgen herrschte offenbar nicht viel Betrieb, denn sie wurde schon bald von einem unscheinbaren Angestellten in ein komfortables Büro geführt und aufgefordert, Platz zu nehmen.

Mr Penhaligon hatte die Pause wohl für ein Nickerchen genutzt, denn er kam gerade aus einem angrenzenden Raum, richtete seine Krawatte und gähnte. Er war ein wohlgenährter Mann mittleren Alters, der aussah, als meine es das Leben gut mit ihm. Er straffte die Schultern, als er Angela sah, und warf seinem Angestellten einen Blick zu, der für den jungen Mann nichts Gutes verhieß. Der ließ sich davon jedoch nicht beeindrucken, sondern ging mit einem verschmitzten Grinsen hinaus.

„Ich bitte um Verzeihung", sagte der Anwalt. „Ich wusste nicht, dass jemand hier ist. Ich bin Mr Penhaligon."

„Angela Marchmont", stellte sich Angela vor. „Es tut mir leid - ich weiß, ich hätte einen Termin mit Ihnen vereinbaren sollen, aber ich war zufällig in Penzance und habe spontan beschlossen, es zu versuchen."

„Oh, kein Problem", sagte Mr Penhaligon. „Wie kann ich Ihnen behilflich sein?"

„Gehe ich recht in der Annahme, dass Sie den Eigentümer des Anwesens von Poldarrow Point in Tregarrion vertreten?"

Der Anwalt erstarrte.

„Ich glaube, ich kenne die Person, auf die Sie sich beziehen." Der merkwürdig vorsichtige Tonfall in seiner Stimme erregte ihre Aufmerksamkeit.

„Ich vertrete Miss Trout, die Schwester des verstorbenen Jeremiah Trout, des ehemaligen Pächters des Anwesens", erklärte sie.

„Ah, verstehe", sagte er und nickte.

Angela hielt inne und überlegte, wie sie weiter vorgehen sollte, denn streng genommen hatte sie kein Recht, etwas über die Privatangelegenheiten seiner Mandanten zu erfahren.

„Ich habe gehört, dass der Mietvertrag am 5. August ausläuft", fuhr sie fort. „Wenn es Miss Trout nicht gelingt, sich mit Ihrem Mandanten auf eine Verlängerung zu einigen, muss sie Poldarrow Point zu diesem Zeitpunkt verlassen."

„Das ist richtig", bestätigte Mr Penhaligon. „Oder besser gesagt, das *war* richtig, als ich ihr meinen letzten Brief geschickt habe."

„Was meinen Sie damit?", fragte Angela.

„Nun, mein Mandant hat die Eigentumsrechte an dem Haus verkauft und hat somit kein Interesse mehr an dem Anwesen. Wenn Miss Trout einen neuen Pachtvertrag abschließen möchte, muss sie sich mit dem neuen Eigentümer auseinandersetzen."

Angela starrte ihn überrascht an. Damit hatte sie nicht gerechnet.

„Darf ich den Namen des neuen Eigentümers erfahren?", fragte sie schließlich.

„Aber ja, warum nicht", antwortete der Anwalt. „Es ist ein Mr Smart aus London."

Es entstand eine Pause, dann schien Mr Penhaligon ein wenig aufzutauen.

„Hatte Miss Trout die Absicht, eine Verlängerung des Pachtvertrags zu beantragen?", fragte er.

„Ich glaube, sie hätte durchaus die Absicht, dies zu tun, wenn die Umstände es zuließen", sagte Angela. „Ich denke, sie hätte vielleicht sogar in Erwägung gezogen, selbst ein Kaufangebot zu machen."

„Dann ist es bedauerlich, dass sie nicht früher gehandelt hat", sagte Mr Penhaligon.

„Leider war sie dazu nicht in der Lage - und ist es genau genommen immer noch nicht", gab Angela zu. „Aber sie hat etwas in Aussicht, zumindest -" Sie hielt inne. „Nun, das spielt jetzt keine Rolle mehr, nehme ich an, da dieser Mr Smart ihr zuvorgekommen ist."

„Ja", stimmte der Anwalt zu. „Es ist schade, aber dieser Herr ist vor Kurzem an meinen Mandanten herangetreten und hat ihm eine sehr großzügige Summe für das Anwesen angeboten - weit mehr als das, was es wirklich wert ist, wenn man bedenkt, dass das Haus vermutlich in den nächsten zwanzig Jahren im Meer versinken wird. Mr Warrener ist sehr gebrechlich und muss für die Kosten seiner Pflege selbst aufkommen, sodass er das Angebot nur zu gern angenommen hat, zumal der Pachtvertrag bald ausläuft und das Anwesen in seinem jetzigen Zustand nur sehr schwer zu verkaufen wäre."

„Ich bitte um Verzeihung. Sagten Sie, der Name Ihres Mandanten sei Mr Warrener?"

„Ja", antwortete Mr Penhaligon. „Er ist ein Nachkomme des ursprünglichen Besitzers des Hauses, der in dieser Gegend einst für seine Schmuggelaktivitäten berühmt war."

„Aber ich habe gehört, dass Miss Trout und ihr Neffe die letzten noch lebenden Mitglieder der Familie Warrener sind."

„Ach, gehören sie auch zur Familie?", fragte der Anwalt. „Das war mir nicht bekannt. Sie sind aber sicher nicht die letzten. Ich weiß von mindestens zwei oder drei weiteren. Mein Mandant, Timothy Warrener, lebte viele Jahre lang in Poldarrow Point, bis das Leben dort zu beschwerlich für ihn wurde. Dann hat er das Haus verkauft und ist nach Penzance gezogen. Er wollte jedoch nicht alle Rechte an dem Anwesen aufgeben - schließlich war es seit vielen Jahren im Besitz der Familie und ist von einiger historischer Bedeutung -, und so behielt er den Grundbesitz für sich und verkaufte das Haus mitsamt dem Pachtvertrag. Aber je älter er wurde, desto mehr wurde ihm das Anwesen zur Last, und als Mr Smart auftauchte, war Mr Warrener mehr als bereit, sein Angebot anzunehmen."

Die Falten auf Angelas Stirn wurden von Minute zu Minute tiefer. „Wissen Sie zufällig, wann das Haus an Jeremiah Trout verkauft wurde?"

„Ja", sagte Mr Penhaligon. „Das war vor fast genau

dreißig Jahren, am 5. August '97. Der Pachtvertrag hat eine kurze Laufzeit."

„Vor dreißig Jahren", sagte Angela, fast zu sich selbst. „Was mag wohl vor dreißig Jahren passiert sein."

„Wie bitte?"

„Ach, nichts. Ich habe nur so vor mich hin gegrübelt. Haben Sie zufällig die Adresse von Mr Smart? Vielleicht möchte Miss Trout sich mit ihm in Verbindung setzen."

Mr Penhaligon kritzelte etwas auf ein Stück Papier und reichte es ihr. Sie dankte ihm und erhob sich.

„Soll ich Mr Warrener sagen, dass Sie vorbeigeschaut haben?", fragte der Anwalt.

Angela zögerte.

„Lieber nicht", sagte sie. „Das würde die Sache nur verkomplizieren."

„Vielleicht haben Sie recht. Dann werde ich es nicht erwähnen."

Er beeilte sich, ihr die Tür zu öffnen.

„Es tut mir nur leid, dass ich Ihnen nicht weiterhelfen konnte", sagte er, als sie hinausging.

„Ganz im Gegenteil", erwiderte Angela. „Sie haben mir sehr geholfen."

Kapitel Dreißig

ANGELA NAHM den Mittagszug zurück nach Tregarrion. Während der Fahrt dachte sie angestrengt über das nach, was sie in Penzance erfahren hatte. Vor allem die Sache mit dem Pachtvertrag war sehr verwirrend. Miss Trout hatte gesagt, ihre Eltern hätten Poldarrow Point vor fünfzig oder sechzig Jahren verkauft, aber laut Mr Penhaligon stimmte das nicht.

Warum hatte sie gelogen? Und warum hatte sie die Existenz von Mr Warrener in Penzance mit keinem Wort erwähnt? Tatsächlich hatte Miss Trout ihn nicht nur nicht erwähnt, sondern ausdrücklich darauf hingewiesen, dass sie und Clifford die letzten Nachkommen von Prediger Dick Warrener seien. Dabei müsste sie durch ihren Kontakt zu Mr Penhaligon wissen, dass dies nicht der Fall war.

Angela konnte sich keinen Reim darauf machen. Das Einzige, was sie mit Sicherheit wusste, war, dass Jeremiah Trout vor dreißig Jahren nach Poldarrow Point gekommen war und dort bis kurz vor seinem Tod gelebt hatte, der nicht lange nach der Ankunft seiner Schwester Anfang des

Jahres eingetreten war. Ob er und Emily Trout wirklich zur Familie Warrener gehörten, konnte Angela nicht sagen. Aber warum sollte Miss Trout lügen?

Es sah jedenfalls so aus, als sei die Geschichte um Marie Antoinette eine Erfindung gewesen. Aus den Geschichtsbüchern, die sie in der Bibliothek konsultiert hatte, wusste sie, dass es nie ein Geheimnis um das Schicksal des Colliers gegeben hatte – die Steine waren herausgebrochen worden und der Ehemann der Comtesse de la Motte hatte sie zum Verkauf nach London gebracht. Die Legende der Familie Warrener - wenn es denn eine solche gab – konnte also nicht stimmen. War das der Fall, verstand sie nicht, wonach um alles in der Welt Miss Trout, Clifford und die Dorseys suchten. Irgendetwas war offensichtlich verschwunden und musste dringend vor dem 5. August gefunden werden, aber was war es? Und warum hatte man Angela in die Angelegenheit hineingezogen? In Anbetracht der Heimlichtuerei der letzten Tage sollte der verschwundene Gegenstand - was immer es auch war - vermutlich geheim gehalten werden, aber Miss Trout hatte sich die Mühe gemacht, Angelas Bekanntschaft zu suchen, sie nach Poldarrow Point einzuladen und ihr lauter Lügengeschichten aufzutischen.

Angela schüttelte verwirrt den Kopf. Was ging hier vor? Und was hatte Edgar Valencourt damit zu tun? Ihre Theorie, dass Clifford Valencourt war, passte nicht zu den Informationen, die sie gerade erhalten hatte und die darauf hindeuteten, dass sowohl er als auch Miss Trout die ganze Zeit über gelogen hatten. War Miss Trout seine Komplizin?

Sie beschloss, Mr Simpson alles zu erzählen, sobald sie wieder in Tregarrion war. Dank seiner Verbindung zu Scotland Yard konnte er mit einem einzigen Telefonanruf die nötigen Ermittlungen gegen die Bewohner von Pold-arrow Point in Gang setzen.

Kaum war der Zug im Bahnhof von Tregarrion einge-fahren, eilte sie zum Hotel Splendide, wo sie Mr Simpson zu sprechen wünschte.

Mr Simpson sei nicht da, teilte man ihr mit. Ob Mrs Marchmont eine Nachricht hinterlassen wolle? Angela krit-zelte eine kurze Notiz, die wahrscheinlich mehr Verwir-rung stiften als Klarheit schaffen würde, und wollte gerade gehen, als sie eine Idee hatte. Sie fragte, ob es ein öffentli-ches Telefon gebe, das sie benutzen könne. Man verwies sie auf eine Zelle, die für Gäste bestimmt war, und sie ging hinein.

„Verbinden Sie mich bitte mit Scotland Yard", sagte sie zur Telefonistin und wartete, dass die Verbin-dung hergestellt wurde. Eine entfernte Stimme verkün-dete schließlich, sie sei durchgestellt worden, und Angela bat darum, mit Inspector Jameson sprechen zu können.

„Jameson am Apparat", meldete sich der Inspector nach einer Weile.

„Hallo, Inspector, hier ist Angela Marchmont. Es tut mir schrecklich leid, wenn ich Sie störe, aber ich scheine wieder einmal in eine seltsame Geschichte geraten zu sein und brauche Ihre Hilfe."

„Guten Tag, Mrs Marchmont", sagte der Inspector. „Wo sind Sie?"

„Ich bin in Tregarrion", antwortete Angela. „Vermut-lich haben Sie nie davon gehört. Das ist ein kleiner Ort in der Nähe von Penzance, in Cornwall."

„Tregarrion?", sagte Jameson überrascht. „Doch, das kenne ich tatsächlich. Was ist passiert?"

Jameson hörte aufmerksam zu, als sie ihm die jüngsten Ereignisse in Poldarrow Point kurz zusammenfasste und mit den Informationen schloss, die sie am Morgen von Mr Penhaligon, dem Anwalt, erhalten hatte.

„Ich habe mit Ihrem Kollegen gesprochen, der Grund zu der Annahme hat, dass ein Dieb namens Edgar Valencourt ebenfalls versucht, die Halskette - oder was auch immer sie suchen - in seinen Besitz zu bringen“, sagte sie zum Schluss, „aber ich kann ihn nicht finden. Da dachte ich, dass ich stattdessen besser Sie anrufe, da die Zeit drängt und ich jemanden brauche, der mir hilft herauszufinden, was genau in Poldarrow Point vor sich geht.“

„Oh, Sie wissen also von Edgar Valencourt?“, sagte Jameson. „Ich hätte mir denken können, dass Sie in die Sache eingeweiht sind. Ja, es gibt Gerüchte, dass er sich zurzeit in Ihrer Gegend aufhält - deshalb war ich überrascht zu hören, dass Sie in Tregarrion sind. Unser Mann hat sich umgesehen und umgehört, aber wir wollten ihn gerade nach London zurückbeordern, da sich bisher nichts getan hat. Und Sie glauben, dass Valencourt sich als ein Mann namens Clifford Maynard ausgibt - was sagten Sie, Willis? Einen Moment bitte ...“ Angela hörte gedämpfte Stimmen am anderen Ende der Leitung, während Jameson sich vermutlich mit seinem Sergeanten beriet. Als er nach kurzer Zeit wieder am Apparat war, hatte seine Stimme eine Dringlichkeit, die sie vorher nicht gehabt hatte.

„Willis hat mich gerade an etwas ganz Außergewöhnliches erinnert. Er hat ein ausgezeichnetes Gedächtnis für solche Dinge und war damals ein junger Constable, also könnte er durchaus recht haben. Wenn das der Fall ist, könnte sich das Ganze als der größte Coup in der Geschichte von Scotland Yard herausstellen. Wann, sagten Sie, ist der alte Mr Trout in Poldarrow Point eingezogen?“

„Das war vor genau dreißig Jahren“, sagte Angela, „im Jahre 1897.“

Jameson sprach kurz mit Willis, dann meldete er sich

wieder.

„Es klingt, als ob Sie an etwas dran wären. Mrs Marchmont, haben Sie jemals von dem Fall Bampton gehört?"

„Nein, nicht dass ich wüsste", antwortete sie.

„Es war damals eine *Cause célèbre*, aber vielleicht sind Sie zu jung, um sich daran zu erinnern. Ich war ja selbst fast noch ein Kind", sagte Jameson. „Wie auch immer, unsere Geschichte beginnt im Jahr 1897 in Bampton Park, dem Sitz des Herzogs von Bampton und seiner Familie. Im Februar desselben Jahres veranstalteten der Herzog und die Herzogin einen Ball, zur Feier des Geburtstags ihrer ältesten Tochter, Lady Alicia Coops-Fairley.

Es war eines dieser großen gesellschaftlichen Ereignisse, bei denen sich alles versammelt, was Rang und Namen hat. Eine ganze Reihe von Aristokraten aus der Umgebung und aus London war eingeladen. Als Geburtstagsgeschenk für Lady Alicia wollten die Eltern ihrem Töchterchen ein prächtiges Diamantencollier schenken, das sie eigens zu diesem Anlass in Auftrag gegeben hatten. Sie hatten weder Kosten noch Mühen gescheut."

„Ah!" Angela begann zu verstehen.

„Dieses Collier hat offenbar ein Vermögen gekostet", fuhr Jameson fort, „aber da es ein Geschenk für ihre geliebte Tochter war und sie viel Geld hatten, dachten sie sich nichts dabei und konnten es sicher kaum erwarten, die Augen ihres Lieblings vor Freude strahlen zu sehen."

„Ohne Zweifel", sagte Angela.

„Aber leider haben sie nie herausgefunden, ob Lady Alicia das Collier gefallen hätte, denn sie hat es nie erhalten, wie Sie sicher schon erraten haben. Am Abend des Balls, als alle abgelenkt waren, brach eine waghalsige Einbrecherbande in das Haus ein und stahl eine Reihe von wertvollen Gegenständen - der wertvollste war das Collier, das der Herzog unglücklicherweise aus seinem Safe genommen und in seine Schreibtischschublade gelegt hatte, als Vorbereitung auf die glanzvolle Präsentation.

Als man den Diebstahl entdeckte, hat der Herzog natürlich einen furchtbaren Aufstand gemacht. Er hat der Presse ein Interview nach dem anderen gegeben, hat Anfragen im Parlament gestellt, warum die Polizei eine so gefährliche Bande frei herumlaufen ließe - was das Vertrauen der Öffentlichkeit in unsere Arbeit in keiner Weise gestärkt hat, wie ich hinzufügen möchte.

Scotland Yard hat alles Erdenkliche getan, die Bande und vor allem ihren Anführer zu finden – einen gewissen Wally Hopper, der der Polizei seit vielen Jahren bekannt war. Nach einigen Wochen gelang es ihnen, die Hopper-Bande in ihrem Hauptquartier aufzuspüren. Einige wurden auf frischer Tat ertappt, und sie waren im Besitz von Diebesgut. Was allerdings verschwunden blieb, war das Collier – mitsamt dem Kopf der Bande.

Die anderen Bandenmitglieder bestanden darauf, dass Hopper sie betrogen habe und mit der Beute entkommen sei, und Scotland Yard hatte nichts in der Hand, um ihre Geschichte zu widerlegen. Sie wurden vor Gericht gestellt und wanderten ins Gefängnis, während andere aus Mangel an Beweisen freigesprochen wurden.

Die Polizei hielt sie unter Beobachtung, aber es schien, als sei die Geschichte wahr: Wally Hopper hatte sich tatsächlich mit der Halskette aus dem Staub gemacht und den Rest der Bande ihrem Schicksal überlassen. Wir hatten ein besonders wachsames Auge auf Wallys Frau, Rosie. Da wir nichts gegen sie in der Hand hatten, konnten wir sie nicht verhaften, aber wir nahmen an, dass sie wusste, wo sich Wally aufhielt. Wir rechneten damit, dass sie zu ihm stoßen würde, wenn sich der Pulverdampf ein wenig verzogen hatte, aber das war nicht der Fall. ‚Ma' Rosie blieb allein und scheint von da an ein völlig untadeliges Leben mit ihrem Sohn aus erster Ehe geführt zu haben, der zum Zeitpunkt des Überfalls etwa fünfzehn Jahre alt war."

„Hieß ihr Sohn zufällig Clifford?", fragte Angela.

„Wie scharfsinnig Sie sind", lobte Jameson. „Ja, er hieß Clifford. Soweit wir wissen, hat sich Ma Rosie danach dreißig Jahre lang nichts zuschulden kommen lassen und hat keinen Kontakt zu ihrem Mann aufgenommen."

„Bis jetzt", sagte Angela.

„Wie Sie sagen: bis jetzt", stimmte der Inspector zu. „Wie es aussieht, hat sie ihn endlich gefunden - allerdings zu spät, denn er ist jetzt tot und hat das Geheimnis um das Collier mit ins Grab genommen."

Angela schwieg einen Moment, um die Flut von neuen Informationen zu verdauen. Es war also alles eine Lüge gewesen! Die Trouts gehörten nicht zur Familie Warrener und Jeremiah Trout war in Wirklichkeit Wally Hopper, der Anführer einer Verbrecherbande, der seine Komplizen um ihre Beute betrogen hatte und vor dreißig Jahren nach Cornwall geflohen war.

Dort hatte er vermutlich seinem Verbrecherdasein abgeschworen und war ein ehrlicher Mann geworden, denn es gab keinen Hinweis darauf, dass er während seiner Zeit in Tregarrion seiner alten Tätigkeit als Dieb nachgegangen wäre. Und Miss Emily Trout war in Wirklichkeit „Ma" Rosie Hopper, Wallys Frau, die ihren Mann nach dreißig Jahren aufgespürt hatte und ihm nach Cornwall gefolgt war, vermutlich um ihn zu überreden oder mit Drohungen dazu zu bewegen, die Halskette herauszugeben.

In Angelas Kopf fügte sich nun alles zu einem Ganzen zusammen. Wally war gestorben, bevor Rosie ihm das Versteck der Halskette entlocken konnte, und da die Zeit drängte und der Pachtvertrag bald auslief, mussten sie und Clifford schnell handeln, bevor das Haus an seinen Besitzer zurückfiel. Aber warum hatten sie Angela gebeten, bei der Suche zu helfen?

Angela dachte an den Tag zurück, an dem sie Miss Trout und Clifford zum ersten Mal getroffen hatte. Die alte Dame war definitiv diejenige gewesen, die sich um die Bekanntschaft bemüht hatte - ja, Angela erinnerte sich jetzt: Miss Trout hatte behauptet, Mrs Uppingham sehr gut zu kennen - und doch hatte Angela später einen Brief von Mrs Uppingham erhalten, in dem sie erwähnte, Miss Trout nie begegnet zu sein.

Hatte Miss Trout Angela wiedererkannt, nachdem ihr Foto in allen Zeitungen erschienen war? Hatte sie behauptet, die Besitzerin von Kittiwake Cottage zu kennen, um sich bei ihr einzuschmeicheln? Angela erinnerte sich an Cliffords überraschte Reaktion, als er ihren Namen zum ersten Mal hörte, er war also nicht in den Plan eingeweiht.

Jetzt ergab alles einen Sinn: Miss Trout verdächtigte Clifford, ein doppeltes Spiel zu treiben, konnte ihren Verdacht aber aus offensichtlichen Gründen nicht der Polizei melden, also hatte sie mit großem Geschick eine Frau um Schutz gebeten, die in der Öffentlichkeit als talentierte Amateurdetektivin bekannt war.

Auf diese Weise konnte sie zwei Fliegen mit einer Klappe schlagen: Erstens bot Angelas Mitwirkung Miss Trout einen gewissen Schutz vor ihrem Neffen - ihrem Sohn, um genau zu sein -, denn Clifford würde sich hüten, in Anwesenheit einer Frau, die enge Verbindungen zu Scotland Yard unterhielt, etwas gegen seine Mutter zu unternehmen; und zweitens konnten Angela und Barbara an Miss Trouts Stelle bei der Suche helfen und ihr die Anstrengung ersparen - keine Kleinigkeit angesichts ihres fortgeschrittenen Alters.

Es war also nie ihre Absicht gewesen, die Halskette zu verkaufen, um den Pachtvertrag von Poldarrow Point zu verlängern. Vermutlich wären Ma Rosie und ihr Sohn auf Nimmerwiedersehen verschwunden, sobald sie das Collier gefunden hatten. Das alte Haus wäre in sich zusammengefallen und irgendwann ins Meer gestürzt.

„Hallo?" Die Stimme des Inspectors riss Angela aus ihren Gedanken.

„Entschuldigen Sie bitte", sagte sie. „Ich habe gerade versucht, das alles zu verarbeiten. Das ist in der Tat sehr seltsam!" Plötzlich fiel ihr etwas ein. „Übrigens ist die ganze Sache noch ein wenig komplizierter. Es sieht ganz so aus, als würde Clifford versuchen, seine Mutter zu hintergehen, indem er die Halskette vor ihr findet, und zwar mit Hilfe von Freunden - Lionel und Harriet Dorsey. Harriet Dorsey hat mir gestern eine stattliche Summe als Bestechung angeboten, damit ich ihnen das Collier übergebe und nicht Miss Trout. Kennen Sie die beiden?"

„Dorsey war der Name eines Mitglieds der Hopper-Bande, das an dem ursprünglichen Einbruch beteiligt war", erklärte Jameson. „Er ist vor einigen Jahren gestorben, aber vielleicht ist Lionel sein Sohn. Die Anwesenheit dieser Dorseys überzeugt mich, dass da unten etwas faul ist. Vielleicht wird das Geheimnis der Bampton-Juwelen bald gelüftet!"

„Wollen wir es hoffen. Zumindest tappe ich jetzt nicht mehr im Dunkeln, so wie heute Morgen", sagte Angela, „aber was soll ich jetzt tun? Soll ich hier in Tregarrion zur Polizei gehen?"

„Ich rufe selbst an", sagte Jameson. „Wir sind seit dreißig Jahren auf der Suche nach diesem Collier und ich möchte nicht, dass die Kollegen in ihrem Übereifer ausschwärmen und die Bande warnen, dass wir ihr auf der Spur sind."

„Was genau haben Sie vor?", fragte Angela. „Soweit wir wissen, haben sie ja noch kein Verbrechen begangen. Die Halskette haben sie jedenfalls noch nicht gefunden."

„Stimmt", gab der Inspector zu. „Wenn sie sie gefunden hätten, wären sie längst über alle Berge. Aber ich will mit ihnen reden und herausfinden, was sie wissen."

„Barbara!", rief Angela plötzlich.

„Wie bitte?"

„Tut mir leid", sagte Angela. „Mir ist gerade eingefallen, dass meine Patentochter mit Miss Trout davongelaufen ist."

„Was?"

„Ja. Sie hat die romantische Vorstellung, dass Miss Trout ein armes unschuldiges Wesen ist, das von seinem zwielichtigen Neffen betrogen wird und das sie beschützen muss. Sie wird furchtbar enttäuscht sein, wenn sie die Wahrheit erfährt. Ich könnte mir vorstellen, dass sie zu Ihrem verdeckten Ermittler ins Hotel gegangen sind."

„Umso besser. Gehen Sie jetzt zu ihm und erzählen Sie ihm, was passiert ist - natürlich ganz diskret", riet Jameson. „Wir wollen ja nicht, dass Ma Rosie von unserem Verdacht Wind bekommt."

Sie unterhielten sich noch ein paar Minuten, dann sagte Jameson, er müsse das Gespräch beenden, da er mit der Polizei von Tregarrion sprechen wolle. Nachdem sie aufgelegt hatten, starrte Angela auf die Wand der Telefonzelle. Sie war offensichtlich sehr aufgewühlt, aber ob sie wütend oder traurig war, ließ sich an ihrem Gesichtsausdruck nicht erkennen - vielleicht war es eine Mischung aus beidem.

Sie erwachte aus ihrer Träumerei und wollte die Telefonzelle gerade verlassen, als ihr ein Gedanke kam. Sie nahm den Hörer erneut ab und bat darum, ein weiteres Telefonat zu vermitteln.

Kapitel Einunddreißig

Um viertel nach acht am Montagmorgen, wenige
Minuten nachdem Angela sich an der Rezeption nach ihr
erkundigt hatte, schlich Barbara aus Zimmer 402 des
Hotels Splendide und machte sich auf die Suche nach Mr
Simpson. Jeremiah Trout schlief noch, also nahm sie den
Schlüssel und schloss ihn ein, denn sie wollte nicht, dass er
aufwachte und ohne sie im Hotel herumlief. Sie hatte eine
unbequeme Nacht auf dem Sessel verbracht, schlecht
geschlafen und keine Lust, mehr Zeit als unbedingt nötig
in dem engen Zimmer zu verbringen.

Sie rannte ins Bad, wusch sich hastig das Gesicht und
strich sich das Haar glatt, dann ging sie die Treppe
hinunter und versuchte, so auszusehen, als sei sie ein
gewöhnlicher zahlender Gast - obwohl ihr schmutziges
Kleid eher dagegensprach. Nachdem sie sich vergewissert
hatte, dass der Mann an der Rezeption nicht derselbe war
wie in der Nacht, ging sie mutig auf ihn zu und fragte nach
Mr Simpson.

Sie erntete einen zweifelnden Blick und wollte gerade
zu einer eilig erfundenen und farbenfrohen Geschichte

ansetzen, als Mr Simpson selbst aus dem Speisesaal kam. Er war offensichtlich gerade mit dem Frühstück fertig und begrüßte sie in seiner gewohnt freundlichen Art.

„Mr Simpson!", rief Barbara. „Sie ahnen ja nicht, wie froh ich bin, Sie zu sehen! Ich muss mit Ihnen sprechen, irgendwo, wo uns niemand belauschen kann. Es ist furchtbar wichtig." Sie packte ihn zu seiner Überraschung am Arm und zog ihn nach draußen.

„Was ist los?", fragte er, als sie außer Hörweite waren. „Ist Angela etwas zugestoßen?"

„Angela? Nein, ich nehme an, sie liegt noch im Bett", sagte Barbara ungnädig. „Nein, das hier ist viel wichtiger." Sie sah sich um, dann zischte sie: „Ich habe Jeremiah Trout gerettet!"

„Was?", sagte Simpson.

„Er ist oben in Zimmer 402 und schläft, und ich weiß nicht, was ich mit ihm machen soll. Clifford sucht bestimmt nach ihm - und er wird es den Dorseys erzählen, und die sind auch im Hotel, also ist es viel zu gefährlich für ihn, hier zu bleiben, und wir können ihn nicht in Kittiwake Cottage unterbringen, dort ist nicht genug Platz."

„Moment mal", sagte Mr Simpson, der vergeblich versuchte, aus diesem Redeschwall schlau zu werden. „Was soll das heißen, du hast Jeremiah Trout gerettet? Jeremiah Trout ist tot."

„Nein, ist er nicht", beharrte Barbara. „Er ist ein bisschen verrückt, aber er lebt. Clifford Maynard hat ihn monatelang in einem geheimen Zimmer in Poldarrow Point gefangen gehalten, damit er ihm verrät, wo die Halskette der Königin ist. Ich habe ihn letzte Nacht gerettet und wir sind hierhergekommen, um Sie zu sprechen, aber wir konnten Sie nicht finden, also mussten wir bis zum Morgen warten und es noch einmal versuchen."

Simpson schien immer noch nicht zu begreifen, was

vor sich ging. Schließlich erzählte sie ihm die Geschichte ihrer nächtlichen Abenteuer. Er starrte sie ungläubig an.

„Was soll ich denn tun?", fragte er.

„Clifford verhaften, natürlich", erklärte Barbara, als sei das eine Selbstverständlichkeit.

„Ich?"

„Ja", sagte Barbara. „Ich weiß, wer Sie sind, Angela hat es mir gesagt."

„Soso, hat sie das?", sagte Mr Simpson nachdenklich.

„Sie wollte nicht, aber ich habe es aus ihr herausgepresst", gestand Barbara. „Ich habe letztens zufällig mitbekommen, wie Sie mit ihr gesproch-" Sie hielt inne und errötete angesichts des Blicks, mit dem Mr Simpson sie bedachte. „Nun, es lässt sich nicht mehr ändern", fuhr sie schnell fort. „Das Wichtigste ist, Clifford zu schnappen. Miss Trout ist immer noch in Poldarrow Point und in großer Gefahr. Was ist, wenn er beschließt, sie ebenfalls einzusperren?"

„Warum sollte er das tun?"

„Damit sie ihm nicht im Weg ist, während er nach dem Collier sucht, warum sonst? Jetzt, wo Mr Trout geflohen ist, hat er seine einzige Informationsquelle verloren, also muss er sich einfach damit abfinden und systematisch suchen, aber wenn seine Tante im Haus ist, geht das nicht."

Allmählich schien Simpson ihr zu glauben.

„Meinst du, dass Jeremiah Trout wirklich weiß, wo die Halskette ist?", fragte er.

„Ja, ich denke schon, aber er vergisst es manchmal. Und wenn er sich daran erinnert, will er es nicht sagen. Vielleicht sagt er es uns, wenn wir ihm klarmachen, wie wichtig es ist."

Mr Simpson rieb sich nachdenklich das Kinn. Dann schien er einen Entschluss zu fassen.

„Das war sehr gut, dass du Mr Trout gerettet hast“, sagte er, „aber ich denke, es ist jetzt an der Zeit, dass ich die Sache übernehme. Zuallererst müssen wir ihn an einen sicheren Ort bringen.“

„Wohin?“

„Mein Zimmer muss vorerst genügen. Später können wir ihn woanders hinbringen. Wo, sagtest du, ist er jetzt?“

„In Zimmer 402. Wir sollten uns beeilen. Ich muss den Schlüssel heute Morgen zurückgeben, bevor man uns erwischt. Wir dürfen dort eigentlich nicht sein“, erläuterte Barbara auf Simpsons fragenden Blick.

Er lachte und schüttelte den Kopf.

„Deine flexible Einstellung zum Leben ist bewundernswert. In ein paar Jahren wirst du den jungen Mann um den Finger wickeln, der den Mut hat, dich zu heiraten.“

„Das hoffe ich sehr“, sagte Barbara geschmeichelt.

Sie gingen zurück ins Hotel und sie führte ihn in den vierten Stock.

Jeremiah schlief noch immer und Barbara schüttelte ihn sanft.

„Mr Trout, Sie müssen aufstehen!“

„Wie? Was ist los?“, sagte der alte Mann und erwachte schnaubend. Er setzte sich mühsam auf und sah sich um. „Wo bin ich?“, fragte er.

„Sie sind im Hotel Splendide. Ich habe Sie gerettet.“

Er sah sie mürrisch an. „Ich kenne Sie“, sagte er. „Wie heißen Sie?“

„Barbara. Wir müssen Sie in ein anderes Zimmer bringen und Sie vor Clifford verstecken.“

„Ich will mein Frühstück“, sagte Jeremiah. „Ich will ein paar Eier. Ich esse immer Eier zum Frühstück.“

„Sie bekommen ein paar Eier, sobald wir Sie in ein anderes Zimmer gebracht haben“, versprach Barbara.

„Mein Zimmer ist viel gemütlicher als das hier“, sagte Mr Simpson. „Da gefällt es Ihnen sicher besser.“

„Wer sind Sie?“, fragte Jeremiah barsch.

„Mein Name ist Simpson“, antwortete Mr Simpson. „Ich bin ein Freund von Barbara. Ich würde Ihnen gerne helfen, von Poldarrow Point wegzukommen, wenn Sie mich lassen.“

„Ich will nicht weg“, widersprach Jeremiah. „Ich muss mich um den Garten kümmern.“

„Ja, ja“, sagte Barbara ungeduldig. „Sie können bald wieder im Garten arbeiten, aber heute müssen wir Sie verstecken, bis Mr Simpson Clifford verhaftet hat.“

Schließlich konnten sie den alten Mann überreden, aufzustehen. Er ließ sich murrend zu Simpsons Zimmer bringen, ein geräumiges Eckzimmer im zweiten Stock. Kaum angekommen, verlangte er erneut nach Eiern, begnügte sich aber mit ein paar altbackenen Brötchen, die Mr Simpson ihm reichte.

„Gehen Sie jetzt nach Poldarrow Point?“, fragte Barbara Simpson, nachdem sie Mr Trout in einen Sessel am Fenster gesetzt und ihm eine Zeitung zum Lesen gegeben hatten.

Simpson schüttelte den Kopf. „Noch nicht“, sagte er.

„Es ist dringend!“, rief Barbara bestürzt. „Sie müssen Clifford verhaften, bevor er etwas Schreckliches tut.“

„Ich glaube nicht, dass er etwas Schreckliches tun wird“, sagte Simpson. „Außerdem kann ich nicht handeln, ohne mich vorher mit meinen Vorgesetzten abzusprechen. Dies ist ein sehr heikler Fall und eine falsche Entscheidung könnte alles ruinieren.“

„Aber -“

„Du hast sehr gute Arbeit geleistet, und ich werde dafür sorgen, dass dir die gebührende Anerkennung zuteilwird, aber von jetzt an musst du mir alles überlassen.“ Er sprach mit großem Nachdruck, und Barbara erkannte, dass er sich nicht würde umstimmen lassen.

„In Ordnung", sagte sie, „aber bitte beeilen Sie sich."

„Ich rufe jetzt Scotland Yard an und hole meine Anweisungen ein." Er lächelte über ihr enttäuschtes Gesicht. „Was? Hast du erwartet, dass ich sofort mit meiner Waffe im Anschlag losstürme und Clifford niederringe?"

„Ja, ich glaube schon", gab Barbara zu.

„Nun, ich fürchte, die Polizeiarbeit ist nicht so aufregend", sagte er. „Zum Glück, denn ich weiß nicht, ob ich das aushalten würde. Ich kümmere mich jetzt um Mr Trout. Und du gehst brav nach Hause und schläfst dich aus. Außerdem kann ich mir vorstellen, dass Mrs Marchmont sich große Sorgen um dich macht."

„Manchmal denke ich, Angela merkt gar nicht, ob ich da bin oder nicht", sagte Barbara ein wenig traurig.

„Natürlich tut sie das. Sie hat dich sehr gern."

„Meinen Sie?" Barbara strahlte.

„Oh ja. Sie spricht oft von dir."

„Oh! Na, dann kann es wohl nicht schaden, zu Hause vorbeizuschauen."

„So ist's recht", sagte Mr Simpson anerkennend. „Halte dich von allem fern. Ich gebe dir Bescheid, sobald sich etwas ergibt."

„Danke", sagte Barbara und rannte los.

Als sie im Cottage ankam, war niemand im Haus, also ging sie nach oben und warf sich auf ihr Bett. Bis zum nächsten Niedrigwasser hatte sie zwei oder drei Stunden Zeit.

Denn Barbara hatte etwas vor. Sie war enttäuscht, weil Mr Simpson nicht gewillt schien, Clifford auf der Stelle das Handwerk zu legen. Außerdem machte sie sich Sorgen, dass Clifford seiner Tante etwas antun würde, und hatte daher beschlossen, am Nachmittag nach Poldarrow Point zurückzukehren und die alte Dame höchstpersönlich zu retten. Mit Jeremiah hatte es geklappt, dann dürfte es mit Miss Trout auch kein Problem sein. Sie wollte durch den Tunnel ins Haus gehen, Miss Trout suchen und sie in Sicherheit bringen. Dann würde die Polizei Clifford verhaften, sie würden die Halskette finden und die Trouts könnten für den Rest ihrer Tage glücklich in Poldarrow Point leben.

Eingelullt von diesen erfreulichen Gedanken schloss sie die Augen, als sie sich plötzlich kerzengerade aufsetzte. Ihr war eingefallen, dass sie Mr Simpson nichts von Mr Donati erzählt hatte. Donati hatte beinahe zugegeben, Valencourt zu sein, aber in der ganzen Aufregung hatte sie ihn vergessen. Nun, die wahre Identität des Mr Donati würde warten müssen. Sie legte sich wieder hin und rutschte ein wenig hin und her, bis sie eine bequeme Position gefunden hatte.

Kurze Zeit später war sie eingeschlafen.

Kapitel Zweiunddreißig

Es war gegen ein Uhr, als Barbara über den Sandstrand zum Schmugglertunnel lief. Weder Helen Walters noch Mr Donati waren zu sehen, heute hatte sie den Strand für sich allein. Es war Ebbe und der Höhleneingang lag frei. Sie kletterte hinein, schaltete die Taschenlampe ein und folgte dem inzwischen vertrauten Weg zu den Kellern von Poldarrow Point. Die Falltür war nicht verriegelt, wie sie erleichtert feststellte. Sie hatte fast damit gerechnet, dass Clifford sie bei seiner Suche nach Jeremiah verschließen würde. Sie stemmte sich aus dem Ausstieg und ging die Kellertreppe hinauf. Dann kam wie gewohnt die Haarnadel zum Einsatz, nachdem sie sich zunächst vergewissert hatte, dass die Eingangshalle leer war.

Sie hatte überlegt, dass sie sich wie beim letzten Mal im Schrank verstecken würde, und war schon fast hineingekrochen, als sie im Salon Stimmen hörte. Ihr Herz pochte heftig, während sie sich zu der halb geöffneten Tür stahl, um der lebhaften Unterhaltung zu lauschen. Barbaras Augen weiteten sich erstaunt.

„Soweit ich weiß, hat er keine Freunde in Tregarrion",

sagte eine Stimme. Barbara erkannte sie – es war Clifford. „Er könnte überall sein. Vielleicht ist er ins Meer gefallen und ertrunken. Dann wären wir ihn jedenfalls los. Seit Monaten halten wir ihn hier fest - seit Monaten! - und hat es uns auch nur das Geringste gebracht? Nein, natürlich nicht. Er wird von Tag zu Tag verrückter. Ich glaube, er weiß genauso wenig wie wir, wo es ist."

„Er ist ein listiger alter Fuchs", bestätigte eine andere Stimme. Sie kam Barbara ebenfalls bekannt vor, doch es dauerte einen Moment, bis ihr einfiel, dass es Lionel Dorsey war. „Nun, dann müssen wir eben ohne ihn auskommen."

„Ich glaube, du verstehst nicht ganz, mein lieber Lionel", sagte eine dritte Stimme. Barbara zuckte zusammen. Es war unverkennbar die von Miss Trout, aber in ihrem Ton lag eine Härte, die so gar nicht zu ihrem Bild von der freundlichen alten Dame passte. „Es geht nicht nur darum, wie wir ohne ihn weitermachen. Was ist, wenn ihn jemand findet? Er hatte nur wenige Freunde in der Gegend, aber viele Leute kannten ihn vom Sehen. Wenn ihn jemand wiedererkennt, ist der Teufel los. Wir müssen ihn finden und zwar schnell. Clifford, wie oft habe ich dir schon gesagt, dass du die Tür oben abschließen sollst?"

„Ich kann nicht immer an alles denken", maulte Clifford. „Du weißt, dass ich viel um die Ohren habe."

„Zum Beispiel deine arme alte Mutter um ihr rechtmäßiges Eigentum zu bringen?", fragte Miss Trout mit zuckersüßer Stimme.

„Du weißt, dass ich das nie getan hätte."

Miss Trout schnaubte.

„Du und Lionel und seine reizende Frau", sagte sie. „Ihr drei habt nicht einmal genug Verstand für einen. Dachtet ihr, ich würde nichts merken? Ich bin nicht dumm, weißt du, und taub bin ich auch nicht. Ich habe euch gehört, wie ihr nachts die Wände abgeklopft und die Möbel herumgeschoben habt."

„Ich dachte, du schläfst", sagte Clifford mürrisch.

„Oh, ich hätte bestimmt tief und fest geschlafen, wenn ich die heiße Milch getrunken hätte, die du mir jeden Abend gebracht hast. Du denkst wohl, ich wüsste nicht, was du da reingetan hast. Deine eigene Mutter vergiften, Clifford? Du solltest dich was schämen!"

„Das darfst du nicht sagen, Ma", sagte Clifford. „Dich vergiften? Das würde ich niemals tun. Du weißt doch, dass ich dich lieb hab. Ich wollte nur, dass du besser schläfst, das ist alles."

„Wie fürsorglich!", gab Miss Trout sarkastisch zurück. „Ich wusste die ganze Zeit genau, was los war, also hättest du dir die Mühe sparen können. Und dann noch diese anonymen Briefe – dass ich nicht lache!"

„Das war Harriets Idee", sagte Lionel. „Ich habe ihr gleich gesagt, dass es nicht funktioniert, aber sie meinte, wir sollten es trotzdem versuchen."

„Offenbar hat es tatsächlich nicht funktioniert", bemerkte Miss Trout. „Ihr habt doch nicht im Ernst geglaubt, dass ich Poldarrow Point verlasse, oder?"

„Ich dachte schon, Harriet hätte Vernunft angenommen", meinte Dorsey, „aber dann hat sie dieser hochnäsigen Mrs Marchmont einen geschickt."

„Was hat sie sich bloß dabei gedacht?", fragte Clifford. „Angela Marchmont hat einen direkten Draht zu Scotland Yard. Wenn wir nicht aufpassen, hetzt sie uns im Handumdrehen den ganzen Laden auf den Hals."

„Aber das wussten wir erst, nachdem ihr es uns gesagt habt", sagte Dorsey. „Warum musstet ihr sie überhaupt in die ganze Sache hineinziehen?"

„Weil sie, wie Clifford sagte, einen direkten Draht zu Scotland Yard hat", erklärte Miss Trout bissig. „Ich bin nicht mehr die Jüngste, mein eigener Sohn hat ein Komplott gegen mich geschmiedet und ich konnte kaum selbst zur Polizei gehen, wie ihr sicher einseht. Aber jemand wie Angela Marchmont - nun, das ist etwas ganz anderes. Sie ist wie die Polizei, aber sie ist nicht die Polizei, wenn ihr versteht, was ich meine. Ich dachte, ihr würdet euch besser benehmen, wenn ihr wüsstet, dass sie ein Auge auf euch hat."

„Dann hast du sie also hierher eingeladen?", fragte Dorsey. „Mit welcher Begründung?"

„Nein, ich habe sie nicht eingeladen. Ich habe sie eines Tages gesehen und wusste sofort, wer sie war, schließlich war ihr Foto in allen Zeitungen. Und da dachte ich, es könnte nützlich sein, ihre Bekanntschaft zu pflegen. Ich musste mir nur eine gute Geschichte ausdenken. Glücklicherweise fielen sie und das Mädchen sofort darauf herein und danach fühlte ich mich etwas sicherer. Seltsam, nicht wahr? Wer hätte gedacht, dass ich mal Schutz vor meiner eigenen Familie brauche?"

„Komisch - das hat Wally auch gesagt", kicherte Dorsey.

„Ich weine Wally keine Träne nach, er nutzt niemandem", sagte Clifford, „und er hat uns oft genug hintergangen. Er hat sein verdientes Ende gefunden, mehr gibt es dazu nicht zu sagen."

„Aber er hat keineswegs sein Ende gefunden", wandte Lionel ein. „Er ist geflohen und hat uns wieder einmal alle zum Narren gehalten. Er hat mehr Leben als eine Katze, unser Wally."

„Diesmal nicht", sagte Miss Trout. „Wir werden ihn finden - oder besser gesagt: Ihr werdet ihn finden, und wenn ihr ihn findet, werden wir ein für alle Mal mit ihm abrechnen. Wie du schon sagtest, Clifford: Er nutzt niemandem. Wir haben ihn monatelang eingesperrt und er hat nicht geliefert. Und das wird er sicher auch in Zukunft nicht tun."

In ihrer Stimme lag eine kalte Entschlossenheit, die Barbara erschaudern ließ, und sie machte unwillkürlich einen Schritt von der Tür zurück. Sie traute ihren Ohren kaum. Es war also alles von Anfang bis Ende gelogen! Miss Trout war keineswegs die nette alte Dame, als die sie sich ausgegeben hatte. Ganz im Gegenteil: Sie hatte die anderen dazu angestiftet, ihren eigenen Bruder gefangen zu halten, um ihm das Versteck der Halskette zu entlocken.

Miss Trout hatte von Cliffords Plänen gewusst und sie hatte sich mit Angela angefreundet, in der Hoffnung, dass ihr Angelas Bekanntheit und ihre enge Verbindung zu Scotland Yard einen gewissen Schutz vor ihrem Sohn und seinen Kumpanen bieten würden. Und es hatte tatsächlich funktioniert! Barbara und Angela waren auf ihre Lügen hereingefallen und hatten bereitwillig ihre Zeit geopfert, um Poldarrow Point auf der Suche nach dem Collier auf den Kopf zu stellen, weil Jeremiah das Versteck nicht preisgeben konnte oder wollte.

Vieles von dem, was hier vor sich ging, verstand Barbara nach wie vor nicht, aber es hatte den Anschein, als hätte Jeremiahs Flucht zu einer gewissen Annäherung zwischen Miss Trout, den Dorseys und Clifford geführt. Auf jeden Fall waren sie bereit, zusammenzuarbeiten, um den alten Mann zu schnappen.

Nicht auszudenken, was sie ihm antun würden, wenn sie ihn fanden! Miss Trout hatte gesagt, sie würden „ein für alle Mal mit ihm abrechnen", was äußerst besorgniserregend klang. Barbara war heilfroh, dass Jeremiah in den Händen der Polizei war. Damit war zumindest ein Problem aus der Welt geschafft. Sie konnten nach ihm suchen, bis sie schwarz wurden, aber sie würden ihn nicht finden. In Mr Simpsons Hotelzimmer war er in Sicherheit.

Barbara überlegte angestrengt, was sie jetzt tun sollte. Sie war mit der Absicht hergekommen, Miss Trout vor ihrem hinterhältigen Neffen zu retten – und hatte herausgefunden, dass der hinterhältige Neffe in Wirklichkeit ihr Sohn war und Miss Trout überhaupt nicht gerettet werden musste! Barbara fühlte sich verletzt und betrogen.

Wenn man einer netten alten Dame nicht trauen kann, wem dann?, dachte sie. Sie hat uns die ganze Zeit mit ihrem Geschwätz an der Nase herumgeführt. Und wie schlau sie dabei vorgegangen ist! Sie hat uns nicht gebeten, ihr zu helfen, sondern hat es so gedeichselt, dass wir von uns aus dazu bereit waren, als sei es unsere eigene Idee gewesen.

Und wir sind geradewegs in ihre Falle getappt, so wie sie es geplant hatte. Das war so gemein von ihr! Ich hätte nicht übel Lust, ihr die Meinung zu sagen. Aber wahrscheinlich wäre es besser, zu verschwinden und Mr Simpson alles zu erzählen.

Barbara tat jedoch weder das eine noch das andere, sondern ging näher an die Tür, um zu lauschen. Die Bande schien zu debattieren, wie sie am besten nach Jeremiah suchen sollten.

„… durch den Tunnel", sagte Miss Trout. „Aber wenn gerade Hochwasser war, ist das eher unwahrscheinlich. Hat jemand nachgesehen, ob er durch die Falltür geklettert ist?"

„Durch die Falltür?", fragte Clifford zweifelnd. „Wie sollte er die Leiter hinunterkommen? Er ist viel zu alt für so etwas."

„Trotzdem sollte jemand nachsehen", beharrte Miss Trout.

„Also gut", sagte Clifford widerstrebend. „Ich gehe in den Keller. Wo ist die Taschenlampe?"

Barbara sprang von der Tür weg und huschte blitzschnell in den Schrank – gerade noch rechtzeitig, denn im nächsten Moment hörte sie die Tür zum Salon quietschen, als jemand in die Eingangshalle trat. Ein Schauer der Angst durchfuhr sie, als ihr einfiel, dass sie die Kellertür nicht abgeschlossen hatte, aber daran ließ sich jetzt nichts mehr ändern.

Sie hörte Schritte, die langsam und vorsichtig die Treppe hinuntergingen, und wartete mit angehaltenem Atem. Sie hatte auch die Falltür offen gelassen, wie Clifford im nächsten Moment feststellen würde. Ob er daraus schloss, dass Jeremiah durch den Tunnel geflohen war? Nach einer gefühlten Ewigkeit kamen die Schritte die Treppe wieder hoch, dann wurde die Kellertür mit einem Klicken geschlossen und kurz darauf war das Quietschen der Tür zum Salon zu hören. Barbara wartete ein paar Sekunden, bevor sie so leise wie möglich aus ihrem Versteck hervorkroch. Als Erstes vernahm sie die Stimme von Miss Trout.

„Dann musst du wohl hinterher", stellte Miss Trout gerade klar. Ihre Stimme hatte einen barschen Unterton und Barbara fragte sich, warum er ihr nie zuvor aufgefallen war.

„Aber er wird kaum unten im Tunnel hocken", erwiderte Clifford. „Wahrscheinlich ist er längst in Penzance. Wenn er den Frühzug genommen hat, könnte er sogar schon in London sein."

„Red keinen Unfug!", wies ihn seine Mutter zurecht. „Wie sollte er ohne Geld nach London kommen?"

„Vielleicht hat er das Collier mitgenommen."

„Um sich damit einen Zugfahrschein zu kaufen? Nein", beharrte Miss Trout, „glaub mir, er versteckt sich im Tunnel. Darauf verwette ich meinen Kopf. Du musst runtergehen und ihn suchen."

„Das geht nicht", wandte Clifford ein, „du weißt doch, dass ich -"

Was ihn daran hinderte, im Tunnel zu suchen, sollte Barbara nie erfahren, denn in diesem Moment legte sich eine Hand um ihren Arm.

„Darf ich fragen, was du hier treibst?", fragte Harriet Dorsey.

Kapitel Dreiunddreißig

BARBARA HIELT ENTSETZT DEN ATEM AN. Sie sah sich panisch nach einer Fluchtmöglichkeit um, aber Mrs Dorseys Griff um ihren Arm war eisenhart, und so sehr sie sich auch anstrengte, sie konnte sich nicht befreien. Harriet riss sie herum und starrte sie böse an.

„Wie kommst du dazu, an Türen zu lauschen?", fragte sie.

„Oh, Gott sei Dank, dass Sie da sind!", begann Barbara. „Ich habe gerade einen Mann mit einer Augenklappe durch das Küchenfenster klettern sehen. Er hatte eine Axt dabei und -"

„Lass das!", schnauzte Harriet. „Typen wie dich kenne ich. Dieses Gefasel funktioniert bei mir nicht. Ich habe dich gerade aus dem Schrank kommen sehen. Versuch bloß nicht, das Unschuldslamm zu spielen. Diese Frau schickt dich, stimmt's? Du sollst für sie spionieren."

„Für wen? Für Angela? Natürlich nicht", antwortete Barbara wahrheitsgemäß. „Ich spioniere für niemanden."

„Warum bist du dann hier?"

Barbara wollte gerade etwas sagen, als die Tür des Salons aufging.

„Ach, du bist es." Barbaras Anblick löste bei Miss Trout nicht gerade helle Freude aus. „Ich hätte mir denken können, dass du hier herumschnüffelst."

„Ich tue nur, worum Sie mich gebeten haben", gab Barbara verärgert zurück.

„Ja", sagte Miss Trout. „Das nächste Mal werde ich vorsichtiger sein. Ich denke, wir sollten uns ein wenig unterhalten."

Harriet schob Barbara unsanft in den Salon und wies auf einen Stuhl.

„Setz dich", sagte sie barsch.

Barbara nahm zögernd Platz. Clifford, Lionel, Miss Trout und Harriet starrten sie mit einer Mischung aus Überraschung und Misstrauen wortlos an.

„Wie viel hat sie gehört?", fragte Lionel seine Frau.

„Keine Ahnung. Ich kam gerade die Treppe hinunter, als ich sah, wie sie aus dem alten Schrank kroch und sich an die Tür stellte, um zu lauschen. Ich weiß nicht, wie lange sie schon hier ist."

„Ich weiß es auch nicht", sagte Barbara. „Wie spät ist es denn? Ich dachte, ich hätte meinen Regenschirm hier vergessen und habe im Schrank danach gesucht. Dabei bin ich eingeschlafen und - au!"

Sie brach mit einem Aufschrei ab, als Harriet ihr eine schallende Ohrfeige versetzte. „Ich habe gesagt, du sollst aufhören!"

„Warum haben Sie mich geschlagen?" Barbara rieb sich die brennende Wange und kämpfte mit den Tränen.

„Harriet, Liebes, das ist doch nicht nötig", sagte Miss Trout. „Ich bin sicher, Barbara wird uns von sich aus die Wahrheit sagen. Nicht wahr, Kind?"

Barbara sah sie finster an.

„Sagen Sie dieser Frau, sie soll aufhören, mich zu schlagen", verlangte sie mürrisch.

„Aber natürlich, wir müssen nett sein zu unseren Gästen, Harriet", sagte Clifford. „Nun, Barbara, du weißt bestimmt, dass Kinder nicht an Türen lauschen sollen. Normalerweise erwartet ein kleines Mädchen, das beim Lauschen erwischt wird, eine sehr harte Strafe. Davon werden wir selbstverständlich absehen, aber du musst uns genau sagen, was du gehört hast."

Barbara presste fest die Lippen zusammen. Lionel Dorsey schnalzte ungeduldig mit der Zunge.

„Warum redet sie nicht?", fragte er.

„Vielleicht hat sie nichts zu erzählen", sagte Clifford.

„Natürlich hat sie das", sagte Harriet. „Ich habe selbst gesehen, wie sie gelauscht hat."

„Wir haben keine Zeit für solche Mätzchen", ging Miss Trout plötzlich dazwischen. „Wir wissen immer noch nicht, wo Wally ist. Wir müssen ihn finden, und zwar schnell. Clifford, bring das Mädchen erst einmal in Wallys Zimmer. Du begleitest ihn, Lionel. Sie darf auf keinen Fall entwischen. Wir können später entscheiden, was wir mit ihr machen. Und vergiss diesmal nicht, die Tür abzuschließen."

„Bestimmt nicht, Ma", versprach Clifford.

Er und Lionel erhoben sich, packten das Mädchen bei den Armen und führten sie aus dem Salon. Barbara konnte sich gut vorstellen, wohin sie sie bringen würden, und ihre Laune besserte sich erheblich, als sie den Flur durchquerten und die Treppe zum obersten Stockwerk hinaufstiegen.

„Wer ist Wally?", fragte sie, obwohl sie glaubte, die Antwort zu kennen.

„Das geht dich nichts an", erwiderte Clifford.

Er öffnete die Tür am Ende des Ganges im zweiten Stock und bedeutete ihr, einzutreten.

Allmählich fand Barbara die ganze Sache recht amüsant.

„Was haben Sie mit mir vor?", fragte sie mit angstvoll aufgerissenen Augen und einem überzeugenden Anflug von Hysterie in der Stimme. „Oh, bitte sperren Sie mich nicht ein! Das ertrage ich nicht! In der Schule haben sie uns vor den weißen Sklavenhändlern gewarnt, das ist ein Schicksal schlimmer als der Tod. Oh, bitte lassen Sie mich gehen! Ich flehe Sie an! Ich werde sterben, oh nein, das überlebe ich nicht!"

Sie sank auf die Knie und klammerte sich laut schluchzend an Cliffords Jacke. Er schüttelte sie angewidert ab.

„Mach dich nicht lächerlich!", herrschte er sie an.

Barbara heulte auf und stürzte sich auf Lionel, der erschrocken zur Seite sprang.

„Ich wusste, dass sie es auf die jämmerliche Tour versuchen würde", sagte eine Frauenstimme hinter ihnen. Es war Harriet Dorsey, die ihnen gefolgt war. Barbara, deren Wange noch immer von der Ohrfeige brannte, verstummte, sprang auf und ging ohne weitere Gegenwehr durch die Tür.

„Warum nicht gleich so?", bemerkte Clifford. Er folgte ihr bis zu der Tür am Ende des Geheimganges und schloss sie auf. „Runter mit dir", sagte er schroff und wies auf die Treppe.

Lionel und Harriet hielten Wache, während Barbara Stufe für Stufe hinunterstieg, gefolgt von Clifford. Sie durchquerten das dunkle Vorzimmer und kamen in das Schlafzimmer von Jeremiah Trout, das Barbara nur allzu bekannt war.

„Na so was, das ist ja ein Geheimzimmer", rief

Barbara. Es erschien ihr angebracht, Überraschung vorzutäuschen.

„Stimmt", sagte Clifford. „Die Tür am oberen Ende der Treppe ist der einzige Ausgang und zu der habe ich den Schlüssel. Hier kommst du nicht raus, du brauchst es gar nicht zu versuchen."

„Wie lange wollen Sie mich hier festhalten?", fragte Barbara.

„Das kommt darauf an", meinte Clifford unheilvoll. Dann stieg er die Treppe hinauf, wechselte ein paar Worte mit den Dorseys, dann schlug die Tür zu und der Schlüssel drehte sich im Schloss.

Barbara wartete ein paar Minuten, dann holte sie ihre Taschenlampe hervor und lief ins Vorzimmer. Es dauerte eine Weile, aber schließlich fand sie den Löwenkopf, hinter dem sich das Schlüsselloch verbarg, und schob ihn beiseite.

Die Bande wusste offensichtlich nichts von der Geheimtür und ging davon aus, dass Jeremiah über die Treppe geflohen war. Sie würden vor Wut schäumen, wenn sie feststellten, dass sie ebenfalls entwischt war! Bei dem Gedanken musste Barbara grinsen. Sie kramte in ihrer Tasche, holte den Schlüssel heraus und machte sich auf den Weg in den Keller.

Die Falltür war immer noch offen. Sie kletterte in den Tunnel und gelangte durch den steil abfallenden Gang zu der Geröllhalde. Sie zwängte sich durch die kleine Öffnung, die sie in der Nacht zuvor mühsam geschaffen hatte. Sie war gerade auf der anderen Seite angekommen, als sie Stimmen hörte. Das Herz schlug ihr bis zum Hals. Aber natürlich! Lionel und Clifford suchten im Tunnel nach Jeremiah! Wie hatte sie das nur vergessen können?

Beinahe hätte sie sich geschlagen gegeben und war kurz davor, in das geheime Zimmer zurückzulaufen, aber dann verwarf sie den Gedanken sofort wieder. Nein, wenn sie noch länger wartete, kam das Hochwasser, und dann saß sie stundenlang hier fest. Das durfte nicht passieren.

Was, wenn die Bande zu dem Schluss kam, dass sie ihnen zu gefährlich war und kurzen Prozess mit ihr machte? Barbara hatte nur den dringenden Wunsch, Poldarrow Point so schnell wie möglich hinter sich zu lassen und Angela oder Mr Simpson alles zu erzählen. Sie hatte normalerweise großes Vertrauen in ihre eigenen Fähigkeiten, aber es gab Situationen, in denen sie die Hilfe eines Erwachsenen brauchte. Jemand musste Miss Trout und ihre Kumpane so schnell wie möglich verhaften.

Sie nahm all ihren Mut zusammen, schlich den Tunnel entlang bis zu der Stelle, wo er in den Hauptgang mündete, und blieb stehen, um zu lauschen. Es hörte sich an, als hätten Clifford und Lionel die Abzweigung passiert und seien unterwegs zur Fasskammer, denn zu ihrer Linken hörte sie gedämpfte Schritte. Sie spähte in den Haupttunnel und sah den Strahl der Taschenlampe, der nach und nach schwächer wurde. Die beiden Männer entfernten sich also von ihr. So schnell und so leise wie möglich folgte sie ihnen und war bald bis auf zehn Meter an sie herangekommen.

„Wie kann Ma bloß denken, dass Wally es bis hierher geschafft hat?", brummte Clifford. „Für uns ist es schwierig genug und wir sind viel jünger als er."

„Ja, aber so vernünftig würde er nicht denken, oder?", antwortete Dorsey. „Er ist nicht ganz richtig im Kopf. Wer weiß, was er unternimmt?"

„Nicht richtig im Kopf stimmt haargenau", sagte Clifford mit einem humorlosen Lachen. „Mit etwas Glück hat er sich den Schädel an einem Felsen eingeschlagen, sodass uns weiterer Ärger erspart bliebe!"

Sie betraten die Fasskammer, in der es nicht ganz so dunkel war. Barbara zog sich vorsichtshalber in die tiefe

Dunkelheit des oberen Tunnels zurück und beobachtete, wie sich die Umrisse der beiden Männer in der Dunkelheit hin und her bewegten.

„Was ist das?", fragte Lionel. Seine Stimme hallte von den Wänden der Höhle wider.

„Hier haben die alten Schmuggler früher ihre Beute gelagert", sagte Clifford.

„Das könnte nützlich sein."

„Dafür ist es jetzt zu spät", widersprach Clifford. „Wir müssen das Ding finden und bis zum Fünften die Bude räumen."

„Könnte es nicht hier unten sein?"

„Ich hoffe nicht. Ich habe keine Lust, hier alles zu durchsuchen, und du? Außerdem, warum sollte er es in einem Tunnel verstecken, der bei Ebbe frei zugänglich ist, wenn das eigene Haus ganz in der Nähe viel sicherere Verstecke bietet?"

„Moment mal", sagte Lionel. „Du hast gesagt, der Tunnel führt hinunter zum Strand. Das bedeutet doch, dass wir immer noch kommen und gehen können, wie wir wollen, selbst wenn ihr aus dem Haus ausziehen müsst, oder?"

„Grundsätzlich schon. Aber jetzt ist uns diese kleine Göre auf die Schliche gekommen. Das bedeutet, dass wir das Collier so schnell wie möglich in die Finger kriegen und dann verschwinden müssen."

„Können wir sie nicht ihrerseits einfach verschwinden lassen?"

„Das soll Ma entscheiden. Ich weiß nicht, was sie mit dem Mädchen vorhat, aber es ist gar nicht so einfach, jemanden loszuwerden. Das fällt früher oder später auf."

„Das weiß ich, aber mit etwas Fantasie lässt sich alles bewerkstelligen", sagte Lionel. Seine Stimme hatte einen bedrohlichen Unterton, der Barbara erschaudern ließ.

„Egal, was wir tun, wir müssen vorsichtig sein, sonst haben wir ihre Patentante am Hals - und die Polizei gleich mit."

„Das stimmt", sagte Lionel. Er ließ den Lichtstrahl seiner Taschenlampe ziellos in der Kammer herumwandern. „Wally ist nicht hier. Gehen wir weiter?"

„Noch nicht", sagte Clifford. „Es gibt noch einen weiteren Abzweig des Tunnels. Den sollten wir uns ansehen, bevor wir weitergehen."

Barbara zog sich hastig in den Gang zurück, aber in ihrer Eile stolperte sie über einen losen Stein und wäre beinahe gefallen. Der Stein rollte mit lautem Gepolter in die Fasskammer und Barbara erstarrte vor Schreck.

„Was war das?", fragte Lionel.

„Na so was!", rief Clifford. „Der gute Wally ist also doch hier unten. Er verfolgt uns schon die ganze Zeit. So ein listiger alter Bursche!"

Die beiden Männer richteten ihre Taschenlampen in den oberen Tunnel und kamen langsam näher. Barbara wich den Lichtstrahlen aus, ging vorsichtig den Weg zurück, den sie gekommen war, dann drehte sie sich um und rannte so schnell sie konnte davon - was nicht sehr schnell war, weil sie es nicht wagte, ihre eigene Taschenlampe einzuschalten. Sie hörte Clifford und Lionel hinter sich und beschleunigte ihre Schritte. Sie keuchte vor Anstrengung und hatte Mühe, ihre aufkommende Panik zu beherrschen.

„Halt!", ertönte Cliffords Stimme hinter ihr. „Ich weiß, dass du hier unten bist, du mieser Schurke. Du hast doch nicht wirklich geglaubt, du könntest uns entwischen, oder?"

Barbara hörte die Männer keuchen, als sie sich den steilen Gang hinaufquälten. Ihre Taschenlampen leuchteten hell, im nächsten Augenblick würden sie sie sehen.

Sie stolperte, richtete sie sich auf und rannte blindlings weiter, bis sie zu der Weggabelung kam. Nein, das war keine gute Idee. Dieser Weg führte in das Geheimzimmer und dann war sie wieder da, wo sie angefangen hatte. Halb laufend, halb krabbelnd brachte sie die letzten Meter des Tunnels hinter sich und stieß schließlich auf die Eisenleiter. Sie war jedoch kaum mehr als einen Meter hochgeklettert, als sie plötzlich in gleißendes Licht getaucht war. Sie hatten sie entdeckt.

„Na, sieh mal einer an!", sagte Lionel. „Es ist doch nicht Wally, es ist die Göre! Wie kommt die denn hierher?"

Er packte sie an den Knöcheln, doch sie versetzte ihm einen kräftigen Tritt in den Magen.

„Uff!", sagte er erschrocken und taumelte zurück. Barbara kletterte weiter die Leiter hinauf und versuchte, die offene Falltür zu erreichen.

„Du kleines Biest", knurrte Clifford. „Das machst du bei mir besser nicht."

Er griff sich ihre Beine und zog mit seinem ganzen Gewicht daran. Barbara blieb nichts anderes übrig als loszulassen, sodass beide übereinander auf den harten Boden fielen. Sie rappelte sich auf und versuchte zu entkommen, aber Lionel war schneller. Er packte sie und gab ihr eine schallende Ohrfeige. Wimmernd versuchte sie, den Kopf mit den Armen zu schützen.

„Wenn du das noch ein einziges Mal versuchst, bleibt es nicht bei Ohrfeigen", zischte er wütend.

Clifford hatte sich mühsam aufgerichtet und betrachtete Barbara mit grimmigem Blick.

„Wie bist du rausgekommen?", fragte er.

Barbara presste die Lippen aufeinander, woraufhin Lionel erneut zuschlug.

„Aua!", schrie sie. „Hören Sie auf!"

„Dann beantworte die Frage", verlangte Lionel. Er hob die Hand und sie duckte sich unwillkürlich.

„Na gut!", schmollte sie. „Wenn Sie es unbedingt wissen wollen: Ich bin durch diesen Tunnel gekommen."

Sie zeigte auf den zweiten Gang, der zum Felssturz führte.

„Aber der ist versperrt", sagte Clifford.

„Nicht mehr", sagte Barbara. „Ich habe ihn freigelegt. Er führt in das Geheimzimmer."

„Was?" Clifford war verblüfft.

Barbara nickte.

„Vielleicht ist Wally auf diesem Weg entkommen", sagte Lionel.

Barbara hätte gerne mit der entscheidenden Rolle geprahlt, die sie bei Wallys Flucht gespielt hatte, aber ihre Ohren klingelten immer noch, also hielt sie den Mund.

„Komm schon", sagte Clifford. „Wir gehen hin und sehen uns das an. Lass sie nicht entwischen."

Dorsey hielt Barbaras Arme fest und schob sie vor sich her in den Seitenzweig des Tunnels. Die beiden Männer betrachteten erstaunt die Geröllhalde mit dem Loch, das gerade so groß war, dass ein Mann hindurchklettern konnte.

„Wo, sagtest du, führt er hin?", fragte Clifford Barbara.

„Er führt in einen anderen Keller, dann eine Treppe rauf und durch eine Geheimtür in das kleine dunkle Zimmer mit dem Sessel", antwortete sie.

Clifford nickte Lionel zu.

„Geh und sieh dich um", befahl er. „Ich halte das Mädchen fest."

Lionel näherte sich dem Felssturz und leuchtete mit seiner Taschenlampe durch das Loch.

„Ich kann nur einen weiteren Tunnel sehen", sagte er.

„Ja, aber dann kommt man zu einer Leiter, die durch

eine weitere Falltür in einen anderen Kellerraum führt", sagte Barbara.

Cliffords Taschenlampe drohte ihm aus der Hand zu gleiten, sodass er für den Bruchteil einer Sekunde abgelenkt war, und Barbara nutzte die Gelegenheit, um ihm so fest wie möglich gegen das Schienbein zu treten. Er schrie auf und ließ die Taschenlampe fallen, woraufhin sich Barbara seinem Griff entwand und den Gang hinunterlief. Diesmal ging es nicht darum, im Dunkeln herumzuschleichen, sodass sie niemand sah, sondern nur darum, so schnell wie möglich zu entkommen. Also holte sie ihre eigene Taschenlampe hervor, schaltete sie ein und richtete den Lichtstrahl auf den Boden.

Sie bog in den Haupttunnel ein und bewegte sich halb rennend, halb rutschend den steilen Gang hinunter, während sie die wütenden Rufe der Männer hinter sich hörte. Bald erreichte sie die Fasskammer und durchquerte sie im Laufschritt, bis sie zum Eingang des unteren Tunnels kam. Hier hatte sie ihren Verfolgern gegenüber einen Vorteil, denn sie kannte sich hier inzwischen recht gut aus. Die Stimmen der beiden wurden immer leiser, weil sie sich vorsichtiger vorantasten mussten und immer wieder stolperten.

Barbara verlangsamte ihre Schritte ein wenig und atmete auf, doch ihre Erleichterung währte nur kurz, als sie um eine Kurve bog und direkt in einer Wasserlache landete. Erschrocken stellte sie fest, dass es später sein musste, als sie gedacht hatte: Die Flut war schon ein Stück weit in die Höhle vorgedrungen. Sie leuchtete auf den Boden und sah, dass das Wasser nicht so tief war wie bei ihrem ersten Besuch, als sie von der Flut überrascht worden war. Die Stimmen der Männer kamen unaufhaltsam näher. Sie saß in der Falle.

Ein Lichtstrahl traf sie.

„Da ist sie!", knurrte Lionel.

Für Barbara gab es kein Zurück. Sie zog die Schuhe aus, drehte sich um und lief direkt ins Wasser. Es war eiskalt, aber sie achtete nicht darauf, sondern ging beharrlich weiter. Bald reichte ihr das Wasser bis zu den Knien.

Lionel und Clifford blieben unschlüssig stehen. Offensichtlich behagte ihnen die Vorstellung nicht, sich in die Fluten zu stürzen, doch nach einer kurzen Besprechung entledigten sie sich ebenfalls ihrer Schuhe und folgten ihr. Barbara stand inzwischen bis zur Hüfte im Wasser. Sie blickte sich um und sah ihre Verfolger näherkommen, ging aber entschlossen weiter.

Der Gang verlief hier offenbar eben, denn das Wasser hatte für eine gewisse Strecke immer die gleiche Tiefe, doch dann geriet sie in eine Senke und plötzlich reichte ihr das eisige Wasser bis zur Brust. Wenn sie weiter watete, wurde sie zu langsam, ihre Verfolger würden sie mühelos einholen. Also warf sie ihre Taschenlampe weg und begann zu schwimmen. In einiger Entfernung sah sie ein schwaches Licht – das musste der Höhleneingang sein. Sie machte noch kräftigere Schwimmbewegungen und bald stellte sie erleichtert fest, dass der Boden unter ihr anstieg und das Wasser flacher wurde.

Keuchend tauchte sie in die äußere Höhle ein und blinzelte in das helle Licht, das von außen hereinkam. Hier reichte ihr das Wasser nur bis zu den Oberschenkeln und sie begann, zum Eingang zu waten. Sie hatte die Höhle schon halb durchquert, als Lionel und Clifford auftauchten. Mit einem Aufschrei stolperte sie, fing sich jedoch wieder und ging weiter. Die Flut hatte die Höhlenöffnung noch nicht ganz bedeckt, und sie duckte sich unter dem gewölbten Eingang ins Freie, um dann hastig zum Strand zu waten.

Aber Lionel Dorsey war schneller: Er war jünger und

kräftiger als Clifford und hatte sie schon fast eingeholt. Sie schrie auf, als er sich auf sie stürzte. Sie konnte sich losreißen, aber er holte sie mühelos ein und brachte sie zu Fall. Das Wasser stand hier knietief, die Strömung war stark, und sie hustete und spuckte, als sie eine Ladung Salzwasser schluckte.

„Dir werde ich eine Lektion erteilen, du kleines Biest", brüllte er, packte sie an den Schultern und hielt sie unter Wasser. Barbara strampelte wie wild, konnte sich aber nicht befreien. Im letzten Moment zog er sie wieder hoch. Sie schnappte verzweifelt nach Luft. Er wartete, bis sie halbwegs zu Atem gekommen war, dann tauchte er sie erneut unter.

Diesmal war Barbara vorbereitet. Sie ließ sich schlaff in seine Umklammerung sinken, als sei sie bewusstlos. Lionel lockerte überrascht seinen Griff und Barbara biss ihn kräftig in die Hand. Er schrie auf und ließ sie los und während er sich seinen blutenden Daumen hielt, sprang Barbara auf und stolperte schluchzend und würgend auf den Strand zu. Das Wasser brannte ihr in den Augen, sie konnte kaum sehen, wohin sie lief, aber sie rannte weiter. Ihr einziger Gedanke war, festen Boden unter den Füßen zu kriegen.

Außer Atem prallte sie blindlings gegen ein Hindernis. Zwei Arme packten sie und sie schrie auf, weil sie einen Moment lang dachte, es sei Clifford.

„Schnell, bringen Sie sie ans Ufer und vergewissern Sie sich, dass sie nicht verletzt ist", sagte eine fremde Stimme.

Sie nahm um sich herum weitere Stimmen wahr, doch sie war zu erschöpft und verwirrt, um zu verstehen, was vor sich ging. Sie wurde an jemanden weitergegeben, der sie aufhob, aus dem Wasser trug und behutsam auf dem Sand absetzte.

„Alles in Ordnung, Miss?", fragte jemand.

Barbara hob zitternd den Blick und sah, wie Clifford, Lionel und mehrere Polizisten im Wasser miteinander kämpften.

„Ich glaube, mir wird schlecht", sagte sie, und so war es.

Kapitel Vierunddreißig

ANGELA MARCHMONT SAß auf der Terrasse des Hotels Splendide und starrte gedankenverloren ins Leere. Die gekühlte Limonade, die sie sich bestellt hatte, stand unberührt vor ihr auf dem Tisch. Endlich schien sie aus ihren Träumereien zu erwachen, denn sie sah sich ein wenig überrascht um, seufzte und holte ein goldenes Zigarettenetui aus ihrer Handtasche.

„Darf ich?", sagte eine Stimme. Es war George Simpson, der ihr ein Feuerzeug hinhielt. Angela sah ihn an und hielt ihre Zigarette an die Flamme. Simpson setzte sich, zündete sich selbst eine an und betrachtete sie neugierig.

„Ich war gerade dabei, meine Gedanken zu sammeln", sagte sie. „Barbara ist verschwunden. Sie ist gestern Abend nicht nach Hause gekommen, hat mir aber eine seltsame Nachricht hinterlassen, in der es hieß, sie seien in Sicherheit und sie seien zum Hotel gegangen - wer auch immer ‚sie' sein mögen. Ich habe mehrmals an der Rezeption nachgefragt, aber niemand scheint etwas zu wissen."

„Ich glaube, da kann ich Ihnen weiterhelfen", sagte Mr

Simpson. „Ich habe sie heute Morgen gesehen. Sie war auf der Suche nach einem Versteck für Mr Trout."

Angela sah ihn verständnislos an.

„Mr Trout?", fragte sie.

„Ja", antwortete Mr Simpson langsam. „Wie es scheint, ist Jeremiah Trout gar nicht tot, sondern wurde seit ein paar Monaten in Poldarrow Point gefangen gehalten. Barbara hat ihn gefunden und durch den Tunnel hinausgeschmuggelt, und jetzt ist er hier im Hotel - in meinem Zimmer, um genau zu sein."

Angela starrte ihn wenig damenhaft mit offenem Mund an.

„Ich bitte um Verzeihung", brachte sie schließlich hervor. „Ich dachte gerade, Sie hätten gesagt, Jeremiah Trout sei noch am Leben."

„Genau das habe ich gesagt", erwiderte er amüsiert. „Anscheinend wusste er, wo das Collier ist, aber sein Erinnerungsvermögen hat stark gelitten und er hat das Versteck vergessen. Laut Barbara hat Clifford Maynard Jeremiah in einem Geheimzimmer gefangen gehalten, um ihm die entscheidende Information zu entlocken. Bislang hatte er damit keinen Erfolg."

„Was in aller Welt hat dieses Kind getrieben?", fragte Angela. „Man kann Barbara keinen Moment allein lassen, ohne dass sie in irgendeine Bredouille gerät. Ah", sagte sie, als ihr plötzlich ein Licht aufging, „in ihrer Nachricht meinte sie also Jeremiah Trout, nicht Emily Trout. Ich dachte, sie hätte sich vorgenommen, Miss Trout aus den Fängen ihres Neffen zu befreien."

„Anscheinend nicht", sagte Simpson. „Ich sollte Sie warnen: Sie wollte, dass ich Clifford sofort verhafte, und war nicht begeistert, als ich sie vertrösten musste. Ich habe es nicht übers Herz gebracht, ihr zu sagen, dass Miss Trout vermutlich auch in das Komplott verwickelt war. Sie ist also immer noch von der Unschuld der alten Dame überzeugt.“

Angela nickte. „Ja, ich fürchte, sie wird eine herbe Enttäuschung erleben. Umso mehr, als ich weiß, wer Miss Trout wirklich ist. Ich habe heute Morgen in Penzance selbst ein wenig nachgeforscht und wollte Ihnen die Ergebnisse mitteilen, aber als ich Sie nicht finden konnte, habe ich Ihren Kollegen, Inspector Jameson, angerufen.“

Er hob abrupt den Kopf. „Ach ja?“

„Ja“, sagte sie, „und ich habe etwas ziemlich Interessantes herausgefunden.“

Als sie ihm von dem Fall Bampton und von der Hopper-Bande erzählte, stieß er einen anerkennenden Pfiff aus.

„Ja, ich erinnere mich, davon gehört zu haben, obwohl das lange vor meiner Zeit war“, sagte er. „Jeremiah Trout ist also in Wirklichkeit Wally Hopper, der nie gefasst wurde! Und er hat all die Jahre als unbescholtener Mann hier unten in Poldarrow Point gelebt.“

„Nur mit seinem kostbaren Diebesgut als Gesellschaft“, fügte Angela trocken hinzu. „Warum hat er wohl seine Verbrecherkarriere an den Nagel gehängt?“

„Er scheint seine Leidenschaft für die Gartenarbeit entdeckt zu haben, seit er hierhergezogen ist“, sagte Simpson. „Vielleicht war das der Grund. Ich nehme an, dass er in London nicht viel Gelegenheit hatte, diesem Hobby zu frönen.“

„Vermutlich haben Sie recht“, pflichtete Angela ihm bei. „Und Sie sagen, er kann sich nicht daran erinnern, wo er die Kette versteckt hat?“

„Ich glaube, in seinen klaren Momenten erinnert er sich sehr wohl daran“, bemerkte Simpson, „aber er ist ein schlauer alter Knabe und will nicht damit herausrücken. Ich habe vor einer halben Stunde selbst versucht, ihm das

Geheimnis zu entlocken, aber es hat nicht geklappt. Obwohl - - vielleicht möchten Sie versuchen, mit ihm zu reden?"

„Warum nicht?", sagte Angela. „Ich würde diesen Wally Hopper gerne kennenlernen. Ich habe noch nie einen berühmten Verbrecher gesehen."

Der berühmte Verbrecher entpuppte sich als ein unscheinbarer älterer Mann in einem schmutzigen, schlecht sitzenden Anzug. Er warf Angela einen vagen Blick zu, als sie einander vorgestellt wurden, dann setzte er sich wieder und schien sie sofort zu vergessen.

„Mrs Marchmont möchte Ihnen dafür danken, dass Sie ihrer Patentochter bei der Flucht aus Poldarrow Point geholfen haben", sagte Mr Simpson.

Angela griff das Stichwort auf.

„Oh ja! Ich habe mir große Sorgen um Barbara gemacht, aber Mr Simpson hat mir erzählt, dass Sie sehr nett zu ihr waren und ihr geholfen haben, aus dem geheimen Zimmer zu entkommen."

„Barbara?", fragte Wally. „Wer ist Barbara?"

„Sie ist das Mädchen, das Sie hierhergebracht hat", erklärte Simpson.

„Ach, die", sagte Wally. „Eine sehr höfliche junge Dame. Und wer sind Sie?"

„Ich bin ihre Patentante. Ich hoffe, Sie sind nicht zu müde nach Ihrem Abenteuer. Wie ich gehört habe, sind Sie durch den Schmugglertunnel gekommen."

Er blickte sie von der Seite an.

„Sie sind auch so eine, nicht wahr?", knurrte er. „Ihr seid alle gleich. Ihr wollt etwas haben, was mir gehört."

„Aber es gehört Ihnen nicht, Mr Hopper", widersprach Angela. „Es gehört dem Herzog von Bampton."

„Ach, das wissen Sie also, ja?", sagte er. „Vermutlich halten Sie sich für schlau, weil Sie das herausgefunden haben. Sie brauchen es gar nicht erst zu suchen, Sie werden es nämlich nicht finden. Rosie hat es."

„Sind Sie sicher, dass Rosie es hat?", fragte Angela. „Sie scheint zu glauben, dass Sie es haben. Warum hätte sie Sie monatelang gefangen halten sollen, wenn sie wusste, wo es ist?"

„Nicht Rosie", sagte er. „Rosie." Er kicherte und begann, eine Melodie zu summen. Es klang wie ein Kinderlied.

Simpson zuckte mit den Schultern.

„Sehen Sie?", sagte er zu Angela. „Ich weiß nicht, was er meint."

Sie verabschiedeten sich von Wally und gingen wieder nach unten.

„Ich sollte mich vergewissern, dass es Barbara gutgeht", sagte Angela.

„Darf ich mitkommen?", fragte Simpson. „Ich habe versprochen, ihr Bescheid zu sagen, wenn ich Neuigkeiten habe."

Sie machten sich auf den Weg nach Kittiwake Cottage. Barbara war nicht da, obwohl sie offensichtlich im Haus gewesen war, denn Marthe zufolge hatte sie in ihrem Bett geschlafen.

„Sie muss zurückgekommen sein, um ein Nickerchen zu machen, und ist dann wieder fortgegangen", sagte Angela. Sie sah sehr besorgt aus.

„Meinen Sie, sie steckt wieder einmal in Schwierigkeiten?", fragte Simpson.

„Sie erwähnten, dass sie nicht begeistert war, als Sie sich geweigert haben, Clifford zu verhaften", antwortete sie. „Ich befürchte, dass sie es sich in den Kopf gesetzt hat, nach Poldarrow Point zu gehen und zu versuchen, die Angelegenheit auf ihre Weise zu lösen - wie auch immer das aussehen mag."

„Ja, wie ich Miss Barbara kenne, ist das durchaus möglich“, antwortete Simpson.

Angela fasste einen Entschluss. „Es ist höchste Zeit, dem Ganzen ein Ende zu setzen. Ich gehe jetzt zu dem Haus. Ich werde das Gefühl nicht los, dass sie in Gefahr ist.“

Simpson zögerte. „Dann lassen Sie mich mitkommen“, sagte er.

Angela warf ihm einen seltsamen Blick zu.

„Nun gut“, sagte sie schließlich.

Sie machten sich umgehend auf den Weg zu der Landzunge, auf der das verfallene alte Haus stand.

„Wie wollen Sie vorgehen?“, fragte Simpson.

„Ich werde an die Haustür klopfen und nach ihr fragen“, sagte Angela entschieden.

Simpson sah sie zweifelnd an.

„Sind Sie sicher, dass das eine gute Idee ist?“, fragte er. „Dann weiß sie, dass wir Verdacht geschöpft haben.“

„Inspector Jameson hat die Polizei von Tregarrion bereits über die Vorgänge in Poldarrow Point informiert“, sagte Angela. „Die Polizisten werden in Kürze hier sein, aber wer weiß, was die Bande in der Zwischenzeit mit Barbara anstellt. Ich will den Schurken zuvorkommen, bevor sie noch mehr Schaden anrichten.“

Das sah Simpson ein.

Nach kurzer Zeit erreichten sie das Haus. Angela ging entschlossen zur Tür und klopfte an. Im Innern des alten Gemäuers rührte sich nichts.

„Wahrscheinlich sind sie ausgegangen“, sagte Mr Simpson.

Angela antwortete nicht, sondern ging zur Rückseite des Hauses und spähte durch die Fenster. Simpson folgte ihr.

„Mrs Marchmont“, hörten sie eine Stimme hinter sich.

Sie wirbelten herum. Da stand Miss Trout mit Harriet Dorsey. Angela starrte auf die zierliche kleine Pistole in der Hand der alten Dame.

„Hallo, Miss Trout", sagte Angela vorsichtig. „Ich bin auf der Suche nach Barbara. Haben Sie sie vielleicht gesehen?"

„Komische Art, jemanden zu suchen", bemerkte Miss Trout, „in fremden Gärten herumzuschleichen." Von ihrer freundlichen Art war nichts übrig. Ihr Blick ging zwischen Mr Simpson und Angela hin und her. „Sieh einer an", sagte sie. „Das erklärt eine Menge. Wer hätte das gedacht."

„Wer hätte was gedacht?", fragte Angela.

Miss Trout antwortete nicht direkt, sondern musterte Mr Simpson eindringlich. „Ich kenne Sie."

„Wohl kaum", entgegnete Simpson höflich. „Ich bin Inspector Simpson von Scotland Yard."

Miss Trout lachte trocken. „Ach, und das soll ich Ihnen glauben?", sagte sie.

„Ich will keinen Ärger machen", beteuerte Angela. „Soweit ich weiß, hat niemand etwas Illegales getan. Ich will Barbara, das ist alles."

„Wie kommen Sie darauf, dass sie hier ist?", fragte Harriet mit ihrer üblichen unleidlichen Art.

„Sie ist eine romantische Natur und glaubt immer noch an die Geschichte, die Sie ihr aufgetischt haben, Miss Trout", erklärte Angela. „Ich vermute, sie will Sie vor Clifford schützen."

„Dafür ist es ein bisschen spät", erklärte die alte Frau. „Und Sie können aufhören, mich Miss Trout zu nennen. Da Sie mit ihm hier sind, werden Sie wohl wissen, wie ich heiße." Sie wies mit dem Kopf auf Simpson.

„Also gut, Mrs Hopper", sagte Angela, und Ma Rosie lächelte mit grimmiger Zufriedenheit.

„Siehst du?", wandte sie sich an Harriet. „Ich habe dir gesagt, dass sie nicht dumm ist."

„Ist Barbara hier?", fragte Angela. „Warum schicken Sie sie nicht einfach raus? Dann brauchen wir Sie nicht weiter zu belästigen."

„Ah, aber Sie haben etwas übersehen", sagte Ma Rosie. „Wir haben bisher nicht gefunden, wonach wir suchen. Wir haben noch bis zum 5. August Zeit und ich bin wild entschlossen, es bis dahin zu entdecken. Ich habe dreißig Jahre darauf gewartet, dieses Collier in die Finger zu bekommen, und es wäre dumm, sich von einer Kleinigkeit wie dieser abhalten zu lassen, jetzt, wo ich so nah dran bin, meinen Sie nicht auch? Wenn ich Barbara oder Sie gehen lasse, müssten wir schnellstens verschwinden. Nein, mit Ihnen habe ich etwas anderes vor."

Angela sah erneut auf die kleine Pistole in der Hand der alten Frau. Sie war winzig, aber sie zweifelte nicht an ihrer tödlichen Wirkung. Ma Rosie folgte ihrem Blick und lächelte.

„Sie fragen sich, ob ich Sie erschießen werde, nicht wahr?", sagte sie.

„Das ist mir tatsächlich durch den Kopf gegangen", antwortete Angela.

Ma Rosie betrachtete sie mit zusammengekniffenen Augen.

„Sie sind schlauer als gut für Sie ist. Sie sind gefährlich. Ich wollte Sie eigentlich für eine Weile einsperren, aber vielleicht erschieße ich Sie doch. Was meinst du dazu, Harriet?"

„Hören Sie", schaltete sich George Simpson ein, „das ist doch Unsinn. Glauben Sie wirklich, Sie kommen damit durch, wenn Sie uns beide kaltblütig erschießen?"

„Es wäre zumindest einen Versuch wert", meinte Ma Rosie gelassen. „Ich bin eine alte Frau. Man wird mich mit

Nachsicht behandeln – falls man Ihre Leichen je findet. Hier in der Gegend gibt es hervorragende Verstecke für Leichen."

Sie hob die Waffe, aber bevor sie zielen konnte, packte jemand von hinten ihre Arme und die Pistole wurde ihr aus der Hand gerissen. Ma Rosie schrie überrascht auf und Angela erkannte Mr Donati, bevor eine Stimme „Polizei!" rief und vier oder fünf uniformierte Männer in den Garten stürmten und die beiden Frauen überwältigten.

„He, was fällt Ihnen ein, eine wehrlose Frau zu überfallen?", schnauzte Ma Rosie. Sie hatte es offenbar aufgegeben, die vornehme alte Dame zu spielen.

„Ich habe nichts getan", rief Harriet schrill. „Das war alles die Idee von dieser alten Schachtel!"

„Halt den Mund, du …", sagte Rosie, während sie sich im Griff eines jungen Wachtmeisters wand, dem es ziemlich peinlich zu sein schien, eine harmlos aussehende ältere Dame verhaften zu müssen.

„Also los, Sie zwei", sagte ein stämmiger Wachtmeister. „Sie haben auf dem Revier noch genug Gelegenheit, sich zu erklären. Sie können nicht einfach mit Waffen herumfuchteln, wissen Sie", fuhr er fort. „Sie könnten jemanden verletzen."

Die beiden Frauen wurden weggebracht, nicht ohne Gegenwehr zu leisten und heftig zu protestieren.

„Ich hoffe, Sie sind nicht verletzt", sagte Mr Donati. „Es tut mir leid, dass wir nicht früher hier sein konnten. Die Verhaftung von Clifford Maynard und Lionel Dorsey war schwieriger, als wir erwartet hatten."

„Es geht uns gut, danke", sagte Angela. „Aber wo ist Barbara?"

„Barbara ist wohlbehalten in Kittiwake Cottage", sagte Donati. „Sie ist zwar ziemlich nass geworden, aber Ihr Mädchen kümmert sich um sie."

„Dem Himmel sei Dank!", seufzte Angela. „Ich habe mir schon Sorgen gemacht. Danke, dass Sie gerade noch rechtzeitig gekommen sind!"

Donati nickte und wandte sich zum Gehen.

„Bitte entschuldigen Sie mich. Ich muss den Männern mit den Gefangenen helfen. Wir sprechen uns später, in Ordnung?"

Er lächelte kurz und lief davon, sodass Angela und Mr Simpson allein im Garten zurückblieben.

„Schnell!", sagte Angela. „Wir müssen uns beeilen, bevor die Polizei zurückkommt und das Haus durchsucht!"

Kapitel Fünfunddreißig

„Wie bitte?“, fragte Simpson.

Angela antwortete nicht, sondern eilte zu einem kleinen Holzhäuschen am Rand des Gartens und riss die Tür auf.

„Hier muss doch etwas sein!“

„Moment mal“, sagte Simpson. „War Ihnen klar, dass Donati Polizist ist?“

Angela spähte in den Schuppen, griff hinein und holte einen Spaten heraus.

„Wusste ich's doch, dass Wally ein paar Gartengeräte hat“, sagte sie triumphierend. „Ja“, antwortete sie auf Simpsons Frage. „Inspector Jameson hat es mir heute Morgen erzählt. Mr Donati ist ein sehr angesehener Offizier der Schweizer Sûreté.“

„Ich verstehe.“

„Wurden Sie nicht informiert?“

„Nein, anscheinend nicht.“

„Nun, machen Sie sich nichts draus“, sagte Angela. „Wir haben gerade noch Zeit, um das Collier zu holen.“

„Wollen Sie damit sagen, Sie wüssten, wo es versteckt ist?“

„Ich weiß es nicht ganz sicher, aber ich habe recht genaue Vorstellung davon, wo es sein könnte“, antwortete sie und lächelte dann über sein verwundertes Gesicht. „Haben Sie nicht gehört, was der alte Wally gesagt hat? Er wusste die ganze Zeit, wo es war.“

„Aber er sagte, seine Frau hätte es.“

„Er sagte, Rosie hätte es, ja, aber er meinte nicht seine Frau. Sehen Sie.“ Angela deutete auf den knorrigen alten Rosenstock vor dem Fenster des Arbeitszimmers, hinter dem Barbara Schutz gesucht hatte, als sie die Dorseys beschattet hatte. „Was meinen Sie?“

„Er hat es unter einem Rosenbusch vergraben?“, fragte Simpson überrascht.

„Ja. Das ist der perfekte Ort für jemanden, der seinen Garten so liebt wie Wally, finden Sie nicht auch?“

„Bei Gott, Sie könnten recht haben!“ sagte Simpson eifrig. Er nahm ihr den Spaten ab und ging zu dem Busch hinüber.

„Das da sieht nach einer guten Stelle aus.“

Simpson machte sich an die Arbeit, hielt aber nach einer halben Stunde inne und stützte sich auf den Spaten.

„Sind Sie immer noch so sicher, dass es hier ist?“, fragte er.

Sie starrten in das Loch, das er gegraben hatte.

„Es muss da sein, davon bin ich überzeugt“, sagte Angela. „Lassen Sie mich mal.“

Er schüttelte vorwurfsvoll den Kopf und machte sich wieder an die Arbeit. Schließlich stieß der Spaten auf etwas Hartes.

„Ah!“, sagte er. Er grub um das Hindernis herum und hebelte es hoch. Es war eine Blechkiste.

„Machen Sie sie auf!“

„Sie ist verschlossen", stellte er fest. „Aber das ist jetzt egal." Er hob den Spaten und ließ ihn mit Wucht auf das Schloss krachen, sodass es aufsprang.

Angela bückte sich und wischte die Erde von der Kiste, dann öffnete sie sie. Darin befand sich ein Päckchen, in Ölzeug gewickelt. Sie nahm es heraus. Es fühlte sich schwer an. Sie schaute zu Mr Simpson auf, der es aufmerksam anstarrte.

„Machen Sie weiter", forderte er sie auf.

Sie wickelte das Päckchen vorsichtig aus und stieß einen kleinen Schrei aus, als sie sah, was sich darin befand.

„Unglaublich!", sagte Simpson leise.

Nach einem Augenblick griff Angela in das Paket und holte die Halskette heraus. Sie glitzerte in ihrer Hand.

„Ich glaube nicht, dass ich jemals etwas so Schönes gesehen habe", murmelte sie. Sie ließ die Diamanten wie Wasser durch ihre Finger rieseln. Es mussten dreihundert oder mehr sein - kleine und große, die über ihre Hand-fläche rannen und wie Sterne funkelten. „Wie kann man so etwas dreißig Jahre lang in der Erde vergraben lassen?", fragte sie.

Simpson war genauso fasziniert wie sie, er konnte seinen Blick nicht von dem Schmuckstück wenden. Angela hielt die Halskette hoch, das Sonnenlicht ließ die Steine in allen Farben funkeln. Sie betrachteten sie schweigend, dann trafen sich ihre Blicke. Bis auf das Rauschen der Wellen und das Geschrei der Möwen war es still.

„Sie wissen Bescheid, nicht wahr?", sagte er schließlich.

„Ja, Mr Valencourt. Ich weiß Bescheid."

Er lächelte resigniert.

„Ich hätte damit rechnen müssen, dass Sie Jameson anrufen. Er musste mich zwangsläufig auffliegen lassen."

„Ja. Er sagte mir, dass ein verdeckter Ermittler in Tregarrion auf der Suche nach Valencourt im Einsatz sei, aber dass er zur Schweizer Polizei und zu Scotland Yard gehöre. Offensichtlich meinte er Mr Donati. Nach einem Telefonat mit Mr Penhaligon in Penzance hatte ich Gewissheit."

„Ah, ja", sagte er. „Ich habe Penhaligon mehrmals getroffen, als ich das Haus gekauft habe. Ich hoffe, seine Beschreibung meiner Person war schmeichelhaft?"

„Seine Beschreibung war so detailliert, dass ich keinen Zweifel an Ihrer Identität gehegt habe", antwortete Angela. „Ich gratuliere Ihnen zu Ihrem gut durchdachten Plan. Sie mussten lediglich das Haus im Auge behalten und dafür sorgen, dass niemand das Collier vor dem 5. August fand, dann konnten Sie es als rechtmäßiger Besitzer übernehmen und in aller Ruhe durchsuchen."

„Es schien mir auf jeden Fall die Kleinigkeit wert zu sein, die mich Poldarrow Point gekostet hat", stimmte er zu. „Ich hielt es für sehr unwahrscheinlich, dass Ma Rosie und Clifford die Kette finden würden - obwohl ich natürlich nicht wusste, dass Wally noch lebt. Das war ein ziemlicher Schock, das kann ich Ihnen sagen. Hätte er sich entschieden, das Versteck preiszugeben, hätte er alles zunichte gemacht."

„Was hätten Sie dann gemacht? Ich meine, wenn Ma Rosie das Collier gefunden hätte?"

„Dann hätte ich andere Schritte unternommen, um der Diamantkette habhaft zu werden", gab er zu. Als er ihren Gesichtsausdruck sah, fügte er hinzu: „Ich mag Diamanten sehr gern, wissen Sie."

„Das verstehe ich", sagte Angela. Sie ließ die Halskette in ihre Tasche gleiten. „Es tut mir leid für Sie."

Schweigen breitete sich zwischen ihnen aus.

„Ich hoffe, Sie werden keine Schwierigkeiten machen", sagte er. „Auch wenn Sie es vielleicht nicht so sehen: Ich habe mir einige Mühe gegeben, diese Kette in die Finger zu bekommen, und ich würde meine Pläne ungern im letzten Moment durchkreuzen lassen - selbst von Ihnen nicht, so sehr ich mich freue, Ihre Bekanntschaft gemacht zu haben."

Angela spürte Zorn in sich aufsteigen. Mit blitzenden Augen machte sie einen Schritt auf ihn zu.

„Hören Sie, Mr Valencourt", zischte sie. „Ich mag es nicht, wenn man mich zum Narren hält. Wenn Sie glauben, dass ich das Collier einfach so hergebe, irren Sie sich gewaltig."

„Ich hatte nie die Absicht, Sie zum Narren zu halten", schnauzte er zurück. „Tatsächlich hätte ich die Sache Ihretwegen fast ganz aufgegeben. Sie hatte ich nicht eingeplant. Sie haben mich völlig überrumpelt. Sie - nun, um ehrlich zu sein, haben Sie mich ziemlich umgehauen. Ich hätte nie erwartet, dass mir so etwas passiert."

Sie war jedoch keineswegs besänftigt.

„Aber Sie haben die Sache nicht aufgegeben, oder? Sie haben mich immer wieder aufs Neue getäuscht – Sie haben uns alle getäuscht. Ein Lügenmärchen reihte sich an das andere. Und ich bin darauf reingefallen, mit Haut und Haaren! Was war ich doch für eine Idiotin, dass ich Ihre Geschichten geglaubt habe! Ich bin wie ein braves kleines Mädchen nach Poldarrow Point gegangen und habe die Hoppers für Sie ausspioniert, weil ich dachte, dass ich der Polizei helfe – dabei habe ich die ganze Zeit nichts anderes getan, als einem gemeinen Dieb zuzuarbeiten!"

„Nennen Sie mich nicht so!", stieß er wütend hervor.

Sie standen inzwischen kaum einen Meter voneinander entfernt und starrten sich wütend an.

„Was sind Sie dann?", fragte sie.

Er ballte schwer atmend die Fäuste, sagte aber nichts, während er versuchte, seine Wut zu beherrschen. Schließlich hatte er sich wieder unter Kontrolle. Er schloss kurz die Augen, dann seufzte er.

„Ich will diese Kette, Angela", sagte er mit ruhigerer Stimme. „Was kümmert es Sie, ob ich sie bekomme? Sie ist seit dreißig Jahren verschwunden. Der Herzog von Bampton hat das Geld von der Versicherung kassiert und seiner Tochter andere Schmuckstücke gekauft. Die Kette spielt also keine Rolle mehr."

„Für mich schon", sagte Angela.

„Oh, ich verstehe. Es ist nur Ihr verletzter Stolz."

„Was auch immer meine Gründe sein mögen - ich werde Ihnen die Halskette nicht geben!"

Ihr Atem ging schnell. Er trat noch einen Schritt näher, bis sie sich fast berührten.

„Ich könnte sie Ihnen abnehmen", warnte er eindringlich.

„Das könnten Sie", erwiderte Angela, „aber das werden Sie nicht tun. So sind Sie nicht."

Der Appell an seine Moral schien ihn aufzurütteln. Er sah sie an, sein Blick suchte den ihren.

„Soll ich Ihnen verraten, wie dumm ich war?", fuhr Angela fort. „Ich hätte Donati sagen können, wer Sie sind, aber ich habe es nicht getan. Auch Inspector Jameson habe ich es nicht gesagt. Niemand außer mir weiß es. Es steht Ihnen frei zu gehen, wann immer Sie wollen. Niemand wird Sie aufhalten. Also, wollen Sie mir das Collier mit Gewalt wegnehmen?"

Ihre Stimme schien ihn herausfordern zu wollen. Er hielt den Atem an und trat einen Schritt zurück.

„Legen Sie es an", befahl er plötzlich.

„Was?"

„Das Collier. Legen Sie es um. Ich will es an Ihnen sehen."

Angela starrte ihn lange an, dann griff sie langsam in

ihre Tasche und holte die Kette heraus. Sie hob sie hoch und legte sie sich mit wild klopfendem Herzen um den Hals. Die Sonne spiegelte sich in den Hunderten von Steinen und tauchte ihr Gesicht und ihr Haar in strahlendes Licht. So stand sie da, prachtvoll und trotzig. Er ließ sie nicht aus den Augen, sog den Anblick in sich auf, trat dann vor, und bevor sie ihn aufhalten konnte, ergriff er ihre Hand und küsste sie.

„Sie sollten öfter Diamanten tragen, Mrs Marchmont."

Sprach's und verschwand, während Angela allein im Sonnenlicht zurückblieb.

Kapitel Sechsunddreißig

„WARUM HAST du mich nicht geweckt?", jammerte Barbara bestimmt zum zwanzigsten Mal. Sie saß auf dem Sofa, weil sie sich geweigert hatte, noch eine Sekunde länger im Bett zu bleiben.

„Das habe ich dir doch schon erklärt", sagte Angela. „Ich wusste nicht, wo du bist."

Barbara schmollte.

„Du hättest auf mich warten können", sagte sie. „Ich habe alles riskiert und dann durfte ich nicht einmal beim Ausgraben des Schatzes helfen!"

„Nein. Du hast einfach Pech gehabt und es tut mir sehr leid. Wenigstens durftest du das Collier anprobieren."

Barbaras Augen leuchteten.

„War es nicht einfach wunderschön?", schwärmte sie. „So etwas habe ich noch nie gesehen. Früher habe ich nicht verstanden, warum viele Frauen nichts als Schmuck im Sinn haben, aber jetzt weiß ich, dass ich auch so werden könnte wie sie. Das Collier ist umwerfend."

„Ich weiß, was du meinst."

„Mich wundert, dass du es nicht selbst anprobiert hast."

Angela musterte eingehend ihre Finger.

„Ich hatte keine Lust. Es sah furchtbar kratzig aus."

„Mr Simpson war also gar kein Detective, sondern in Wirklichkeit Edgar Valencourt!" sagte Barbara. „Ich muss sagen, er hat uns alle mächtig reingelegt – vor allem dich!"

„Ja, danke, es ist nicht nötig, mir das unter die Nase zu reiben", sagte Angela verärgert.

„Mr Donati muss furchtbar wütend gewesen sein, als Ma Rosie ihm gesagt hat, dass Valencourt die ganze Zeit in greifbarer Nähe war", sagte Barbara. „Ich wünschte, ich hätte sein Gesicht gesehen, als er in Mr Simpsons Hotelzimmer ging und feststellen musste, dass der längst über alle Berge war. Obwohl er stattdessen Wally erwischt hat. Man könnte sagen, es war ein fairer Tausch - ein Juwelendieb gegen einen anderen. Was wird jetzt wohl mit Wally passieren? Die können den armen Kerl doch nicht ins Gefängnis stecken, oder?"

„Das glaube ich nicht. Er ist ein alter Schurke, aber er ist kaum bei Verstand. In diesem Zustand kann er unmöglich vor Gericht gestellt werden. Ich nehme an, er kommt in irgendeine Anstalt."

„Du bist nicht die Einzige, die hinters Licht geführt wurde", sagte Barbara mürrisch. „Ich war wirklich überzeugt, dass Miss Trout - Ma Rosie - eine nette alte Dame ist, die unsere Hilfe braucht."

„Mach dir keine Vorwürfe. Sie hat ihre Rolle sehr überzeugend gespielt."

„Aber warum hast du sie überhaupt verdächtigt?"

„Ich bin mir nicht sicher. Die ganze Geschichte schien immer komplizierter zu werden, bis ich schließlich dachte, dass irgendjemand die Unwahrheit sagt. Miss Trout schien mir eine so scharfsinnige alte Dame zu sein, dass ich mir nicht vorstellen konnte, wie es Clifford gelingen sollte, sie hereinzulegen.

Es lag also auf der Hand, dass sie, wenn irgendwelche seltsamen Machenschaften im Gange waren, selbst bis zum Hals drinstecken musste. Und ich habe sie bei ein oder zwei Lügen ertappt – als sie zum Beispiel behauptet hat, Mrs Uppingham gut zu kennen, was nicht stimmte. Außerdem sagte sie, sie sei nie im Tunnel gewesen, weil sie zu alt sei - aber wenn sie wirklich in Poldarrow Point aufgewachsen ist, dann hätte sie ihn doch sicher in jungen Jahren erkundet, wenn sie auch jetzt nicht mehr dazu in der Lage war. Und wo hatte sie in den letzten dreißig Jahren gelebt, wenn sie, wie sie behauptete, erst vor ein paar Monaten zu ihrem Bruder gezogen war? Für sich genommen waren es harmlose Ungereimtheiten, die sich jedoch zu einem sehr verdächtigen Ganzen zusammengefügt haben."

„Und dann hast du herausgefunden, dass die Geschichte mit dem Collier von Marie Antoinette nicht stimmte", sagte Barbara. „Mich wundert, dass wir nicht früher daran gedacht haben, in den Geschichtsbüchern nachzusehen. Dann hätten wir gewusst, dass das Collier der Königin zerlegt und die herausgelösten Steine einzeln verkauft worden sind."

„Ich weiß nicht, ob es uns weitergeholfen hätte", wandte Angela ein. „Schließlich sagen die Geschichtsbücher nichts darüber aus, ob es in der Familie Warrener eine Legende um die Halskette gibt oder nicht."

„Stimmt", sagte Barbara. „Wann hast du selbst angefangen, daran zu zweifeln?"

„Es war die fehlende Seite in den Memoiren. Jemand hatte sie offensichtlich vor Kurzem herausgerissen, und wer außer Clifford oder Ma Rosie hätte das tun können? Mr Simpson - Valencourt, meine ich -, hat mir die richtige

Richtung gewiesen, als er sagte, dass die Seite vermutlich den Beweis für die Existenz der Halskette enthielt.

Das hat mich auf den Gedanken gebracht, dass sie vielleicht den Beweis enthielt, dass die Halskette *nicht* existiert. Die Memoiren brechen ab, kurz bevor sie den Inhalt des Päckchens enthüllen, das der sterbende Mann bei Richard Warrener hinterließ. Ich könnte mir vorstellen, dass wir auf der nächsten Seite gelesen hätten, dass darin gar keine Halskette war!"

„Darauf bin ich nicht gekommen", sagte Barbara nachdenklich.

„Aber wenn Ma Rosie es schaffe, uns die Geschichte von der Halskette der Königin glaubhaft zu machen", fuhr Angela fort, „dann könnte sie uns umso leichter dazu überreden, ihr bei der Suche nach dem wirklichen Objekt ihrer Begierde zu helfen, nämlich der Halskette, die dem Herzog von Bampton gestohlen wurde."

„Das war also der Grund, warum die Dorseys Jeremiahs - Wallys - Schreibtisch durchsucht haben", rief Barbara. „Sie wussten, dass Wally die Kette selbst mit ins Haus gebracht hatte. Deshalb hätte sie ebenso gut in einem modernen Schreibtisch verborgen gewesen sein können wie hinter einer altertümlichen Geheimtür. Wie haben Clifford und Ma Rosie ihn eigentlich hier in Cornwall gefunden, nach all den Jahren?"

Angela begann zu lachen.

„Armer Wally", sagte sie. „Seine Liebe zur Gartenarbeit wurde ihm zum Verhängnis. Letztes Jahr gewann er eine Trophäe für den schönsten Garten Cornwalls oder etwas Ähnliches und sein Foto erschien in der Times. Ma Rosie sah es zufällig, erkannte ihren vermissten Mann sofort und machte sich auf den Weg nach Tregarrion, um ihren Anteil an der Beute einzufordern. Ich weiß nicht, wie Valencourt davon Wind bekommen hat, aber er kannte

Ma Rosie - sie wusste, wer er war, als sie ihn mit mir zusammen gesehen hat -, also nehme ich an, dass das eine oder andere Gerücht die Runde gemacht hat. Das war seine Chance, ihnen die Halskette vor der Nase wegzuschnappen."

„Hat er wirklich das Anwesen von Poldarrow Point gekauft? Was für ein Aufwand!"

„Im Vergleich zu der erhofften Belohnung war die Summe kaum der Rede wert", sagte Angela. „Das Haus fällt bald ins Meer und war daher praktisch wertlos. Ich nehme an, er hat es für einen Spottpreis gekauft."

„Jetzt nützt es ihm nichts mehr, nicht wahr?", sagte Barbara. „Es ist eine Schande, wenn man bedenkt, dass es jetzt dem Verfall preisgegeben wird." Sie rutschte unbehaglich auf dem Sofa hin und her. „Ach, lass uns doch in den Garten gehen. Ich bin wieder ganz gesund, wirklich!"

„Nun gut", sagte Angela. „Warum eigentlich nicht? Ich nehme an, der Arzt wollte nur vorsichtig sein."

Barbara sprang flink auf und öffnete die Terrassentür. Die getigerte Katze kam sofort auf sie zu gerannt und begann, ihr um die Knöchel zu streichen.

„Hast du mich vermisst?", sagte sie und bückte sich, um sie unter dem Kinn zu kraulen.

„Hallo, Barbara", rief da eine Stimme. „Geht es dir besser?"

Helen Walters und Mr Donati gingen gerade am Gartentor vorbei. Sie kamen offensichtlich von einem Strandspaziergang.

Barbara begrüßte die beiden. „Hallo! Ja, mir geht's schon viel besser, danke." Sie errötete ein wenig. „Bitte entschuldigen Sie, dass ich Sie für Edgar Valencourt gehalten habe, Mr Donati", sagte sie schnell. „Ich wusste nicht, dass Sie in Wirklichkeit Polizist sind."

Donati verbeugte sich lächelnd. Ohne seine absurde Wissenschaftlerkluft sah er nicht mehr so exzentrisch aus.

„Mach dir nichts daraus", sagte er. „Du konntest es ja nicht ahnen."

„Es tut mir leid, dass Valencourt Ihnen entkommen ist", sagte Barbara.

Donati winkte ab. „Eines Tages werde ich ihn fangen, außerdem habe ich etwas viel Besseres gefangen."

Er sah Helen liebevoll an. Barbara fand seine seltsame Ausdrucksweise zum Lachen, aber als sie sah, wie Helen vor Freude strahlte, beschränkte sie sich auf ein höfliches Lächeln.

„Haben Sie es Ihrer Mutter gesagt?", fragte Barbara leise, damit Mrs Walters sie im Nachbargarten nicht hörte.

Helen nickte.

„Wie hat sie es aufgenommen?"

„Nicht gut, jedenfalls zunächst nicht", antwortete Helen, „aber ich habe ihr gesagt, dass sie es einfach akzeptieren muss. Bestimmt lenkt sie am Ende ein. Pierre ist fest entschlossen, sie für sich zu gewinnen, und ich fände es schrecklich, wenn wir uns zerstreiten würden. Ich habe sie sehr gern, weißt du."

„Helen!", ertönte eine Stimme von nebenan. Helen sah erst Donati an, dann Barbara und grinste.

„Ich komme, Mutter!", rief sie. Sie ergriff Donatis Arm und zog ihn zum Tor von Shearwater Cottage. Er folgte ihr verdutzt und sie gingen gemeinsam den Weg zum Haus hinauf.

„Was war das denn?", fragte Angela, die gerade in den Garten gekommen war.

„Das Blatt hat sich gewendet, glaube ich", sagte Barbara.

„Oh, das freut mich."

„Bestimmt ist Mrs Walters wütend. Du musst sie trösten. Ihr könnt euch ja gegenseitig trösten."

„Danke, aber ich muss nicht getröstet werden", sagte Angela würdevoll. Sie setzte sich und starrte angestrengt in ihr Buch.

Barbara lächelte vor sich hin und begann mit der Katze zu spielen.

Kurze Zeit später kam Marthe mit einem riesigen Strauß roter und rosafarbener Rosen in den Garten.

„Na so was!" Barbara war beeindruckt.

„Die sind gerade für Sie gekommen, *Madame*", verkündete Marthe. „Haben Sie etwa einen Verehrer?"

Angela sah verblüfft aus. Sie las die beiliegende Karte und steckte sie wortlos in die Tasche.

„Was steht drauf?", fragte Barbara eifrig.

„Nichts", sagte Angela.

„Du wirst ja rot!" Barbara grinste.

„Unsinn."

„Sie sind von Edgar Valencourt, nicht wahr? Ich wusste es! Er ist in dich verliebt, nicht wahr? Oh, Angela, du musst ihn einfach heiraten!"

„Sei nicht albern!", lachte Angela.

„Wenn du ihn nicht heiratest, dann heirate ich ihn, wenn ich alt genug bin. Er ist sehr attraktiv. Und nett ist er auch."

„Er ist aber kein guter Fang", bemerkte Angela trocken.

„Ich will bei der Hochzeit Brautjungfer sein", sagte Barbara. „Ich hätte gern ein rosa Kleid."

„Ich bewundere deinen Sinn für Romantikk", sagte Angela, „auch wenn er wenig mit der Realität zu tun hat. Vergiss nicht, dass Edgar Valencourt ein gesuchter Mann ist, der auf der Flucht vor der Polizei ist. Wahrscheinlich sehe ich ihn nie wieder."

Barbara schnaubte.

„Oh doch, das wirst du“, sagte sie. „Er kommt wieder. Darauf wette ich!“

Mrs Marchmont schüttelte den Kopf und widmete sich wieder ihrem Buch.

———

clarabenson.com